我们在路上

海淀城管的诗与梦

北京市海淀区城市管理综合行政执法监察局 编

北京大学出版社
PEKING UNIVERSITY PRESS

图书在版编目(CIP)数据

我们在路上：海淀城管的诗与梦/北京市海淀区城市管理综合行政执法监察局编.—北京：北京大学出版社，2017.1

ISBN 978-7-301-27966-3

Ⅰ.①我… Ⅱ.①北… Ⅲ.①中国文学—当代文学—作品综合集 Ⅳ.①I217.1

中国版本图书馆CIP数据核字（2017）第007499号

书　　　名	我们在路上——海淀城管的诗与梦 WOMEN ZAI LUSHANG——HAIDIAN CHENGGUAN DE SHI YU MENG
著作责任者	北京市海淀区城市管理综合行政执法监察局　编
策划编辑	姚成龙
责任编辑	王　莹
标准书号	ISBN 978-7-301-27966-3
出版发行	北京大学出版社
地　　　址	北京市海淀区成府路205号　100871
网　　　址	http://www.pup.cn　新浪微博：@北京大学出版社
电子信箱	zyjy@pup.cn
电　　　话	邮购部62752015　发行部62750672　编辑部62765126
印　刷　者	北京大学印刷厂
经　销　者	新华书店 787毫米×1092毫米　16开本　18.25印张　271千字 2017年1月第1版　2017年6月第2次印刷
定　　　价	42.00元

未经许可，不得以任何方式复制或抄袭本书之部分或全部内容。
版权所有，侵权必究
举报电话：010-62752024　电子信箱：fd@pup.pku.edu.cn
图书如有印装质量问题，请与出版部联系，电话：010-62756370

向文化致敬（代序）

王志伟

近年来，由于诸多原因，城管队伍在社会大众心目中的形象很糟糕，常常被抹黑或被妖魔化。这对城管队伍建设及城管工作极为不利。要改变这种状况，靠抱怨和发牢骚是解决不了任何问题的。城管工作人员要从自身做起，要拿起文化的武器，用文化凝聚精神，用文化塑造城管队伍新形象。当前，城管文化建设要重点解决以下几个问题。

锻造城管之魂。城管之魂就是城管队伍的核心价值观。要以社会主义核心价值观为统领，逐步形成以忠诚、公正、干净、担当为主要内涵的城管队伍核心价值理念，这样的价值理念应成为城管队伍统一思想、凝心聚力的灵魂。

净化城管之心。城管之心是指城管队伍的信念和意志。没有信念和意志的队伍，必是一盘散沙，毫无战斗力。城管的信念应是心系人民，服务城市。要净化每一位城管人的心灵，使其消除私心杂念，心里装着人民群众，心里装着这座城市，不怕流言蜚语，不怕吃苦流汗，用钢铁一般的意志和百倍的努力，去实现自己的理想信念。

规范城管之行。正确的行动是实现目标的关键，没有规矩的乱作为，必将适得其反。要遵守各项法律规定，完善各类执法行为规范。用法律和制度规范城管队员的行为，做到公正执法和文明执法，向社会公众展示良好的精神风貌。

厚植城管之情。要着重培养城管队伍对城市的感情，树立"家"的理念和情怀。让城管工作人员从内心深处热爱这座城市，热爱这座城市里的人们，热爱本职工作。这种大爱必将极大激发每一名城管人的工作热情，整个队伍也将焕发出勃勃生机。

讲好城管故事。广大城管队员长期生活工作于城管执法第一线,他们用青春和热情,用智慧和奉献,创造了城市的美丽。每一名队员身上,每一个集体中间,都会有许许多多动人的故事。要广泛开展寻找"城管故事"、发现"身边榜样"的活动,找出一批又一批应学、能学的"城管之星"。围绕他们的事迹,开展文艺作品创作,形成一系列具有城管特色的散文、诗歌、报告文学、戏曲、舞台剧等群众喜闻乐见的文艺作品。以小故事阐释大道理,以小人物展示大形象,让更多的人了解、理解和支持城管工作,汇聚城管事业发展的强大动能。

《我们在路上》是海淀区城管执法监察局继《城管来了》之后,组织编写的第二部以城管为主题的作品。该书收录了由基层城管队员创作的优秀作品。城管队员们用质朴的语言、生动鲜活的故事,书写自己的人生感悟,赞美身边的普普通通的人物,讲述百姓关注的城管生活。尽管还很"土",还不是那么"文学",但他们是用心在写,用情在写,从不同的角度反映了基层城管队员的工作、生活和内心世界,情真意切,感人至深。相信您读了这本书,一定会对城管工作有一个更加深刻的了解和认识,也一定会喜欢上这群有血有肉、可敬可爱的城管人。

人民城市人民管。我们生活在一个由城市管理向城市治理转变的伟大变革时代。城管队伍担负着城市治理主力军的光荣职责。在火热的城市治理的伟大实践中,现在比任何时候都更加呼唤丰富多彩的城管文化作品,都更加需要用先进文化塑造出忠诚、公正、干净、担当的"城管铁军"。您准备好了吗?

在这里我以虔诚的态度:

向文化致敬!

向城管文化作品致敬!

向所有城管人致敬!

(作者系北京市海淀区城市管理综合行政执法监察局局长)

海淀区城管执法监察局

海淀区城管执法监察局（全称为北京市海淀区城市管理综合行政执法监察局，以下简称海淀城管）的前身是海淀区城市管理监察大队，成立于1998年12月，当时设3个科室、1个直属队和16个分队，2013年7月更为现名。目前，共设11个科室、1个指挥中心、3个直属执法监察队、1个督察队和28个街镇执法监察队，主要行使市容环境卫生管理、市政管理、公用事业管理、施工现场管理、环境保护管理、园林绿化管理、停车场管理、交通运输管理、工商行政管理、城乡规划管理、旅游管理和食品安全管理等方面的行政处罚权。

成立18年以来，历经磨炼、坚韧不拔，海淀城管以"保障城市良好秩序、解决群众环境困扰、促进社会和谐稳定"为使命，着力提升执法素养，端正办事作风，提高工作绩效，形成了"特别能吃苦、特别能战斗、特别能忍耐、特别能奉献、特别能团结"的海淀城管精神，致力于锻造一支政治坚定、纪律严明、作风过硬、素质优良、依法行政、团结协作的"城管铁军"。

成立18年以来，遍尝艰辛、勇挑重担，海淀城管争当城市治理主力军，不断提升依法执法水平和城市治理能力，紧抓"门前三包"责任制基础管理工作，深入开展服务核心功能、大气污染防治、街面秩序净化、市政公用安全管理、市容市貌靓丽五大专项行动，摸索总结"1＋2＋N"拆违联动机制，围绕"城市病"攻坚整治，着眼疏解非首都功能，坚持共享发展理念，推进多元治理模式，更好地服务和支持地区经济社会和谐发展。

成立18年以来，栉风沐雨、砥砺奋进，海淀城管面对琐碎繁杂而不厌倦、面对矛盾冲突而不退缩、面对群众不解而不怨愤,用信念与坚守,履行诺言;用智慧与青春,追寻梦想;用责任与担当,捍卫尊严;用激情与汗水,体现价值。风雨洗礼,一路前行,留下了坚实的脚印和不朽的身影,获得了广大群众和社会各界的认可与好评。

  立足历史新起点,谋划未来新发展,海淀城管将以中央城市工作会议精神为指引,秉持"忠诚、公正、干净、担当"的价值观,以百折不挠的拼搏精神、求真务实的工作作风、开拓创新的工作态度,凝练城管之魂、塑造城管之心、培育城管之情、规范城管之行、创作城管之文,在困境中抓改革、在服务中树形象、在实践中扛重活,不忘初心,继续前行,与首都发展同向同心,与海淀发展同频共振,为建设全国科技创新中心核心区而不懈奋斗!

目　　录

城 管 视 点

我们在路上 …………………………………………… 侯祎飞/3
快递丢失，小哥着急　城管捡到，完璧归赵 ………… 万　山/10
揭秘无照商贩秤上有"乾坤" …………………………… 王红晖/13
城管入户测温度　确保居民过暖冬 …………………… 李　响/16
小虎看法 ………………………………………………… 刘　婧/18
北太平庄"拔钉"记 …………………………………… 李学丰/24
网络编辑体验"城管的一天" ………………………… 李晓雅/27
服务纳税人
　　——让山后的窗口地段亮起来 …………………… 尹素英/31
奥运与我同行
　　——记新年中的学院路分队 ……………………… 周彩燕/34
移除黑洗车点，解民忧 ………………………………… 张崇胜/38
一杆公平秤暖了游客心 ………………………………… 吴　限/40
城管提前介入，保障香山景区环境秩序 ……………… 于浩洋/43
小男孩找爸爸 …………………………………………… 李　萌/46
真心服务全心付出　用心建设海淀核心区 …………… 李汉杰/49
全力以赴，保障圆明园皇家庙会 ……………………… 孙苗苗/52
拆违纪实
　　——永定路队清明节拆除新生违法建设 ………… 张　镭/55
我们的故事 ……………………………………………… 唐元宝/58

"创文"期间的一件小事 ……………………………… 陈士海/62
从一次现场执法看"不让母牛掉进沟里"的重要性
　　——工作纪事之警示篇 …………………………… 刘　鹏/65
都市里堆积的有机肥 ……………………………… 栾香彩/69
讲述我身边的故事 …………………………………… 李　艳/73
金秋九月结银杏　严禁采摘保环境 ……………… 郭园园/76
联合治理潘庄东路　环境秩序焕然一新 ………… 绳凤英/78
耐心疏导拆鸽舍　预防"禽流"得民心 …………… 付欣蔚/81
全面监控无死角　全民齐防小广告 ……………… 张凯明/84
校旁堆砖易倒塌　城管迅速帮清理 ……………… 佟　星/87
治理非法订餐点　建设海淀核心区 ……………… 李　智/90
和谐的期盼 …………………………………………… 赵中国/94

散 文 遐 思

我家新添个小城管 ………………………………… 鲁学军/99
大槐树 ……………………………………………… 王志伟/101
父亲的爱 …………………………………………… 尤宽良/105
心中有信仰　脚下有力量
　　——我的新长征 …………………………………… 石立峰/108
机缘巧合邂逅美
　　——读散文《花未眠》有感 ……………………… 刘　昕/112
经济学视角下
　　——城市治理的供给侧改革 …………………… 刘晓兵/116
外婆门前的池塘湾 ………………………………… 谢宏伟/120
家乡巨变 …………………………………………… 袁安国/123
破窗理论对城市管理的启示
　　——读《世界上最神奇的30个经典定律》体会 ……… 张广玖/127
我的旧军装 ………………………………………… 缪　杰/130
北京的春天 ………………………………………… 王　娇/133

目录

扎实做好基层执法工作	金文良/135
我有一个梦想	付　煜/137
与玉兰花共芬芳	乔俊华/140
挖地瓜	王志伟/142
8元钱	成　青/144
1分钱的价值	滕　洪/146
有些事不是想的那样	杨　帆/148
《态度决定一切》读后感	矫　磊/150
从城管看《城管来了》	党　洁/152
家	杨　莹/155
静能生慧	苏爱瑛/158
母亲的爱	罗　莉/160
享受平凡感悟生活	杨桂如/162
生活·修行	吴泱彤/166
永葆军人真本色　献身城管追新梦	余向阳/169
做个健康的城管人	赵修学/172
终究	吴　桐/175
我做城管形象大使	
——用青春为城管代言	李　辉/177
践行城管精神　奉献热血青春	陶　然/180
今夜我值班	王为媛/182
新时代最可爱的人	
——致敬酷暑中默默奉献的城管人	杨晓芳/185

诗　歌　文　艺

城管姑娘	张伟伟/189
诗歌两首	刘福桥/191
四季抒情	刘惠民/194
又见冬霾	吕　程/196

念奴娇·女队员	汤晓彬/198
诗二首	张　勇/199
本来，青春扬歌	韩相阁/207
制服情结	袁安国/209
爱我中华	张少兵/213
城管女兵赞	李德明/215
城管人的爱	张景喜/217
理想与使命	汪福喜/219
辛苦了，城管同志们	郭延兵/221
新年的钟声	周丽娟/223
残雪	张久锋/225
岁月	赵付平/227
心语	张凌妍/229
昨天、今天、明天	李新胜/231

城 管 故 事

热血颂	戴　军/235
怀念	
——谨以此文献给李志强烈士	宋成栋/238
英雄志强的离开，到底留给我们什么	刘　洋/241
褪色的记忆	侯祎飞/243
城管印象	
——讲述你我的城管故事	信　祎/248
指挥中心的不眠夜	刘　玲/251
一名老城管队员的心愿	滕　洪/254
瑰丽牡丹花	齐跃勤/257
初入城管队　初识城管人	董媛媛/259
记录生命中的感动	丁　阳/262
为群众管理城市	王　冰/265

目 录

城管人自己的故事 …………………………………… 石尚莉/267

关于实事求是的故事 ………………………………… 张伟伟/270

除夕 …………………………………………………… 荣作明/273

我们的年这样过 ……………………………………… 古玥婷/276

酿得百花成蜜后　为谁辛苦为谁甜
　——记录一次夜查工作 ……………………………… 汪　璇/278

城管视点

城管视点

我们在路上

侯祎飞

作者简介：侯祎飞，男，北京青年政治学院毕业，本科学历，现任海淀区城管执法监察局宣教科科员。

春季，阳光明媚，草长莺飞。街面上，换上了春装的人们脚步更加轻盈。

一年之计在于春。海淀的城管志愿者们在这春天里，积极投身于城市管理的各项公益活动，他们犹如春风，温馨扑面，让人们感受到这个季节独有的生机与活力。

体验篇：志愿者的"第一课"

2016年4月1日，在国家图书馆门前，25名城管志愿者正在忙碌着。他们面前摆着一个10多米长的红色展台，上面摆放着一沓一沓的宣传折页，展台前面挂着一条红底黄字的条幅，上面写着"关爱环境，从身边做起"，这景象非常引人注目，图书馆前来往的行人，忍不住放缓脚步，一瞧究竟。

"您好，这是城市法规宣传手册，发给您一份。"说话的是一名穿白色针织衫的志愿者，她戴着一顶红色遮阳帽，显得朝气蓬勃。"好的，谢谢。"一名长发披肩的姑娘接过宣传折页，礼貌地道谢，但她有些疑惑，问道："这是什么活动啊？"

"这是海淀城管和我们志愿者的宣传活动，号召大家一起爱护城市环境。"志愿者指着条幅笑答。

打开宣传折页，上面详细罗列着露天烧烤的危害，提倡文明养犬，拒绝非法一日游的内容。志愿者问："不知您平时有没有吃露天烧烤的习惯？"

长发姑娘摇了摇头："没有这习惯。我觉得露天烧烤特别不干净，而且新闻上早就曝光了，摊主总是用劣质肉，甚至用耗子肉，这简直是在玩儿命。"

"您的食品安全意识还挺强的，"志愿者夸赞道，"就像您刚才说的那样，露天烧烤危害特别大，您看看宣传折页上写的这些。"翻开折页，她又简单介绍了一些其他危害。"您不去吃，也别忘了提醒身边的朋友们也别去吃。""那是必须的。"长发姑娘点头道谢，拿着宣传折页向图书馆走去。

其他志愿者也在向驻足的行人做着讲解、宣传。

这25人加入城管志愿者队伍的时间还不长。当天的活动是他们第一次参加城管组织的志愿者活动。25名志愿者中的小王，笑称自己是宅男，上大学时过着宿舍、食堂、教室"三点一线"的生活。2015年大学毕业后，来到国家图书馆工作，平时不大出门，仍旧过着宅男的生活。当天，他以城管志愿者的身份来到活动现场，显得特别高兴。"这是我第一次参加志愿者的活动，怕自己嘴笨，给别人讲不好。活动前，城管队员给我们作了简短的培训，让我增加了点儿自信。"小王说，"自己以前对城管工作并不了解，看到最多的是城管上街管小贩，通过培训，我了解到城管要管的事情很多很多，比如文明养犬、拆除违法建设、垃圾分类什么的。"小王说，这次活动是他们25名城管志愿者的"第一课"，"我们以后会做得更多更好。"

观摩篇：观摩城管执法

宣传活动结束后，25名志愿者与城管队员一同清理了图书馆绿化带内的一些废弃物。

有志愿者说，开始时，看到穿制服的城管队员有些紧张，现在他们就在自己身边，一起清洁环境，感觉一下子拉近了距离，变得亲近起来。

清理完废弃物，几名志愿者跟着城管队员去国图地铁站北侧的一条商业街，他们要观摩城管队员执法。

"第一次参加活动，就能跟着城管队员，看他们执法，真让人高兴。"在去商业街的路上，志愿者说。去之前，城管队员告诉他们，当天的主要工作是纠正"门前三包"不规范的行为，并给他们介绍了"门前三包"的含义以及城管在日常案件处理时的基本流程。

到达商业街后，志愿者们紧跟在城管队员后面。这条商业街在紫竹院执法队的长期管控下，环境秩序良好，基本上没有违法违规现象，但还是有几家店铺存在一店多招、店外堆物等问题。

一家甜品店外将两个易拉宝放在门外，易拉宝的宣传采用时下正火的迪士尼电影《疯狂动物城》作噱头，可爱的兔警官朱迪做着欢迎光临的姿势，非常吸引眼球。

城管队员走过去，志愿者们也跟了上去。有志愿者在背后小声地自言自语："这不是放在他们店台阶上了吗？怎么也不成？"

一名店员见城管队员进来，赶紧上前，询问有什么事情，另外一名店员叫来了甜品店的年轻女老板。

城管队员告知女老板，店铺门前不得随意设置易拉宝，如果想宣传，可以采取其他方式。"真是对不住，我不知道这些。"女老板连连表示歉意，马上让店员将两块易拉宝搬到了店内。

一位志愿者问："这里为什么不能放易拉宝？""这违反了市容管理条例，属于'门前三包'不规范，就是之前给你们讲解的那些。"志愿者们连连点头，跟着城管队员继续向前巡查。

经过一家卖美容护肤品的店铺。店铺窗户成了大花脸，上面贴满了五颜六色的彩纸，彩纸上面写着促销广告。城管队员停下来，志愿者们也随后跟上，一个个疑惑地看着。

"您好，我们是紫竹院城管。"城管队员上前亮证，告诉女店员，在店窗户上随意张贴宣传广告，违反了《北京市市容环境卫生条例》，要求她

我们在路上——海淀城管的诗与梦

们整改。

女老板很配合城管工作,立即和店员一起,将已经用双面胶粘贴牢固的宣传纸撕下来。"我们一会儿会用水再擦洗一遍玻璃,您放心吧。"听女老板这么说,城管队员放心地走出了护肤品店。

志愿者们围上来,道出了自己的疑惑。

"在店内粘贴广告都不行吗?"

"这违反了什么法规呢?"

"如果遇到这类情况,我们志愿者怎么劝说效果会好一些呢?"

…………

见志愿者们这么认真地学习,城管队员很乐意为他们答疑。

"店铺玻璃上张贴广告有碍市容观瞻,尽管是在店内,也不允许这样做。"执法队副队长说。志愿者小戈问:"城管队员穿着制服,对这些不遵守法律法规的商户有一定的威慑力,志愿者遇到这种情况该怎么办呢?"副队长说,对违反"门前三包"和有碍市容观瞻的行为,城管队员能当场解决的就当场解决,不能当场解决的,特别是在进行多次劝导后仍旧不听的,执法队将约谈该店负责人并责令整改。志愿者在对这类行为进行劝导时,要说明对方违反了哪条法律法规,告诉对方这样做的危害以及相关部门的惩处措施。志愿者们认真地听着,有人在小本子上快速记录着。

护肤美容用品店整改完毕,志愿者们继续跟随城管队员向前巡查,有不清楚的地方,就及时提出来,城管队员详细地解答。

"城管要管的东西实在太多,非常烦琐,没有耐心和细心,很难做好这项工作。"小戈观摩城管队员执法结束后,发出这样的感叹。

副队长说,执法队组织志愿者观摩执法,是希望他们更多地了解城管执法工作,增强法规意识,以后能够更好地开展志愿活动。

动员篇:拒绝无照摊点食品

"哎哟,这太臭了!"

"这薄脆上黑乎乎的是什么呀?"

2016年4月11日,清河中学的操场上,上百名学生排成一排,六七张课桌拼成临时的展台摆在学生们面前,上面摆放的食材,都是城管队员前几日查处的无照摊点的食材。

"怎么这么脏呀?"看到这些食材,同学们纷纷捂着鼻子,露出避之不及的神情。

这是清河执法队联合城管志愿者在清河中学开展宣传活动的现场。活动以"远离无照摊点 拒食污染食品"为主题,通过展示街头无照摊点的食材,以最直观的方式让学生们了解到街边无照食品的危害,使他们树立自觉抵制街头无照摊点食品的意识。

展台上,油乎乎的脉动饮料瓶子里装的是味精,也许是因为时间久远,白色的味精已经变色并结块;辣椒面也用不知名的饮料瓶子装着,里面躺着一只死苍蝇,让人阵阵作呕;更让人闹心的是,学校周边常见的煎饼摊上使用的薄脆,上面附着一层细细的黑色物质;麻辣烫所用的冻豆腐、麻花、牛丸等材料,散发着阵阵恶臭;烤冷面的油瓶下面,居然沉淀了一层黑色物质。

"哥哥,他们为什么不过来交罚款啊?"初二(10)班的学生小张看着身边穿蓝马甲的城管志愿者小李,小声问道。"因为他们要交的罚款数额远大于这些劣质食材成本啊。你看,这些食材价格低廉,质量没保证,时间一长最终就成这样了。但是他们被罚款的数额,可就没这么便宜了。他们鬼精得很,这样算下来,还不如索性把东西扔了,再重新买。"多次跟随执法队上街开展劝离工作的小李,对无照商贩的小心思摸得门儿清。"那怎么办?岂不是他们再摆,城管们再扣,这么一直循环下去吗?"小张刨根问底。她说自己以前也经常吃校门口的小食摊的东西,但今天看过了以后,再也不想吃了。但她还有一个担心,自己不吃,同学们要吃,这种东西容易让人吃坏肚子,她担心的是同学们的身体健康。

"你想想,这些无照商贩明知道有城管会查处他们,他们为什么还要摆摊儿?"小李循循善诱。"为了挣钱。"小张老老实实地说出了自己的第一想法。"对啊,因为有人买,他们有市场,所以他们肯定不会善罢甘休。即便城管查处了他们,但由于违法成本低,他们宁可冒着被没收的危险,也不会放弃摆摊儿。"小李接着说。"那我们以后就不吃了,让他们没市场。"小张说。听了小张的话,小李欣慰地笑了。

展台旁边还设有很多展板,上面写着食品卫生安全知识,其中一面黄底黑字的展板吸引了学生小唐的注意,她小声读着上面的内容:"有位网友说:我家楼下有个卖烤羊肉串的无照摊,每天下午5:00左右开始卖,卖到晚上10点,生意特别好,闻着特别香,据说他一天能卖100多斤。曾有人问过摊主,到底是不是羊肉,他赌咒发誓说肯定是好肉,可是大家还是觉得可疑,因为现在羊腿最少22块钱1斤,可他卖熟肉却只要21块钱1斤,明显赔本。我想,一旦他用的是问题肉,每天该有多少人受害呢?其中还有很多是孩子,想想都可怕……"读完上面的内容,小唐对旁边的同学说:"多半是问题肉,摊贩又不傻,不可能做赔本买卖。"小唐说,自己从不买街边无照商贩的食品,因为这些食品很多闻着很香,但事实上可能是某些添加剂的味道,吃了对身体有害。她提醒旁边的同学要注意自己的饮食习惯。"学校食堂的东西既干净卫生,又不贵。我们就别从街边小摊那里买了。"

站在一旁的女队员小贾听见这段可爱的对话,夸奖小唐的做法是正确的。站在一旁的志愿者鼓励小唐将无照摊点食品的危害讲给更多同学听。

"我一直是这么做的。"小唐带着骄傲的神情说。她说,不仅自己这么做,班主任吴老师也经常告诫大家别买无照摊点的食品。说完,小唐看了看女队员小贾,又盯着志愿者身上的蓝马甲,有些好奇:"哥哥,你的衣服和阿姨的不一样。""对,阿姨是城管,我是城管志愿者。"见小唐和一旁的同学仍旧不解,志愿者简单介绍了自己平时的工作:"劝离无照商贩,给私搭乱建的群众做工作,为市民宣传普及城市管理的相关法律法规……"说到这儿,有学生立刻羡慕地说了声"好厉害",并询问如何成为一名城管志愿者。"以后招募城管志愿者,我们会通知你们的。"女队员小贾接过话,柔声说道。

参观完展板和无照摊点上的食材食物,同学们似乎对街头无照摊点食品的危害性有了更深的了解。在展台后面一块巨大的宣传板上,同学们认真地写上了自己的名字。他们表示,以后不再购买街头无照摊点的食品,也会把今天学到的这些知识告诉好朋友。

公益篇：义务植树，绿化环境

挥动铁锹，铲土填坑，种下一株株新苗……2016年4月的一个上午，海淀区城管执法监察局西三旗执法队联合城管志愿者，以及驻区部队武警官兵、公安、街道办事处、社区居民等200余人，在枫丹实验小区栽种下了近100株苗木。

尽管植树"大军"的集合时间定在了上午9:00，可8:20，城管志愿者们就已到达执法队，和城管队员们会合，有的志愿者甚至自备锄头、铁锹、水桶；8:40，他们和城管队员准时出发，赶往集合地点。

9:00一到，3000平方米的植树区域顿时呈现出忙碌的景象：在执法队教导员的带领下，城管队员分为几个小组，拿起铁锹，栽苗培土，踩实矫正，堆起围堰，提桶浇水，道道工序做得一丝不苟。志愿者们也分工协作。有的小组只有女队员，她们力气小，铲土时显得很费力，志愿者们赶紧上前帮忙。驻地官兵队员动作迅速，栽种苗木一株接着一株……

"大家注意点儿，加土加到一半儿以后，记得把树苗向上微微提一下，这样能保证树根全部朝下。"现场的园林工人高声提醒道。

"好嘞！"一名志愿者用异常响亮的声音回应，把大伙儿给逗乐了。

11:00，大伙儿已经忙碌了近2个小时，100棵梧桐树、花灌木全部栽种好，原本裸露的土地上孕育着绿色的希望。

"义务植树，绿化环境"，这是西三旗执法队和当地的城管志愿者们多年来一直坚持的一项公益活动。一株株小苗木经由他们的手接触到土壤，若干年后，将会变成一棵棵参天大树，在这里支起一片片荫凉。

志愿者小耿是第三年参加西三旗执法队组织的植树活动。今年，他对参与植树活动的感受颇深。他说："以前，我只把它作为一项公益活动，但现在，我更感到是一种责任。绿色对城市而言是一种活力，我希望从自己做起，带动身边的人参与植树绿化的活动中，让我们这座城市的天更蓝、地更绿、水更清、人更美。"

快递丢失，小哥着急
城管捡到，完璧归赵

万 山

作者简介：万山，男，中共党员，中国矿业大学毕业，研究生学历，现任海淀区城管执法监察局西北旺镇执法队副主任科员。

随着网络的迅猛发展，网上购物逐渐成为越来越多人的选择，省去亲自到实体店挑选并带回家的麻烦，网上购物仿佛像在家等待快递小哥为自己送上一份礼物，极大地方便了我们的生活。对于等待货物到来的刘女士和即将送出快递的杨小哥来说，他们也一前一后收到了一份别样的惊喜礼物。这究竟是怎么一回事呢？

原来，这天一大早，温泉镇执法监察队教导员与两名队员外出执勤。在巡查至显龙山路时，远远望见道路前方有一辆快递电动三轮车。可能是因为路上有坑洼和转弯时车速太快的缘故，车顶上的一件大包裹"duang"地一下直接掉了下来。令人惊讶的是，骑三轮车的人竟浑然不觉，依然径直前行。为什么那么大的货物掉了快递员还不知道呢？我们的城管队员看在眼里，急在心上，赶忙就要开车追上去告诉快递小哥他的东西掉了。无奈执法车刚好卡在了红绿灯处，眼睁睁目送快递三轮车的背影渐行渐远。

难道就此放弃？不，这可不是温泉镇执法队的作风。追不到人也要护好货！"顺瓜拽藤"也要把东西归还原主！说干就干，一行三人马上到了货物的掉落点，仔细检查了包裹外包装有无破损，还好问题不大，外观看着没什么损毁。只是这箱货物上面竟看不出是哪个快递公司。恰巧旁边有京东、韵达等几个快递员路过，但都说不是自家的快递。到底是哪家快递公司呢？好在还有收货人信息。队员马上拨通了收货人刘女士的电话。听到队员自报家门是城管，货主先是一愣，然后又听到自己的快递丢了，又是一惊，再听到被城管捡到了，方为一安。队员在电话中和刘女士说明了情况，一来是让她先放心，东西没丢，也没损坏；二是让她来现场确认核实一下；第三因为是快递员丢失的，他本人发现了也会着急，而且丢失货物的话快递公司会给快递员处分，要及时和快递员取得联系，所以让她查询一下是哪个快递公司发的货物。刘女士家住不远，就在附近的凯盛家园小区。不一会儿，她就赶到了现场，确认的确是自己买的东西。原来这是给孩子买的一箱纸尿裤，东西比较轻，所以稍经颠簸就从快递车上掉下来，且快递员没感觉到。队员指着掉落点和她细说了当时现场的情形，刘女士连声道谢。同时，队员也希望刘女士能马上和快递公司取得联系，以免快递小哥着急。刘女士出发时已经查好了，是如风达快递公司送的货，她当即联系到了公司总部，说明了情况，查询到了今天配送货物的快递员和联系方式，接着，拨通了快递杨小哥的电话。

却说电话那头，杨小哥走后不久送完一个货物，这才发现有包裹丢了，正心急如焚，像热锅上的蚂蚁，担心这月奖金全没不说，还得倒扣三四千元，准备沿原路挨家挨户地找呢。接到来电，又惊又喜，心里悬着的一块大石头终于落了地。他一面因自己的工作疏忽而向刘女士表示歉意，一面感谢城管队员的拾金不昧。后来三方约定，因为是快递员丢失的货物，直接由城管将货物交给收货人不合适，而且签收单最终还要返回快递公司，否则杨小哥也无法交差，所以征得了刘女士的同意，由杨小哥从城管处领取失物然后再由他重新配送给刘女士。刘女士和杨小哥都被城管队员毫无破绽的对细节的完美把握所折服。

这时已是11:00多，快递杨小哥和城管队员约定当天中午12:00左右到城管队来取货。队员石平将快递搁上执法车,转身请刘女士放心,"中午一定完璧先归杨再送刘!"刘女士被城管队员的幽默逗乐了,在爽朗的笑声中,双方告别了。

果然,中午12:00多刚过。杨小哥就来到了温泉镇执法队,激动地握着唐教导员的手,连声道谢,说话间,他却扭头要走,说要出去给队员们买烟抽,还没等迈开步子就一把被城管队员拦住了,唐教导员义正词严地说:"我们做好事,可不是图你什么,你赶紧先给人家送货要紧。要是真想感谢我们,以后要自觉抵制露天分拣快递行为,遇到违法现象要及时打96310城管热线。"杨小哥连忙掏出手机记下了这个号码,并表示自己一定按规定分拣配送货物。一番感谢之后,杨小哥抱起快递,喜滋滋地走出了办公室,脸上洋溢着暖暖的笑容,一边走着,一边拨响了刘女士的电话……

揭秘无照商贩秤上有"乾坤"

王红晖

作者简介： 王红晖，女，中共党员，中央党校毕业，本科学历，现任海淀区城管执法监察局宣教科副科长。

走在大街小巷，人们经常能够看到推着三轮车贩卖瓜果、蔬菜的小商小贩。因为价钱比正规市场、超市里便宜许多，所以买者总是不断。可是许多顾客买完后，纷纷向城管部门举报，反映诸如商贩缺斤短两、以次充好等问题。

作为治理无照经营的主力军，城管部门不仅要保护合法经营，维护市容环境，还要治理非法经营。因此出于服务市民、保护市民的目的，城管部门有义务将街头商贩坑蒙消费者的伎俩予以曝光，昭告天下。只有市民认清了无照商贩们的真面目，不再随意购买街头商贩出售的商品，这些商贩才没了市场，街头的环境才能真正做到有序、整洁。

伎俩一：秤上动手脚

3月初的一天，海淀城管执法人员在花园路地区巡查时发现在翠微牡丹园店门前，一名无照商贩（此处称为甲商贩）正在贩卖水果，忙得不亦乐乎的他根本没有发现城管队员已来到身边。当城管队员对甲商贩所兜售的水果和经营工具进行先行登记保存时，却发现甲商贩使用的秤"另有乾坤"。

为了彻底搞清楚其中的奥秘，城管队员在现场实际演示了一把：将一个苹果放到秤上，结果这个苹果重量超过了0.5公斤。再把甲商贩贩卖的一网兜约20个小蜜橘放到了秤上，结果这兜小蜜橘重量为2公斤。"我天天买菜，什么东西只要我掂一掂，保准八九不离十。"一位围观的老者自告奋勇走上前来，用手掂了掂那兜橘子，报出的数是1.5公斤，最后城管队员在公平秤上称出了准确数字：苹果0.5公斤，橘子1.4公斤。

无独有偶。当城管队员对位于北太平庄地区的太平湖市场周边进行检查时，一名贩卖水果的小贩（此处称为乙商贩）看见城管队员撒腿就跑，被城管队员追了回来，并带回分队进行处理。执法人员在对其非法经营的物品进行检查时，也同样发现乙商贩的秤是被动过手脚的。执法人员拿来了一袋食用盐，结果一袋1斤重的盐，却秤出了1斤1两。也就是说，当买1斤水果的时候，就得掏1斤1两的钱，小贩1斤多赚了买主1两的钱。

伎俩二：钱上做手脚

还是上文中的乙商贩，当他缴纳罚款时，城管队员发现他手中的钱是假币，难怪他见到城管队员要拼命地跑呢。经过核对，执法人员发现不止100元是假的，50元、20元、10元、5元的里面都有假币。据乙商贩交代，他只是个打工的，平时就给老板骑车卖货，其他情况都不知道。而正在这个时候，一位50多岁的女士来到城管队。一问才知道，这位女士早晨买水果的时候被乙商贩把100块钱调了包，换给她的是一张假币，回头找乙商贩退钱时，周围的人告诉她，乙商贩被城管带走了，于是她就找到了这里。经女士的指认，屋子里的乙商贩就是骗她钱的小贩。当然，这个小贩也不是什么打工仔，而是一个不折不扣的小老板。

女士回忆说，她是在买香蕉的时候被乙商贩调包的。原来，乙商贩先将收到的100元钱装进了左口袋里，然后再以没有零钱为由让蒋女士给些零钱，当不明就里的女士掏出零钱时，小贩将先收的100元钱退还给了女士，当然，退回去的钱是变了样的，他退回去的是从右口袋里拿出来的假币。就这样，女士前前后后一共130元钱都被乙商贩调包了，而这130元钱竟全都是假币。随后，城管执法人员将乙商贩手里的1030元钱拿到银行做鉴定，鉴定的结果出乎我们的意料，其中有370元是假币！

这两个小贩坑蒙的手段并不是个例，在街头小贩中是相当普遍的，因此，治理小贩无照经营、扰乱市场秩序、破坏环境，一直是城管部门工作的重中之重，虽然城管部门不遗余力地治理，但终归还要靠老百姓的自觉抵制，因为如果都不从街头小贩那里买东西，他们没了市场，赚不到钱，自然也就从街头消失了。否则，您给了不法小贩生机，可稍不留神，就会像那位女士一样，落入他们的圈套，结果是"即赔了夫人又折兵"。

城管入户测温度　确保居民过暖冬

李　响

作者简介：李响，男，中共党员，中央广播电视大学毕业，本科学历，现任海淀区城管执法监察局甘家口执法队副队长。

"你们到我家里来，不用穿这么多，屋里特暖和。"家住小南庄社区的刘大妈笑着说。

2015年11月19日，北京迎来了今冬第二场雨夹雪，最高气温也骤降到了4℃左右。虽然正式供暖已经有几天了，可居民家中温度到底是否达标，成了城管队员心中最关心的事情。海淀区城管执法监察局海淀执法队的队员当天一早就来到小南庄社区检查供暖情况，住在16号居民楼5单元的刘大妈家正是第一站。

刘大妈今年80多岁了，一听说是城管队员入室测量室温，满脸笑容地把城管队员们迎进了家门。城管队员首先逐个对刘大妈家中的暖气进行试温，令人欣慰的是，老人家中的暖气虽然算不上烫手，但温度合适，摸上去十分舒服。接着，队员手持红外温度计，分别对老人经常活动的客厅和卧室进行了检测，测温仪的液晶屏显示：22℃，说明室内温度已经超出不低于18℃的标准。同行的另一名城管队员在一旁忙着对检查情况进行详细记录。刘大妈告诉城管队员，她每天早晨都有开窗通风的习惯，因此现在的室温还不算很高，等一会儿关上窗户了，屋子里就更暖和了。

检查完5单元住户家中的供暖情况后，城管队员又来到了4单元于女士家中，城管队员手中的红外温度计显示：25℃，比刘大妈家中的温度还要高。"今年初雪的时候社区就已经试供暖了，很人性化。现在正式供暖了，家里更暖和了。"于女士告诉城管队员，家中温度不够时，她会主动找居委会，居委会工作人员就会马上与锅炉房工作人员沟通，保证及时解决问题。她说："我希望屋子暖暖和和，踏踏实实过冬天。"

居委会工作人员介绍说，小南庄社区始建于1973年，属于典型的老旧社区，在经过老旧社区改造工程之后，小区楼房的外墙加装了8～10厘米厚的保温板，居民家中温度明显上升。小南庄锅炉房负责着全社区25栋楼，约20万平方米的供暖。随后，城管队员又来到锅炉房进行检查。

进入锅炉房，巨大的供暖设备发出轰隆隆的声响，值班工人正在设备前查看情况。按要求，值班工人出示了《锅炉房安全管理工作台账》和《锅炉设施运转情况说明》，城管队员详细了解了值班人员是否按时在岗、巡查记录是否规范等情况。通过检查，这家供暖单位各项管理措施都很到位。

城管执法部门都会在这段时间定期对供暖单位和住户进行检查、走访，确保居民家中供热达标，保证我市居民可以度过一个温暖舒适的冬天。

小虎看法

刘 婧

作者简介：刘婧，女，中国矿业大学毕业，本科学历，现任海淀区城管执法监察局东升镇执法队科员。

一张罚单

"凭啥罚我……"冯小虎念叨了一路。

小虎平日里推辆三轮车，靠经营煎饼为生。不巧，今天早上煎饼生意正热，一辆城管执法车突然开了过来，周围"经验丰富的"卖糖葫芦的、炒面的立刻一溜烟地散去，留下还没搞清状况的小虎。接着，走下两个穿制服的城管队员，执法证一亮，说他违反了《北京市市容环境卫生条例》第35条第一款，属于擅自摆摊设点的行为。之后，小虎的车被暂扣，而一张大大的罚单却落到了小虎手里。

"我做生意有错吗？"

"凭什么处罚我！"

…………

小虎跟着城管队员来到队里接受处理。起先，他又激动又气愤，极其

城管视点

不配合执法工作。这时,一位大姐端了杯热水递给小虎,请他到会议室坐下,让他先冷静冷静,好好想想。小虎渐渐平静下来,一口一口喝着热水,他感到身体越来越暖和,思绪也渐渐飘远……

"虎子!虎子!你干吗呢?走了啊!开会去!"一个陌生的面孔。

"你是谁?"小虎揉了揉眼睛,有点莫名其妙。

"我是胡一啊!你睡傻了?再不去就迟到了!"男子急切地一边说,一边拽上小虎往隔壁房间走!

小虎还没来得及反应,已经被拽到另一个房间了,一个会议室模样的房间。定了定神儿,猛然发现自己身穿一身笔挺的制服。再看看一屋子人,全都是统一穿着,藏蓝色的制服,亮闪闪的肩章和胸牌。"天啊!这是怎么一回事?!我变成城管队员了!"虎子心里大叫着,但是会议室此时如此地安静,虎子也只好按捺住心里的激动,看一眼墙上的挂钟,是早上8点钟。

"这周我们的工作重点主要还是治理辖区内无照经营的现象,最近居民反映较为严重的地区是西点小区正门口的早点经营现象。今天胡一组负责去盯守……"发言的是一个中年男人,虎子暗自猜测,他应该就是城管队的队长了,而刚才拉自己过来开会的胡一应该就是组长,自己是胡一的组员。西点小区门口!天哪!那正是小虎的三轮车被没收的地方!小虎心里充满了各式各样的疑问,都来不及细想。

"散会!"队长一声令下。

"走吧,虎子,现在正是早点时段,刚才又有群众举报了,咱们赶紧去西点小区门口看看!"胡一一边和虎子说着,一边拿起一沓文书和照相机。"还愣着干吗?走了!"

执法车开在道路上,虽然还是不敢相信,但是现在的小虎已经确定了自己的身份就是一名城管队员了,而接下来是跟着组长去执法,这一切看似突然,却也有着某种奇妙的神秘感,带给小虎强烈的刺激和兴奋感。

我来执法

这条路,小虎熟悉,是他最近经常摆煎饼摊经营的位置。西点小区门前人流量大,附近就是软件园,很多小白领租住在这个小区,平时上班来不及吃早饭的他们经常会在小虎的摊子上带一份煎饼,再去另一个摊子买杯豆浆。

车没开一会儿就到了现场。各种无照经营的早点摊闻风而逃,地面上一片狼藉。之前小虎没有仔细观察过,原来地面上留下了这么多的垃圾,塑料袋、包装纸、吸管、菜叶子……

胡一率先下车,来到了一个卖粥的三轮车前,一边开行政处罚决定书和行政处罚缴款书,一边和无照经营的相对人表明身份,说明来意,告知权利。小虎在另一边看着。

"别愣着啊,赶紧拍照取证。"胡一对小虎喊着。

"哦?! 拍照?!"虎子不明所以,只好重复胡一说的话。

"无照经营行为的现场取证,改正前的车和照片,还有改正后的路面道路,一样一张!"

接过相机,小虎照做,一边照下三轮车的照片,然后将三轮车装上执法车辆,一边再拍了一张处理之后的照片。

"好了,现在咱们该给举报人电话回复了,我先回第一个,你回第二个。"胡一轻松地说着,也让小虎松了一口气,有例子在先,照着胡一的做肯定没错了。

"您好,我是海淀城管局的队员胡一,您反映的西点小区门前无照经营早点的现象,我们已经在现场处理完毕,向您做出回复……"举报人是一位西点小区的居民,因为早上经营早点的三轮车影响了小区车辆的出行所以打电话反映了问题。胡一回复起来轻车熟路,没几句话就说完了,这下轮到小虎了。紧张了一下之后,小虎终于拨通了另一个举报人的电话。

"喂,您好,我是海淀城管局的队员冯小虎,您反映的西点小区门前的无照经营早点现象,我们已经在现场处理完毕,向您回复。"

"嗯,我看到了! 谢谢你们!"一个悦耳的女声从电话另一头传来。

"不瞒您说,我就是西点小区门口鑫鑫餐厅的老板,我们早上也经营早点,最近有好多无照经营的早点摊在西点小区门口,抢了我们不少生意,您知道我们是正规的商户,有营业执照的,一直守规矩守法律的,他们太猖獗了,让我们这些合法经营的商户受了不少损失!太谢谢你们了!希望你们能天天过来巡检,控制一下他们的行为。"

"好……好……"小虎磕磕绊绊地答应着,好不容易挂断了电话。

然而放下电话的小虎心里也并不好受,曾经的他也是无照经营的一员,当时只是觉得自己是为了生计,没想到自己却损害了其他人的利益。法律,就是划定一个规范,让大家能公平公正地生活。小虎仿佛第一次知道了法律存在的意义,也开始反思起自己的行为了。

"胡一,我们的工作真的是有意义的吗?维护法律真的有那么重要吗?"小虎开口问胡一。

"当然了!我们存在的意义就是贯彻实施国家及本市有关城市管理方面的法律、法规及规章,治理和维护城市秩序。没有规矩不成方圆,我们就是去维护规矩的人啊!"胡一正经八百地说。

"可是,那些经营的人也是为了生计啊,难道这也有错吗?"小虎继续追问。

"为了生计赚钱当然没错,错只错在了方法上,你看,无照经营的环境就是露天的,提供的食品又是来源不明的,怎么能保证食品的安全呢?地沟油、各种违禁的添加剂、致癌物的新闻你知道的还少吗?再说,国家提供了大家正规经营的渠道,我们的存在也是为了保护其他合法经营者的权益啊。"胡一一脸严肃地说。

小虎再也没有发问,而是陷入了深深的沉思中……

体验生活

"喂,我是,好的,我知道了。"胡一皱了皱眉头,挂了电话,"走,林语小区有人在搭建违法建设,我们得去现场看看情况。"

小虎来不及细想,又跟着胡一跳上执法车去处理下一个棘手的问题。

"我们管的问题真不少啊!"小虎感叹。

"那可不是么？听说过城管队员'管天、管地、管空气'这句话吗？"胡一说。

"没有！"小虎惊讶地答道。

"咱们城管执法是对市容环境卫生、城市规划管理、道路交通秩序、工商行政管理、市政管理、公用事业管理、停车管理、园林绿化管理、环境保护管理、施工现场管理、黑车、黑导游等城市管理的方方面面进行综合行政执法。"

"哈哈，那还真是'上管天，下管地，中间管空气了'！"小虎笑着感叹道。

出完违建的现场已经是中午了，两人又马不停蹄地赶回队里吃饭。令小虎惊讶的是，城管队里的午餐极其简单，一个大师傅搞定了全分队的伙食，一素一肉一汤，原来这就是城管队员们的伙食了。紧迫的工作、朴素的环境，让小虎觉得这并不是传说中带有"黑社会"性质的城管队啊。

中午稍作休息，下午就又进入了工作状态。

上午被暂扣三轮车的无照经营相对人来接受处罚了。多么熟悉的场景，只是这回换成小虎来当接待者了。虽然不了解情况，但是小虎都在用心地观察。

复印了相对人的身份证件，打印了现场取证照片，还要填写文书让相对人签字，然后开票让相对人接受处罚去缴纳罚款。小虎看着这一系列的流程，这一步步的工序也反映执法过程的严谨，而此时此刻的小虎也对法律的看法更深了一步。

没有法律就没有约束，按照程序每一步都留有痕迹，有迹可循。作为一个公民，我们应该遵法守法，而作为一个基层执法者，我们更应该守法护法。家有家规、国有国法，也只有这样，一个国家才能正常地运转。通过这奇妙的角色转换，让小虎学到了很多很多。

"虎子！走了，下午还要去盯守巡逻。"胡一再次招呼虎子上车。

"来了！"小虎似乎慢慢进入了角色，几乎没有什么不适应感了。

"胡哥，你说，我们正常执法为什么在很多时候不被人理解呢？"小虎好奇地问。

"你看，社会上普遍对我们的执法存在抵触心理，其实原因有很多，首先，我们不排除少数人的行为不符合执法者的形象和规定。其次，也不排除新闻工作者们有时对于事件的了解有失偏颇，只见树木不见森林。最后，我们要深刻地明白我们所处理的问题会伤害违法者和少数人的利益，比如无照经营的商贩、违建的建造者等，当然也会影响一些群众的利益，比如没有无照经营的商贩，有些人买东西困难了、贵了，也会归罪到我们头上。"

"那我们到底应该怎么做呢？"小虎追问。

"心中无愧！我们的内心要有一杆秤，坚定自己的信念，站在维护法律和大多数人民群众的利益上来。"胡一说到这里似乎也有些激动，而小虎听了也默默地点了点头。

正道沧桑

小虎迷糊中感觉有人在轻轻拍他，睁眼一看，城管队的大姐正站在他身边看着他，原来自己不小心睡着了，刚才的一切只是一场梦。"小伙子，昨晚没休息好吧？我们已经了解了你的实际情况，正在和街道联系，打算为你在正规的便民市场安排一个固定摊位。等你把相关证件办齐，就能合法经营啦！"听到这话，小虎愣住了，怔怔地看着大姐，似乎不敢相信这一切是真的。"先去银行把罚款交了吧！"大姐笑着说。

交完罚款，小虎带着回执来到城管局，这回接待他的正是胡一，然而，胡一却一点也没有认识他的样子，但是依旧还是很亲切地招呼他，并让他将暂扣的三轮车取走。

推着车子，小虎的内心百感交集，短短的一天，经历了好多丰富的事。不过，遵纪守法的信念却已经深深地刻在了小虎心里。

北太平庄"拔钉"记

李学丰

作者简介：李学丰，男，中共党员，天津大学毕业，研究生学历，现任海淀区城管执法监察局北太平庄执法队科员。

随着最后一堆垃圾装上车，存在几年的垃圾山终于清理完了，周围的群众响起热烈的掌声，纷纷表示："感谢城管为百姓解决了大问题，拔掉了这个钉子，还百姓一个干净、安全、舒适的生活环境。"

时间退回到4小时前，海淀城管北太平庄执法队执法二班在带班队长和班长的带领下，正巡视片内商户门前的"三包"情况。接到96310通知，有群众举报西直门北大街43号院4号楼前有大量垃圾急需处理。群众的需求就是工作的命令，我们立刻驱车前往。到达一看，被眼前的情景震撼了。4号楼前垃圾已堆积如山，堆满了各式各样的垃圾，在炙热的阳光下，发出令人窒息的恶臭；一个老太太躺在垃圾上面，声嘶力竭地喊叫着，周围围满了群众。从4号楼4单元往里走，楼道里堆满了各种废弃物，塞得几乎没有插脚的地方。

通过周围群众的"控诉"我们了解到，这个老太太有捡拾收集各色废弃物的癖好，收集了大量废弃物也不处理，时间一长就堆满了楼道和门前。各种废弃物长期堆放，腐烂变质，恶臭冲天，老鼠横行，蚊蝇飞舞，同时由于有很多易燃品，又堵塞了通道，造成了很大的消防隐患，街坊邻居饱受其苦，都不敢开门窗，无法顺利进出。几年来，街坊邻居多次反映，物业、居委会、执法部门等多次要进行清理，每次都因老太太拼死反对而无法实施。

面对群众的迫切需求，我们决心拔掉这个不文明的大"钉子"，还百姓一个舒适安全的居住环境。决心已下，再大困难也要克服。带班队长和班长顶着骄阳，在34℃的高温下和令人窒息的恶臭中，蹲在老太太旁，晓之以理，动之以情，耐心细致地对老太太做思想工作，希望她能回心转意，同意我们将她的"宝贝"垃圾清走。时间一分一秒地过去，两个多小时过去了，任凭我们和民警、居委会、物业同志和周围街坊如何耐心劝说，老太太就是铁嘴钢牙不松口，扬言谁若动她的东西就死在这里。这是一场毅力和耐心的较量，双方都没有丝毫退缩的意思。时间已经过了中午，我们都口干舌燥，饥渴难耐，尤其是带班队长和班长在与老太太近距离接触中，又累又热，毒气熏着，还要耐心劝说老太太，体力和精力都到了极限。周围群众以为又会像前几次一样以失败而告终，已经纷纷摇着头失望地回家吃中午饭了。

看着失望而去的老百姓，而拼死抵抗的老太太也好像出现虚脱迹象，城管队员为她买来了矿泉水和面包。为了避免再次半途而废，维护百姓的利益，我们和民警、居委会、物业同志决定不达目的决不罢休。为了确保强行清理的顺利进行，我们作了充分准备。首先叫来了999救护车，保证当事人万一采取过激行为而不发生严重后果；其次，对人员进行分工，各负其责，有负责劝离当事人的，有负责清理废弃物装车的，有负责拍照取证的，有负责维护秩序的。999救护车已经开到胡同口，医护人员提着急救箱来到当事人身边，运送垃圾的卡车也慢慢靠向垃圾山，人员各就各位。这时，老太太翻身砸碎旁边的一个啤酒瓶割向胳膊企图自残，幸亏我们准备得充分，一把抢过啤酒瓶，及时制止了她的过激行为。其后，在城管队员更加耐心的劝说下，老太太终于被劝离现场。大家一起行动，立刻装车。周围群众看此情景，群情激动，纷纷走出家门帮忙,大车装满了,小车填缝,确保清理装车不停顿,经过近2个钟头紧张的连续奋战,整整装了五大满车和数十小车,到下午2:00多钟,不仅把垃圾山消灭了,而且把楼道里及楼周边的垃圾全部清理完毕,终于彻底完成任务——干净了。这时出现了本文开头感人的一幕。虽然我们从早晨7:00多起已经过了7个多钟头,特别是近5个小时顶酷暑、冒味熏,滴水未进,饭也未吃,身体极度疲劳,在极其困难的条件下连续作战,但我们拔掉了多年存在的这个"钉子",为老百姓解决了老大难问题,以实际行动践行了党的群众路线实践活动,再苦再累也觉得值得。

城管视点

网络编辑体验"城管的一天"

李晓雅

作者简介：李晓雅，女，中华女子学院毕业，本科学历，曾任海淀区城管执法监察局紫竹院执法队科员。

为进一步减少网络中针对城管部门的负面"标题党"信息，加强媒体正面舆论引导氛围，城管局向网络从业青年开放城管工作一日体验活动，让更多的人通过第一视角来直观地感受一线城管执法中的艰辛和不易，拉进与群众的距离，减弱群众对执法的不理解，为在日后更易开展执法工作奠定良好的基础。

2015年6月11日早上9:00，紫竹院执法队迎来了来自凤凰、网易、百度等四家媒体的四位网络编辑。队领导为了更好地开展一天的执法工作，为他们先全面地介绍紫竹院执法队及辖区的具体情况，倾听他们各自想要关注的新闻热点、难点问题，并依照性别、新闻倾向及体能状况分成了两组，分别跟随早班业务组及拆违组开展一天的实地体验活动。

早9:30，四位编辑跟随两组车辆分别从队内出发。组长在车内为四位体验者讲解了执法中需要注意的地方，如何用法言法语与群众沟通及一些手势、行为上的具体规范等。业务组接到工地违规举报，首先到达了一处老旧小区改造的施工现场进行工地规范工作,一进小区门就被居民们团团围住,埋怨和指责不绝于耳。两位编辑因拿着摄影机很是引人注目,被冲过来的居民拉住诉苦、抱怨起来,仔细听才明白是因为施工方将窗户堆放在小区外的便道上,占用了盲道、行人道,造成了行人来去过往的不便,城管多次接到举报并到达现场对施工方进行了警告,但几次后仍未将窗户移走,遂城管对其乱堆物料开出单据,将窗户暂扣。现由于居民无法正常更换窗户,所以引发了如此强烈的抱怨和不满情绪。但城管队员经现场核实,施工方已缴纳罚款并领走了窗户,只是为了不想因拖延工期受到居民的不满而将责任推给了中间曾正当介入的城管部门。澄清事实后,居民们纷纷表示理解并散开了,但编辑们依然为群众冲上来拉扯自己的突发情况而后怕。

与此同时,拆违组带领两位编辑来到一处面积达600平方米的旧有违建群了解现场情况,并准备拆除前的一系列规范工作。走进两人无法并排通过的狭窄的胡同里,两侧的平房砖瓦破烂不堪,有的衣物就利用电线杆或树木上的拉线悬挂在道路上方,非常危险,人一过躲不开的要碰到,养兔的养狗的四处都是,味道很刺鼻。偶尔有个宽一点的道路,两旁堆放着各种废品杂物,很容易引起火灾。编辑们看到几辆卖"烤面筋、烤冷面"的三轮车随意停放在胡同口,上面的操作台上爬满了虫子,污油就放在车下方,食材暴晒在阳光下落满了苍蝇,情景令人作呕,瞬间就向队员们表示以后再也不会光顾路边的小摊了。随后,编辑们与队员一起边丈量边画图,走遍了将近600平方米的违建群的每一个角落,并在每家每户墙上贴好公告。室外温度将近35℃,两位编辑上衣都湿透了,满手灰尘。

拆违组回到队里已将近11:00,队内来了一位拿着锦旗的大姐,编辑们经过了解,这位大姐于2015年5月23日反映厂洼20号楼北侧一处平房正在扩建,此违法建设位于她家窗户正前方,对她的生活影响较大,希望队员能够对其进行查处。队员立即到现场进行调查,并与违法建设相对人、举报人及时进行沟通,经过了解,该违建相对人打算扩建平房用作厕所,违法建设为砖混结构,面积8平方米。队员向相对人说明了北京市新生违法建设相关法规，立即责令其停工，于一周内恢复原状。在此期间，队员多次到现场做工作，争取相对人自拆。2015年5月28日，紫竹院执法队复查中发现，该违法建设并未拆除。队员本着对新生违建"零容忍"的态度，于当日下午组织人员对该处新生违法建设进行了拆除并将建筑垃圾清理完毕。违法建设拆除后，大姐对紫竹院城管队5天拆除违建迅速有效的处理结果十分满意，为了表达自己的感谢之情，今日向城管队送来锦旗。编辑们为执法队队长及拆违组拍照，并鼓掌表示敬意。城管队员向小编们表示，这种事情很平常，每个月都会有，会议室的旌旗很多，快要挂不下了，平时他们累了或是受了委屈就会上去看看、回忆回忆。

12:40分饭后休整过后，副队长带领业务组及四位编辑出发开展联合整治行动，副队长说有的小商小贩多年在北京无照经营，已经知道了城管的工作时间，中午这个时段他们会自认为是休息时间，会比较集中，需要一周有三四天进行整治。烈日炎炎，四位编辑经过一上午的工作已经累得抬不起头，有的刚上车就靠在车上闭着眼休息，但是同业务一起工作还要继续。这次的任务并不像上午一样到达指定地点执法，而是看到违法经营现象就随时下车，一个中午来来回回上车下车。副队长为了保障编辑们的安全，叫他们远远地跟在后面，不要离近也不要落单走得太远。编辑们这次亲眼看见了队员们口中说的暴力抗法，有的一看逃不过会故意躺在地上装晕、装病，有的会拉扯队员甚至上手打队员，却口中不停地喊着："城管打人啦！"有的会骑着电三轮、电摩托故意要冲撞队员。一中午的"游击战"下来，编辑们只是远远地看已经大汗淋漓，感叹不已，回到队里还不停地相互讨论着刚才的见闻。回到自己的临时座位上，却慢慢没了说话声，一个个趴在桌上睡着了。教导员看到四个年轻的编辑大汗淋漓地睡着了，自掏腰包为四位编辑买了冰镇水解暑。

为了照顾四个体能已消耗殆尽的编辑，下午安排了巡视和盯岗，蓝天白云的好天气也带来了热感十足的高气温，巡视、盯岗在日常中算是体力消耗较小的工作，但编辑们还是苦不堪言。下午将近4:00，由队里的年轻队员将编辑们送至国家图书馆门前，相互交流下体验和工作经历，编辑们说："真的是挺辛苦的，不被理解地去工作太难了！""中午那种执法行动太危险了!""原来觉得城管很坏,总是暴力执法,中午亲眼看到才知道被冤枉的时候真是有理也说不清!""快点反映反映改善下执法车辆和办公环境吧,工作就够苦了,车总小毛病不断、网络也不好用,心里得多堵得慌!"……队员们只是笑笑:"这些都习惯了,多来几天你们也会适应的。""感谢你们能来,亲自去体验这些,这一天你们也辛苦了,但也希望你们能有所收获。"

送走了编辑们,队员们回到国图继续完成今天的盯岗工作,只是这一天他们各自心里都暖暖的,笑容都会不自觉地挂在脸上。只因为这一整天的累有人懂,这一整天的辛苦有人去诉说。

城管视点

服务纳税人
——让山后的窗口地段亮起来

尹素英

作者简介：尹素英，女，中共党员，中央党校毕业，本科学历，现任海淀区城管执法监察局西北旺镇执法队主任科员。

电影《庐山恋》里有一句台词：我热爱我们的祖国，我热爱祖国的早晨。我们山后城管队员热爱山后的土地，热爱山后的每个乡村、每条街巷。山后的土地面积占海淀区的近二分之一。16名队员的汗水洒在山后的土地上，3位跟队司机也像城管队员一样，没日没夜，随叫随走。从一、二级路段的管理，到突发事件的处理，留下群众的声声赞扬和相关领导及企事业单位的好评。但全队上下并没有满足，如何使地区环境不断改观，如何更好地为纳税人服务，我们在不断探索。

根据山后要实现"一年一变样、三年大变样"的发展目标，西北旺路段也随之升为了一级地段。在对西北旺的管理上，加强日常巡查，建立了"门前三包"档案，定期检查或抽查，发现问题及时纠正。一些商家、住户翻盖、修补房屋，此时也正是游览的季节，因队员们看到路边堆放的砂石，因户主人手不够，长期占道，使行人通过不便，隐藏着安全隐患，队员们二话不说,拿起铁锹将砂石铲于路牙之上。一位修车大叔出车祸住院后,门前卫生秩序无人管理,又是队员们帮助收拾。西北旺地区垃圾倾倒一直是一件头疼的事,商家、住户多,生活垃圾和生产维修废弃物多年来只是倾倒在路边,刮风天,风卷得垃圾漫天飞舞、四处飘落;下雨天,雨水冲得垃圾遍地,臭气熏人。周围群众怨声载道,分队领导和队员们几经走访,协调乡、村,最终使问题得到了解决。三个密闭式的垃圾箱终于坐落在傅家窑的路边,使散倒的垃圾有了"家"。"家"总是需要维护的,可偏偏有些素质不高的人,将垃圾倒在垃圾箱外边。队员们发现后总是锲而不舍地寻根求源,仔细辨别垃圾的出处。过往的行人不知其然,提出帮助寻找物品。当得知我们的工作目的时,发出赞叹:城管真认真。

　　城管队员们的辛勤汗水洒在了傅家窑的每一寸土地上,每一个门前"三包"单位的门前都留下了队员们的串串脚印。一位银行的保安同志开玩笑说:"门前都被你们走出两条沟了。"虽是玩笑话,但确确实实是队员们的工作写照。为了一块牌子,为了一张小广告,为了门店前的一点杂物,……队员们腿走酸了,口说干了。件件小事,感动着商家、业主。他们从对城管的偏见、不热情,到愿意说句心里话、讲问题。有些商家、店户对城管队员你拉我拽:快进去喝点水,歇一会儿。队员们听到这些暖人心的话语,脚走得更快了,步子迈得更大了。队员们从不满足,一次次对上级提出的问题、商家的建议,用最快的速度、最有力的措施去解决,达到最佳的管理效果。因为这是广大队员们的工作目标和心愿。一分耕耘一分收获,傅家窑这一山后的窗口地段终于整洁亮丽了。

　　由于傅家窑路段是进出山后各乡镇的窗口,住户十分集中,路边的商户也较多。为了使这里环境优美,为这里的商户创造一个良好的经营环境,队员们又在原有管理登记的基础上重新复查,落实"门前三包"责任。在落实中经常出现这户商家"三包"责任书刚签没几天,又换了一个新店主,原有的"三包"责任书未能衔接好,不仅要重新签订,队员们还要重新讲解、登记;有的门店经理经常不在,一切事情委派雇员负责,因责任心问题,将一些签订后的"三包"责任书随意放置,发生丢失现象。队员们就迅速补办并建议他们将"三包"责任书置于墙上明显位置。"三包"责任书签订后，使商家们有了约束的条文，经营活动区域更加规范了。一些门店的负责人讲道："三包"责任书不仅约束了我们，而且还让员工们知道、懂得了在经营商品的同时，软件服务环境也是搞好经营不可缺少的。环境秩序整洁后，购买者更加放心，顾客也比以前增多了。"门前三包"管理工作的不断加强，使市容面貌以服务商家、服务百姓的工作宗旨得到了体现。

　　开放的海淀邀嘉宾，开放的山后迎游客。山后景美、人美，将向着田园式生态型的高科技园区和现代化新区前进。城管队员们的形象要更美，用美好的形象、用最佳的工作效率服务山后的经济发展，服务纳税人，服务山后百姓。让我们城管队员头顶的国徽、肩上的牡丹花时刻在山后的乡村、大街、小巷闪光，照亮山后的每一个角落。

奥运与我同行
——记新年中的学院路分队

周彩燕

作者简介：周彩燕，女，中共党员，中国人民大学毕业，研究生学历，现任海淀区城管执法监察局执法业务科科员。

2007年1月9日8:00。中国农业大学北侧拉起了警戒线，气温零下5℃。

此时，海淀城管大队联合公安、工商等部门正准备按照计划对路边的10多家沿街商铺进行拆除。寒风不断袭来，似乎把空气都凝结住了。

在"××火锅城"的屋顶上，一名男子一手拿着一塑料桶汽油，一手拿着打火机，情绪非常激动，叫嚷着要自焚。而此时他的孩子也被抱上了屋顶，他用一双童真的眼睛不解地看着自己的父亲。而西侧的牛肉拉面饭馆门前聚集着20多个回族人，屋顶上的人已往自己身上浇了汽油。冬季风干物燥，若是着起火来后果不堪设想，现场气氛紧张得让人窒息。

虽然对这个地段半年前就张贴了拆除公告，但商户们对此很抵触，总认为自己被房东骗了，无论如何不想这么轻易地搬离。是呀，这里本来是短期内就要拆除的违法建设，可房东并没有告知承租商，使得承租商动用了大量资金进行装修。现在要拆除,商户们在经济上会受到重大损失。为了能顺利地拆除违法建设,同时也能维护商户们的利益,分队拆违小组在此前作了大量工作。不但一直在查找违法建设的房东,还通过公安等有关部门与之斡旋。经过长时间的努力,房东终于承认是自己在这件事情上存在过错,表示愿意给予赔偿。

虽然城管们为这次拆除违法建设作了大量的事前工作,但在拆违现场,还是有两家商户对赔偿结果不满意,甚至在拆违当天做出了过激行为。矛盾一触即发,情况危急,怎么办?

分队领导按照事先制订的应急方案,多方想办法。他们找到××火锅城屋顶的男子的父亲对其劝说,但效果甚微。这时一名城管队员走上屋顶,体贴地递给该男子一杯热水,在如此严肃的气氛下,这一举动在一定程度上缓解了双方的紧张情绪,使得大家能够有心情就分歧的问题再行协商。男子喝完水后,面色缓和下来,情绪也不再那么激动。城管队员耐心地规劝着,从地区环境建设到奥运会的大市容市貌,口干舌燥却顾不上喝一口水。男子的表情逐渐缓和,主动放下汽油,带着老婆孩子从屋顶上走了下来。所有人都松了一口气,中午时分,"××火锅城"顺利拆除。

与此同时,分队长正坐在旁边的一个屋里,他的对面坐着7家回民商户的领头人。分队长苦口婆心地对其劝导着。这真是个漫长的谈判,直到晚上6:00多终于有了成效,僵持了10个多小时的回民商户终于同意搬出,拉面饭馆得以拆除。分队长疲惫的脸上露出一丝欣慰的表情。

科荟路10万平方米的拆违大战就这样拉开了帷幕。

1月10日,二里庄、展春园等10个场馆周边社区居民房前屋后违法建设被拆除;2月11日,六道口15 000平方米违法建设开始拆除;4月12日,北京科技大学北墙外5000平方米开始拆除……2007年全年,学院路城管分队共拆除违法建设25万多平方米。

分队还结合拆违,对百姓反映强烈的环境问题进行了专门治理。4所大学的环境得到彻底整治,使得8个小区的环境得到整体提升。努力的工作赢得了地区百姓的赞扬,中国地质大学党委书记动情地说:"你们的拆违工作为我们解决了学校多年难以解决的问题,为奥运核心区增了绿,为地大的教职员工带来了做梦都想不到的好环境。"双泉堡91号的刘姓居民把一面写有"迎奥运拆违治脏,暖民心作风过硬"的锦旗送到了队长的手里。

2008年是世界和中国的奥运之年,学院路是奥运的中心区域之一,该辖区内有6个重要场所,奥组委驻地更是重中之重。3次奥运测试赛,奥运会期间将有7个比赛项目同时进行,一切的一切都让学院路地区全面地展示在了全国,甚至是世界人民面前。谈形象自然离不开市容市貌,作为学院路地区的城管人,深知自己肩上的重任,"一心保奥运"成了他们坚强的信念。为了这个信念,学院路城管队所有的队员,在工作面前只有一个字:"干"。

2007年4月中旬,学院路分队接到大队指示,要求对辖区内的户外广告尽快更新。这次拆除户外广告牌匾时间紧、拆除量大。分队最终决定15天内,拆除辖区内所有违规的户外广告牌匾标识。这是一项非常规的工作,分队也采取了非常规的工作策略。分队一改以往先宣传后拆除的方式,在拆除中宣传,用宣传来促进拆除。

2007年4月26日,北四环中路大型户外广告被拿下,打响了学院路地区拆除违法户外广告的第一枪。这个当头炮其实是有意选择的,分队挑选北四环的重点大街的大型广告开始拆除,目的只有一个:就是大造声势,旨在向商户表明拆除违法广告的坚定决心。

拆除前分工明确、重点突出。全队以队长为总指挥,两个分队长按学院路以西和以东划为两个辖区。每个分队长管理三个组,将每条街承包到组,以组为单位多管齐下,本着"先易后难""先拆后建""统一规范"的原则。从一开始,领导班子对所有违规广告一视同仁,统一下架。强硬的拆除态度,保障了拆除的进度。

尽管任务非常规,策略非常规,但是法律程序一丝不苟,扎实严谨。在拆除过程中,分队要求,自拆的要有保证书,助拆的要有委托书,对拒绝自拆的广告牌匾标识的所有者和经营单位及时取证立案、媒体公示,适时依法组织强制拆除。程序严谨扎实,避免了行政复议诉讼案件的产生。

予执法于服务是执法的最高境界,分队秉承着拆除与服务相结合的执法理念，与08办联合执法，由08办派人分驻每个拆违小组，现场办公，告诉商户怎么制作合法牌匾，怎么报审批。许多商户自动拆除违规广告牌匾，不久便挂上了统一规范合法的广告牌匾。这样既节约了时间，也最大限度减少了商户的损失。

这是一项非常规的任务，由于之前没有时间做细致的摸底调查，不知道相对人对拆除有何过激反应，因此，保障队员的人身安全至关重要。领导小组要求队员在拆除时，要相互照应，随时注意周围情况，发现问题及时解决，不使矛盾激化。在整个过程中，未发生一起意外伤害事件。

15天来，队员们奋战在第一线，没有休息。许多时候队员们连盒饭都顾不上吃，因为要保障白天车辆行人出行，许多沿街的大型广告牌都是在晚8:00甚至更晚的时候才开始拆除作业，因而队员们从没有在晚上10:00前结束过"战斗"。

保障奥运，提前练兵。为了使奥运环境保障任务做到有的放矢，2008年年初，分队成立了奥运环境保障领导小组，经过长时间摸底调研后，制定了《学院路地区奥运外围环境保障实施细则》和《学院路地区奥运外围环境保障突发事件应急预案》。分队将辖区划分为6个保障区域，每个保障区域设立1个保障小分队、3个协管员流动岗，采取了"人盯车巡"的办法，将保障任务落实到点、责任到人。

针对奥运会的应急保障机制至关重要，分队系统调研，并多次组织了实地演练，以便做到及时发现解决问题，不断完善细则和预案，既增长了队员的执法经验，又锻炼了队伍的应急处理能力，为更好地保障奥运做好了充分准备。

一次次违法建设的拆除，一次次广告牌匾的更换，变换的是城市更加美丽的面孔，不变的却是城管人永远匆匆的脚步、满身的尘土、永不放弃的斗志、永不言败的精神。站在奥运会的前沿，学院路城管分队全体队员众志成城、勇往直前，全力履行见证首都城管的诺言。

移除黑洗车点，解民忧

张崇胜

作者简介：张崇胜，男，中共党员，石家庄陆军学院毕业，大专学历，现任海淀区城管执法监察局甘家口执法队教导员。

罗道庄公园南侧翠微路旁，聚集着一些外来务工人员，他们背靠着昆玉河，提着一只水桶，拿着一块抹布，干起了洗车的行当。昆玉河水没有成本，洗一辆车定价在 10 块钱，低廉的价格吸引了不少司机。许多出租车司机，感觉路边洗一辆车比正规洗车点便宜，而且不用排队，便常来光顾，有的甚至特意绕道来洗车。

有了这些常客，黑洗车点的生意逐渐红火了起来，这可苦了周围的老百姓。本来宽敞平坦的马路，慢慢变窄了，平时出门不得不绕着行走。夏季一脚泥，大家挽着裤腿前行。冬天一层冰，骑车人经过不得不下车推行。老人走过更是加着一百二十个小心，冰面湿滑，若是摔上一跤，后果不堪设想。

如此违法扰民的黑洗车点，羊坊店分队自然一直没有间断过整治，有时甚至派队员一天 24 小时盯守过，但收效甚微。洗车人常常和城管队员打起了游击战：往往是你盯东侧，他们跑到西侧洗，你到了西侧，他们又跑回东侧。就算"抓个正着",经济处罚也是无法实施,罚款他们不交,没收洗车工具,只有一只塑料桶、一块抹布,成本太低,根本触动不了洗车人的利益。

怎么办?难道就任由这种行为侵害百姓的利益不成?羊坊店分队决定借助外力,对症下药,彻底解决这一痼疾顽症。分队有了从完善市政设施上寻找突破口,安装交通隔离栏,迫使司机不能随意在便道上停车,从而解决路边洗车问题的思路。设想虽好,但执行起来谈何容易。由于职能所限,安装交通隔离栏不是城管一家所能够独立完成的工作。由此,分队开始与辖区街道办事处和交通大队联系,多次召开座谈会,研究治理方案。牵扯部门多,队员们就往返于各职能部门之间,审批手续繁杂,队员们就放弃倒休时间加班加点。

在大家的共同努力下,交通隔离栏终于安装完毕。它的效果非常明显,过去浩浩荡荡的洗车大军不见了,虽然个别不死心的人仍偷偷在公园门口等无法设立隔离栏的地方洗车,但已不足过去的十分之一,队员管理上难度小多了,对老百姓出行的影响基本消除。

看着马路又恢复了以往的干净整洁,不用再绕道而行,大家都说城管及时解民忧,为老百姓办了件大好事。看着大家高兴的表情,队员们疲惫的脸上露出了满足的笑容。

一杆公平秤暖了游客心

吴 限

作者简介：吴限，女，西安政治学院毕业，本科学历，现任海淀区城管执法监察局青龙桥执法队副主任科员。

一年一度的香山红叶节吸引了来自世界各地上百万的游客前来登高赏红。2013年的红叶节是从10月12日开始至11月11日结束，在这期间的每个双休日，香山公园日均客流量都达到了5万人次以上。因此，香山公园的旅游环境秩序保障工作就当仁不让地成为城管香山执法监察队的工作重点。

红叶节前夕，香山执法监察队提前组织召开了香山红叶节保障工作部署会，一方面以集体讨论的形式，由每个队员根据过往的经验，提出重点、难点问题和相应的解决办法；另一方面通过将上级的指示和往年的经验相结合，制订出较为完善的2013年度红叶节保障方案，并推出了具有针对性的各种应急预案，力争做到事事有预案、事事有准备。

在会议中，有队员提出："由于买卖街、煤场街商户密集，竞争激烈，商户在降低价格的同时，容易发生缺斤短两的情况，这不仅破坏了和谐愉悦的游玩气氛，也使广大群众造成了不必要的经济损失。"队员提出的这一问题立刻引起了香山队领导的高度重视。为了更好地营造买卖公平、计量公正、百姓放心的旅游消费环境，进一步抵制不法商户缺斤短两，维护广大人民群众的利益，最终队里决定在买卖街、煤厂街等香山商户密集的主干道路上设立"城管便民公平秤"。

2013年10月12日，迎来了红叶节的第一个客流高峰日，买卖街上人声鼎沸，游人络绎不绝，街道两旁商户门前摆满了各式各样的货品和小吃摊，招呼着游人品尝、购买，各种吆喝声此起彼伏。

来香山公园游览赏红的游客，既有北京本市的游客，也有来自外地进京的游客，当听到商贩们"瞧一瞧""看一看""正宗""地道"等招呼，自然而然地被吸引了过去。"给我来两斤栗子""来一斤冬枣""我要一斤半糖炒栗子……"生意红火，商贩自然动作麻利，只见他一手拿着纸袋，一手去抓摆在商铺前的食品，抓了几把后迅速放在电子秤上秤。而电子秤往往是背对着游客，还没等游客回过神，摊主就以迅雷不及掩耳的速度系好袋子，报出了价格。游客看着手中分量明显不足的食品，虽然想找商贩理论一下，但苦于没有证据，也只好悻悻作罢，但游玩的心情却被破坏了。

有一位来自河北的游客张阿姨，她下山时看到我们城管队员，连忙走上前说道："今天早上我来登山时，看着油光发亮的栗子不错，又这么便宜，没忍住就买了2斤，可一看就是分量不够，没一会就吃光了，你们城管队员们能不能帮忙管一管啊？"听了张阿姨的遭遇，城管队员也感到气愤，指了指设立在买卖街上的执法监察岗亭里的公平秤对张阿姨说："阿姨，下次您再买东西，买完了先到公平秤上称一称，要是发现缺斤少两可以立刻回去找摊主。"张阿姨听后连忙拍手叫好，并立刻招呼刚买完花生和冬枣的姐妹来到公平秤前称分量。这一称重，果然发现刚买的1斤花生只有6两多一点，1斤半的冬枣也只有1斤。张阿姨这回理直气壮地拉着姐妹回去找摊主理论："对面就是公平秤，你还敢缺斤少两！"摊主此时也慌了神，一边说："大姐，消消气，我这也是小本生意，马上给您补上。"一边连忙抓起两大把花生就往袋子里放。张阿姨拎着东西回到岗亭放公平秤上一称，分量刚刚好。"这次多亏了城管设的公平秤，买东西不用担心缺斤短两了，买得放心，玩得也舒心了。"张阿姨拉着我们队员的手，满怀感激地说道。

通过一个小小的公平秤，既提醒了买卖街、煤场街的商户文明经商，诚信经营，也真真切切、实实在在地温暖了游客的心，正可谓一举两得。

对于常来香山游玩的市民来说，买卖街商户只报钱数，不报重量是众所周知的秘密。很多人都是自带弹簧秤，买完干果后，自己先核准一下再付钱。家住回龙观的李先生告诉我们："我每个月都会来香山爬山，下山时买点东西都成习惯了。可商贩手里的秤都是'鬼秤'，一般买2斤少6两，买3斤少1斤。"而这次当李先生看到香山队设的公平秤后，向队员竖起了大拇指说道："城管真是为百姓办了件实事啊！"听着来自全国各地的游客们一句句感谢和认可的话语，我们队员们心里同样是暖洋洋的。

公平秤的设立为游客带来了实实在在的便利。一天下来，前来复秤的游客就达到了110人次，为百姓挽回经济损失1000余元。沿街的商户，面对着城管岗亭里的公平秤，再也不敢缺斤短两了。一位摊主说出了真心话："有了你们城管设立的这个公平秤，我们不敢再少分量了，钱挣得虽然少了，但是心里却也舒服了，这生意做得也更对得起良心了。"

设立便民公平秤，虽然只是香山执法监察队在香山红叶节期间推行众多便民措施中的一项，但对于游客们来说却像是一壶热茶，对于商户来说更像是一把标尺，实实在在为香山红叶节的开展做出了贡献。香山红叶节，是首都北京向全世界人民展现世界名山风采的窗口，也是展示首都城管队员形象的契机。在保障旅游环境秩序的同时，为游客提供真诚热情的服务是我们的义务与责任。我们作为首都城市文明和谐的管理者和维护者，就应该想群众之所想，为群众办实事办好事。设立便民公平秤，恰恰体现了香山执法监察队对游客的一颗心、香山的一份情。

城管视点

城管提前介入，
保障香山景区环境秩序

于浩洋

作者简介：于浩洋，男，中共党员，北京体育大学毕业，研究生学历，现任海淀区城管执法监察局宣教科科员。

规范占道经营，核查导游证件，查处无照摊点……2016年10月初的香山虽未到红叶的最佳观赏时期，上山的游客却丝毫不少。近日，为使广大游客在观赏季期间拥有整洁有序的观赏环境，虽距离每年一度的香山红叶观赏季开幕还有几天的时间，但海淀城管提前部署，周密安排，调配共约80名执法人员在香山景区周边进行环境保障工作，采取预先干预、提前介入的工作策略，应对即将到来的游客高峰，打造美丽香山，力争为红叶观赏季的到来打下良好的环境秩序基础。

上午9:30，记者跟随海淀城管香山队的队员来到了香山公园东门。门前的游人熙熙攘攘，人头攒动，游客们游览、拍照、休息，仿佛在为即将到来的红叶观赏季预热。城管队员从车里拿出桌子、遮阳伞、宣传板等物品，在公园门前设立了"城市文明加油站"，在这里，城管队员不仅为游客提供指路、公交线路查询等多种便民服务，还在宣传板上印有游览安全须知、警惕"黑车""黑导游"等注意事项。此外,城市文明加油站还添置了爱心急救箱,随时为有困难的游客提供紧急救治。随后,城管香山队队员还为游客们发放纪念品,体现了城管亲和、为民的服务工作态度。

这边的服务站有条不紊,另一边,城管队员开始了对"买卖街"和"煤厂街"两条上山道路的巡查,对街道两侧不符合"门前三包"要求的商户进行规范。记者看到,虽然不是周末等黄金时段,可上山的游客仍是摩肩接踵,络绎不绝。两条街道比较狭窄,但街道两侧的商户为了吸引顾客,纷纷将屋内的商品摆到了人行道甚至是盲道上进行展示,影响了游客通行,造成了一定的安全隐患。在一家主要经营兰州拉面和山西刀削面的商铺前,本来应该畅通的道路上被商家设置了灯箱,屋内的煮面炉也被搬到了门口,很多游客在经过这些商铺时,只能减缓脚步,小心避开。城管队员见状立即上前,对老板进行批评教育,并要求其当场拆除非法设置的灯箱,将煮面炉搬进室内。老板对记者表示:"今天我是第一次往店门口放东西,这'门前三包'做得确实不到位,我以后一定注意。"见商户老板承认了错误,并主动派员工拆除了灯箱,搬走了煮面炉,城管队员并没有对商户进行进一步的处罚。

"黑导游"是历年存在于景区周边的一个顽疾。海淀城管坚决治理无照导游,防止游客受骗上当。在一处旅游团前,城管队员上前对该旅游团导游证件进行了检查,只见队员拿出手机,用手机扫描了一下导游证,接着认真查询核对证件上的信息和手机显示的信息。最终,城管队员确认该证件为合法证件,该导游是正规旅行团的合法导游。

对于这种鉴别真假导游的新方法,记者也感到新奇。据城管队员介绍:"过去我们与旅游委没有建立互通机制,我们虽然有执法权,但对于查处'黑导游'的工作却存在查找信息困难、认证阻力大等问题。近期旅游委和城管局共同开发了一款旅游城管执法APP,通过这个APP,我们可以直接扫描导游证、旅行合同、旅游包车证上的二维码,来查询该旅游团是否合法,这样我们的工作开展就方便了许多。"

像这样的规范整治和志愿服务工作,城管队员每天都要进行。香山红叶观赏季即将开始,香山城管队全体执法人员将全员上岗,每天从早

7:00一直到晚20:00,对景区周边无照游商、"黑车""黑导游"、占道经营等违法行为进行查处,全力保障景区周边的环境秩序,使到香山赏叶的广大游客,乘兴而来,满意而归。

小男孩找爸爸

李 萌

作者简介：李萌，女，中共党员，首都经济贸易大学毕业，本科学历，现任海淀区城管执法监察局学院路执法队科员。

1月3日是进入2014年的第二个工作日，这个原本平凡普通的寒冷冬日，却因一件突发事件而变得不平凡起来。原来，一名小男孩在北沙滩桥西侧处与家人走失，巡查至此的城管执法人员发现后，热情伸以援手，最终将走失的男孩安全地送回了其父母手中，这一事件不仅给寒冷的冬日执法工作带来了温暖，同时也给我们带来了感动。

3日上午10:00左右，学院路执法监察队的队员正在对北沙滩桥西侧辅路沿街店铺进行"门前三包"规范工作。太阳懒洋洋地躲在云层后边，凛冽的寒风吹得人瑟瑟发抖。就在这时，一名年纪约八九岁的小男孩突然冲到执法队员跟前，对队员哭诉道："叔叔，你们能帮帮我吗？我找不到爸爸妈妈了，我害怕。"见此突然情况，队员们立刻停下手头的工作，一面帮他擦拭脸上的眼泪，一面稳定他的情绪，并安慰他道："小朋友不要哭了，放心吧，城管叔叔会帮你找到爸爸妈妈的。"

在队员们的悉心安抚下，小男孩逐渐平复了情绪，但因为走失的男孩年龄较小,说不清楚自己的家在哪儿,只知道爸爸的手机号码,其他的都不知道。看着孩子因在寒冷的室外久待后冻得瑟瑟发抖的样子,队员们决定先将孩子带回队部,同时按照男孩所说的电话号码迅速联系孩子的爸爸,告诉其父亲不要着急,孩子找到了。

回到办公室后,办公室的内勤队员立即给孩子倒了一杯热水,让孩子先暖暖手,并安抚孩子:"不要害怕,城管叔叔已经联系到你爸爸了,你爸爸很快就来这里接你了。"此时,细心的队员发现男孩由于室外温度很低,加之男孩流下的眼泪,使他的脸颊通红,而且情绪仍是非常紧张。于是,队员们开始尝试与男孩聊天交流,以缓解男孩的紧张情绪。在与队员的聊天中,男孩逐渐放松了紧张的神经,情绪也逐渐缓和了下来。看着男孩的状态逐渐转好,城管队员们也放下了悬着的心。约半个小时后,男孩的爸爸终于赶到了学院路队的办公室。在见到爸爸的那一刻,男孩哭着扑到爸爸的怀里,边哭边说:"爸爸,我以后再也不自己走掉了。"父子俩相拥在一起,孩子的爸爸激动得热泪盈眶,一个劲地对城管队员们表示感谢。他说:"孩子找不到之后,感觉天都快塌了,真的不知道该怎么办了,真怕以后再也见不到我儿子了……在你们给我打电话之前,我和孩子妈妈正在沿着附近每一条街道找,都没有找到,在我们不知道该怎么办的时候,你们给我打了电话,告诉我孩子已经找到了,我当时的感觉……真的无法形容,总之,太感谢你们了!我代表孩子妈妈,代表我们全家谢谢你们!"

后来通过男孩爸爸的描述,我们才知道事情的原委,原来小男孩是中关村一小的学生,早上因身体不适没有准时去学校,后在妈妈送其去学校的路上与妈妈发生了争吵,负气走远,可是没想到却因此与妈妈走散了。

事情终于圆满地解决了,看着这对父子的背影,学院路队的队员们在感到欣慰的同时,却总感觉还应该做点什么。

由于辖区内北沙滩桥西侧有正在施工的地铁15号线工地,又有小月河河道、双泉堡村等,人员复杂且车流量较大,因此环境情况十分复杂。针对这种情况,学院路队将特别开展宣传工作,一方面希望家长要看护好自己的孩子；另一方面，希望学校与家长能共同加强孩子的自我安全保护意识，让孩子熟记自己父母的手机号码、家庭住址等联系方式，以便在关键时刻可以避免出现危险情况。

城管视点

真心服务全心付出
用心建设海淀核心区

李汉杰

作者简介：李汉杰，男，中共党员，西北民族大学毕业，研究生学历，曾任海淀区城管执法监察局清河执法队副主任科员。

在我们生活的城市里，有这样一群人，他们不是太阳，却让城市熠熠生辉；他们不是月亮，却让城市温情脉脉；他们不是春风，却让城市暖意浓浓；他们不是细雨，却让城市盎然生机！没错，他们就是撑起这座城市管理脊梁的海淀城管人！

或许人们对城管的了解更多来源于"延安城管暴力执法"等负面事件，可是他们并没有看到每当太阳炙烤着大地的炎炎夏日，有城管队员坚守在工作第一线，用心维护着海淀区的市容环境秩序；每当寒风凛冽刺骨，人们都钻入暖暖被窝的冬日午夜，仍有城管队员紧裹着大衣密切监视着城区的夜施工地。很多人一直都认为城管的工作就是抄摊追小贩，但是真正进入这一行你才会知道，城管的工作五花八门，查处无照经营、擅自摆摊设点只是众多工作的一小部分。截止到 2014 年 4 月，北京城管共负责 12 个方面、371 项行政处罚事项，涉及市政市容、公用事业、环保等 11

个部门的全部或者部分行政处罚权。

在我入职的这一年多时间里,周围的老城管、老前辈就有无数的瞬间感动着我、激励着我。

记得夏天的一个下午,我正在辖区的街上进行巡查,跟着队里资历最老的前辈,走着走着,我们发现不远处的胡同口有个无照水果摊,但我身边的前辈并没有大步冲过去,而是选择静静地走过去。当那个无照商贩抬头要给居民找钱时,才发现我们走到跟前。他愣在原地,脸上表现出的错愕瞬间化为惊恐,想跑也来不及了。而这时,我走近才发现水果车后边,有个三四岁模样、穿着皱巴巴背心正在玩耍的小女孩。出人意料的是,前辈并没有把这次机会当成对我这个新人的暂扣、罚款的现场教学课,而让摊贩领上自己的孩子,收拾好自己的车,让其离开了。后来,我又在辖区见到了这个摊贩,只不过这次碰面发生在我们辖区内一处有固定摊位的菜市场内。至今,我耳中仍回响着前辈说的那句听上去特别拗口的话:"告诉他应该去哪儿,比告诫他不该在哪儿的意义更大。"渐渐地,我明白了这句话背后的真诚和真心,对那个商贩、对那个小女孩,以及对我代表的不同含义。

我生日的前一周,在安宁庄西三条的人行便道上,我遇到了一对擅自摆摊设点贩卖小商品的小夫妻。那是第二次在相同的地点看到他们叫卖,摊位占去了一半的人行便道。每次劝离他们时,他们都带着一种从不解到执拗的敌意。而这一次反应更剧烈,对我的劝告演变成失去耐心和理智下的推搡。后来,那位姑娘就直接扯着我的制服,对路过的百姓说我打人了,看热闹的人越聚越多,最后她就干脆直接倒地不起了。再后来,姑娘的老公报了警。那是我第一次进派出所做笔录,在配合民警的调查中,我得知他们俩是刚来北京不到一周,年纪比我小两岁。后来根据现场照片、视频以及沿街的录像,证明了我的清白,我是按照程序执法,无执法不当行为,更没有打人。我至今还记得离开派出所时,那对夫妻看我的眼神和表情,可能是知道我告诉办案民警不再追究他们,但我这么做并不是想让他们去愧疚、去感激,而是让他们理解其实谁都不容易,在这个城市生存下去并没有错,但是要以合理合法的方式,更要将心比心。全心去尊重、换位去思考也是一种生存方式。后来,我再也没有见过那对夫妻。也是从那时开始,我意识到自己的身份早已不再是学生，自己距离这座城市的另外一面又是那么近。

秋冬时节，我去一处违法建设的强拆现场，负责录像。那处违法建设总共不到5平方米，盖在胡同路边上，刚建成，上下还围着彩条布，十分扎眼，相对人是"两劳"释放人员。当时正值北京市开展严厉治理新生违法建设的新形势，办事处工作人员、民警，以及我们城管队员都在现场，违法建设肯定留不住。拆除工作是在十分紧张的气氛下进行的，当违法建设被拆除，我们准备撤离的时候，相对人突然拾起地上的一块砖头，狂奔十几米追打办事处一名走远落单的工作人员，所幸迎面有人推了相对人一下，那名工作人员只是被推倒受了轻微擦伤。前几天整理材料，再去翻看这段被记录下的视频，我至今都在后怕，也在反思当这个城市的发展和一部分人的利益不同步甚至冲突时，我们到底能做些什么保证执法。那就是要依靠法定程序、依赖更完善的预案，更是需要考虑到方方面面的用心，才会把执法的成本和风险降到最低。

城管执法的很多工作并不像好莱坞大片来得那么轰轰烈烈，也不像文艺片那样充满情调，更多的像一幕幕生动的纪录片，记录着每天你身边发生了什么，你付出了什么，而你又收获了什么。

我们每天都在面对形形色色的人，有些是邻里矛盾的举报，有些是挣扎在生存边缘的商贩，有些甚至是屡教不改的不良现象。我们面对的是城市的最底层，是城市发展的另外一面。

但我们正在其中收获一些我们之前未曾想过的东西，是促使从对抗到对话，从误解到理解，从管理到服务的点点滴滴，但收获是需要真心、用心、全心地付出。

我的工作，就是让更多的人在这座城市健康发展中汲取自己需要的东西，找到适合他们自己的位置，让这座城市回到它应有的样子。每天我们像这座城市一样包容着好与不好，为它去真心付出、为它的市民用心付出、为它的未来全心付出。受委屈时保持微笑，被误解时坦然面对，不忘城管执法工作的初衷，收获越来越多的尊重、认可和支持，我们才能说我们城管工作是值得的，我们才能说我们的执法工作是合格的。

全力以赴,保障圆明园皇家庙会

孙苗苗

作者简介:孙苗苗,女,中共党员,华北科技学院毕业,本科学历,曾任海淀区城管执法监察局中关村执法队科员。

2015年"圆明园第六届皇家庙会"活动于2月19日至2月24日在圆明园遗址公园举行。中关村执法队全体执法人员于2月19日早8:20到达指定岗位,迅速进入保障状态,为庙会的顺利开展做好服务。

自2010年春节举办了圆明园首届皇家庙会后,5年来,圆明园皇家庙会已成为北京市人气最旺的庙会之一。冰雪活动花样翻新,民俗文化活动层出不穷,民族歌舞演出初一至初七红红火火热闹上演……在这座400多年的皇家园林里,过一个原汁原味的皇家庙会,已成为很多北京市民过春节的保留节目了。

2月21日是圆明园皇家庙会的第三天,游园的市民人数达到了高峰,中关村北大街作为通往庙会的重点道路,来往车辆络绎不绝,人流如织,好不热闹。中关村执法监察队的执法队员一大早就来到了位于清华西门外的盯守点位,准备开始一天的保障工作。

上午11:00,执法队员在巡查过程中发现,在圆明园南门外的花坛附近,川流不息的人群中有一个四五岁左右的小女孩格外惹人注意,穿着一身喜庆的红衣服,却一个人孤零零地站在原地,不停地左右张望,冻得通红的小脸上挂满了泪痕,哭得非常伤心,嘴里还不时小声地叫着:"妈妈,妈妈……"引得周围的市民群众纷纷侧目。执法队员心想,这个小姑娘肯定是跟家里人走散了,便立刻走上前,蹲在小姑娘的身边。

他知道小姑娘受了惊吓,肯定又伤心又害怕,不住地小声安慰着小姑娘:"别害怕,别害怕,好孩子,你告诉叔叔出什么事儿了?"但是孩子的年龄实在太小,又一直不停地哭泣,为了稳定孩子的情绪,也避免在圆明园南门处形成市民围观,影响正常的环境秩序,队员决定将小女孩带回执法车上。一路上他都在温柔地安慰小女孩,希望能稳定她的心情,以便询问出孩子家人的信息,及时把孩子送回家人的身边。

回到执法车上,队员继续温柔地和小姑娘说话:"好孩子,你是不是跟家人走散了呀?你告诉叔叔,你叫什么名字?叔叔会帮你找到家里人的……"又给小姑娘倒了一些热水,还拿了一点儿小零食,希望能够尽快地让小姑娘的心情好起来。

过了20多分钟,小女孩渐渐停止了哭泣,有些胆怯地打量着执法车,问道:"叔叔,你是警察么?"队员一听,微笑道:"叔叔是城管。你叫什么名字?你能告诉叔叔你和家里人是在哪里走散的么?"

经过小女孩的回忆,队员判断孩子应该是在停车场附近和家人走散的。他一边带小女孩回到停车场寻找家人,一边给庙会举办方打电话,希望能够广播寻人,帮小女孩尽快找到家人。经过10多分钟,终于在停车场门口遇到了焦急找孩子的亲人。

原来,小女孩今年才5岁,早上跟着姑姑一家来圆明园庙会游玩,结果一家人刚在停车场停完车,整理东西的工夫,孩子就不小心走散了。一家人正在附近焦急寻找的时候,就看到队员带着小女孩向停车场走过来了。

"太谢谢你了,城管同志!要不是你,我真的都不知道怎么办了!"孩子的姑姑感激地拉着队员的手说。

"您别这么客气,这都是我们应该做的。"队员说道。

小女孩在城管队员的帮助下顺利地找到了失散的家人,这样的事情还有很多很多。在庙会现场，执法队员严格遵守执法程序，始终展示了首都城管队伍公正、文明的良好形象，赢得了广大市民的一致好评。

拆违纪实
——永定路队清明节拆除新生违法建设

张 镭

作者简介：张镭，男，中共党员，北京化工大学毕业，研究生学历，现任海淀区城管执法监察局永定路执法队副主任科员。

随着最后一堆垃圾装上车，2015年4月5日清明节，上午约10：00，永定路执法监察队接96310热线举报：北京市海淀区复兴路81号北京城建二公司家属院4号楼4单元××住户在××西侧搭建违法建设，钢架结构，面积约50平方米，正在建设中。

正在值班的政治教导员接到通知立即带领执法人员前往现场。经现场检查，发现举报地点××住户南侧，××住户房顶之上正有工人进行建设施工，搭建钢梁框架，安装顶棚。队员到现场后，发现在2014年12月19日曾拆除该住户在该位置搭建的类似违法建设。这时，周围有居民看见执法车围了过来。

"这事儿城管到底管不管啊？不管我们也盖啦！"

大家七嘴八舌地开始议论起来。教导员看见这种情况，立即召集居民到旁边讲解具体政策，队员则负责打电话联系该违建相对人李女士到现场,并将此处情况报给了万寿路街道办事处负责同志。

李女士到达现场后,教导员和队员一起,和她进行了谈话。"李女士,我们是海淀区城管永定路队执法人员,请看证件。您这里怎么又开始搭架子盖房了?办理规划审批手续了么?"

"我看在我家阳台旁边也不碍别人的事,我就是给孩子弄块地方能活动一下。没办手续,也不知道谁能批这个呀!"

"如果您没有《建设工程规划许可证》,那您的建设行为就属于建设违法建设,按照《北京市城乡规划条例》和市委市政府的相关政策,新生违法建设要绝对禁止,发现即拆除。"

"能不能别拆啊?这个也不妨碍别人。"

"那不成,法规就是这么定的,而且您看,要是您盖了,这一排还不都跟着往上盖?这不就乱套了?也不安全。这样吧,给您,这是责令改正通知书,您叫施工的工人把现在建的东西自己拆了,恢复原状,下午2:00我们再来复查,如果下午2:00之前您没有自拆完毕,我们只能依法进行强拆。这是送达回证您给签个字。"

经过队员的耐心劝说,李女士同意自拆。

为防止相对人趁队员不在时继续施工,队员又来到81号院物业公司办公室,找到负责人。

"您好,我们是海淀城管永定路队队员,咱们物业应该对小区里搭建违建发挥下作用,即便不能强行制止,也可以限制运料的车辆进小区吧?您看是不是应该建个制度,装修进料由你们批准才放行,不是装修的建材一律不许进。只有把源头管控好,后续的工作才好开展啊。"该负责人表示,物业部门一定尽快商量制定相关制度,支持政府工作,并表示会监控此处新生违建,如果继续施工立即通知街道和城管部门。

回到队里,王教导员和张镭也没有放松,立即联系街道做好拆除的各项准备工作。

下午2:30,永定路执法队会同万寿路街道城管科同志,与城建二公司带班领导、银建物业公司工作人员一起到现场进行复查,发现相对人并未自拆,就立即组织人力予以拆除。

拆除过程中，教导员和街道同志将相对人李女士叫到旁边，进行安抚，反复宣传当前的政策与形式，并说明现在拆除也是降低了她的损失。

就在执法人员登上架子指导拆除时，忽然发现在该楼西侧，有一处极为隐蔽的新建钢架棚。如果不是因为站在高处，肯定不会发现。教导员经与街道等部门协商，在物业公司的帮助下与该住户取得联系，通过现场勘查，此建筑面积约16平方米，系刚刚建成，属新生违建。本着新生违建零容忍、当日发现当日拆除的工作要求，通过对相对人的劝说教育，取得相对人同意后，施工人员对该处违建一并进行了拆除。

至当日下午3:30，仅1小时顺利完成两处新生违法建设的拆除工作。

四周围观的居民纷纷竖起大拇指："就应该这样，要是都随意加盖，小区里成什么样子了！""城管好样的！"

一周之后，队员对此处进行了复查，并没有发生复建现象。执法队将安排专人，定期对该处进行监督检查。

通过此次拆除新生违建行动，永定路队总结了在遏制新生违法建设工作的经验：一是紧密依靠属地政府，联勤联动，以得到强有力的人力物力支持，得以及时有效协调所需的部门支持；二是广泛动员，群防群治，发动居委会、物业等组织对辖区进行监控，将新生违建消灭在萌芽之中。

我们的故事

唐元宝

作者简介：唐元宝，男，中共党员，中国农业大学毕业，研究生学历，现任海淀区城管执法监察局西三旗执法队教导员。

城管队伍自成立以来，始终坚持执法为民的思想，不仅对违反城管法规的现象进行查处，而且为广大群众服务做好事，可以说数不胜数。如今，还有个别群众对城管工作不是很理解，甚至误解，但是真正了解城管法规、熟悉城管工作的人，对城管工作大都给予理解和支持。因为城市环境问题是关系广大市民切身利益的问题，城市环境管理好了大家都是受益者，绝不只是城管一个部门的事，更不是某个人的事。自己从事城管工作多年，对此有着颇深的认识。只要大家牢记城管执法为民的根本宗旨和全心全意为人民服务的意识，心中时刻想着人民、牢记城管人的光荣职责，以做好首都城市环境为己任，并广泛发动群众和城管志愿者的力量，一起参与城市管理，共同营造干净、整洁、有序的城管环境，就一定能得到人们的支持、理解和信任。

记得育新家园西路的君安家园南侧路段拆迁工作受阻，这一路段几年都无法开通，君安家园及以北的居民都要走君安家园南侧的一个小胡同，然后穿过华北电力大学的家属区,自行车、摩托车甚至汽车以及行人都从这个小胡同穿过,拥挤不堪,险象环生。于是华北电力大学的居民就自发地在这个小胡同里砌了一堵小矮墙,只留出一个小口供一个人通过,防止机动车通行,自行车通行也很困难。而依赖这一路段通行的居民还特别多,矮墙周围有的地方低洼不平,一到雨雪天气,低洼处就会积存很多污水,居民通行需要翻过矮墙,特别不方便。特别是君安家园居住的都是上了年纪的退休老干部,他们强烈要求拆除这堵矮墙。而华北电力大学的居民也为了他们自身的安全考虑坚决不同意,因为这些居民本来是不应穿过他们小区从这个地方通行的,只因规划道路的拆迁遇到了困难才临时从这里通行。为解决这一难题,队员多次协调组织君安家园的居民代表、君安家园物业、华北电力大学居民代表、华北电力大学校方、北京信息科技大学居民代表、北京信息科技大学校方、小营联合社区居委会等多家单位,召开了多次会议,分析问题产生的原因和症结所在,耐心细致地做各方工作,使各方互相体谅,最后达成协议,拆除矮墙,由君安家园物业在胡同的西侧砌上隔离墩,东侧栽上铁栏杆,低洼的地方填平,这样行人和自行车通行就比较顺畅了,同时也有效地阻止机动车的无序通行,消除了安全隐患。各方都非常满意,大家都说城管队员为居民群众做了一件大好事,君安家园的老干部们还联合做了一面锦旗送给城管队,以表示感谢。

  城管进社区是城管工作的一项重要内容之一。城管队员与辖区居委会相互配合,共同发动居民一起来管理自己的家园,支持城管工作,参与城管工作,积极营造良好的城管执法氛围,例如,在小营社区成立城管志愿者服务队,协助起草并制定了城管志愿者服务公约,宣传城管志愿者服务是自愿、无偿地服务他人和社会的公益性行为,是一种高尚的行为。社区城管志愿服务社会事业,是一项平凡而又伟大的事业,是一个深受群众拥护的事业。由于此项活动内容丰富,形式多样,服务群众,得到了广大居民群众的称赞。社区周边由于无照经营导致环境脏乱,城管队员就会积极帮助解决。位于永泰东里小区的永泰小学附近,每天早上学生上学和下午放学的时候,有一些无照经营者在此聚集,不仅影响环境而且阻塞交通,群众将问题反映给城管队,队领导高度重视,专门安排队员进行巡查和盯守治理,使无照经营现象明显减少,得到了群众的交口称赞。有的社区存在违法建设,城管队员及时到现场不厌其烦地做违法建设相对人的思想教育工作,拆除违建。位于小营东路10号院社区存在新生违法建设,队员首先到现场了解情况,发现违法建设即做违法建设相对人的思想教育工作。刚开始违法建设相对人不配合工作,认为在自己的院内进行建设,可是相对人没有认识到自己的行为侵占了公共绿地,影响了公共利益,没有取得建设工程规划许可证的情况下进行违法建设。在队员作了大量的认真细致的工作后,相对人最终同意城管依法对自己的违法建设进行拆除。为了普及城管法规知识,城管志愿者放弃休息时间与城管队员深入社区进行法规宣传。城市建设在迅速发展,城市管理仅靠城管部门不可能管理好,需要大家的共同支持和参与。于是城管人与城管志愿者一起到社区内进行法规宣传,送法到群众手中,发动群众参与城市管理,得到了多数群众的广泛支持。大家从身边的小事做起,发现违反城管法规的事情,第一时间进行提醒,一时难以解决的就反映给城管队,由城管队员进行现场处理。小区的环境改善了,群众的反映减少了,群众的满意度提升了。由此,小营社区联合组织志愿者服务的管理模式得到了有关领导和群众的好评,被列为海淀城管监察局科学发展观活动暨城管进社区活动的示范点。

有一次,街道办事处组织联合执法后,被查处相对人来队里接受处理。其中有一个相对人在等候处理的时候与人聊天,因疏忽大意,将自己的钱包放在车上,而自己与别人聊天聊得忘了自己的钱包。过了一段时间发现自己的钱包不见了,于是一群人在那焦急地找。到了吃饭的时间,有一名城管队员正准备去食堂吃饭,发现他们在焦急地找什么东西,问他们有什么事,经了解是相对人钱包丢失后,该队员立即帮他报了警。过了半个小时,警察来了,他又协助警察调取街面的监控录像,一起寻找钱包的下落。从监控录像中发现,是另一个来接受处理的相对人拿走的,拿走钱包的人正好是来处理案子的人。此城管队员连饭也顾不上吃,立即联系到那个相对人,给他讲有关法规和问题的严重性。功夫不负有心人,对方非常诚恳地承认了自己的错误,表示不再做违反法律法规的事,更不能拿别人的钱包。最终,及时将钱包还给了失主。事后失主想请队员吃饭,还给他送礼品，都被他婉言谢绝了。他说："你对我们城管工作的支持就是对我最好的感谢。"为了表示谢意，这名卖菜者给队里送了一面锦旗。从此以后，他再也不把菜摊摆出市场来卖了，还主动劝别的人不要摆到店外面卖，并且还自愿成为一名城管志愿者。

在一个炎热的夏季，有一名无照经营相对人违法经营收废品被城管队员依法查处，三轮车被暂扣，队员要求相对人依法接受处理，但是违法经营者拒绝接受罚款处理，在队里大吵大闹，不配合工作。队员向他耐心解释，按规定进行处罚，相对人在感到无理取闹不能达到目的后，气呼呼地从队里走了出去。过了大约2个小时后，这个相对人用轮椅推着他的父亲来到了队里，声称如果不归还被扣三轮车，就将80多岁有残疾的老父亲放在队里，要求由城管队人员养他的父亲来进行威胁。看到这样的情况，队员依然态度温和地向相对人讲解有关城管法规，希望他配合城管工作，接受处理。最终相对人被城管队员和蔼、诚恳的工作态度所感动，主动接受队员的处理，队员考虑到他父亲年老多病，家庭困难，就依法采用低限对相对人给予处罚，并劝他以后不要从事违法经营。相对人承认错误，保证今后不再违反规定进行经营。城管工作就是这样，既要文明执法，还要严格执法，还要多为地区百姓做好事，为百姓服务。无论问题多么复杂，多么辛苦，忍受多少委屈，城管人依然默默地承受、认真地工作。让领导放心、让群众满意，是城管人最大的心愿。

"创文"* 期间的一件小事

陈士海

作者简介：陈士海，男，中共党员，全国高等教育自学考试毕业，本科学历，现任海淀区城管执法监察局苏家坨执法队科员。

2014年1月初，北京市海淀区"创文"工作正在如火如荼地进行着，一天上午，苏家坨镇城管执法队接到举报，有人在翠湖湿地西侧焚烧垃圾。得知这一情况后，正在附近巡逻的执法二组队员迅速赶到事发现场，发现在与公路有一道铁栅栏相隔的空地上，堆放有大量的枯枝落叶。现场共有两处着火点，其中焚烧树枝处火势较大，现场浓烟滚滚，还有10几个工人不时往火上添加枝叶。场中空地上，一个身穿迷彩服的工人正吆喝着进行指挥，在他脚边还放有10余个灭火器。

城管队员看到这一情况后当即上前制止了工人继续添加枝叶的举动，并询问露天焚烧枯枝落叶的原因，现场工人回答说是在组织进行消防演习。

老赵对在场进行焚烧的工人说："快组织人先把火灭了，这么焚烧枯枝落叶太危险了。"老赵是城管队伍里的"老人"了，在北京市城管队伍

---

* 创建文明城区，简称为"创文"。

成立之初,就被分配在山后分队工作,有着非常丰富的城管工作经验。"你们有进行消防演练的报批手续吗?"执法二组的陈组长问道。面对城管队员们的质问,工人们都不吱声了。

这时,之前在焚烧现场进行指挥的那名工人对着手里的对讲机小声嘀咕了几句,然后转身从铁栅栏边上的小门离开了现场,其余的工人也陆续从那道门走了出去。

那无人看管的火堆有愈燃愈烈的趋势,老赵率先进到了焚烧场地中,说道:"这样烧着火太危险了,先把火灭了。"说着便迅速拎起一个灭火器,来到火势较大的树枝堆前,对着熊熊的大火,娴熟地操作灭火器,其他队员见状也纷纷效仿,很快就把两处火源的火势控制住了。

就在这时,一个身着蓝色军大衣的人带领20几个穿着各色迷彩服的工人来到了现场。"你们是什么人啊?干什么的?谁让你们用灭火器的?快放下!"领头的"蓝色军大衣"气势汹汹地对手拿灭火器的小张喊道,其他人则四散开来把城管队员们团团围住。老赵并未惊慌,反问道:"你们是哪个单位的?这些火是你们点的吗?""是我们点的怎么了?我们是翠湖湿地管理处的,这是我们的地儿,碍着你们什么事了?""蓝色军大衣"回答道。老赵对"蓝色军大衣"说道:"你们的行为违反了《北京市大气污染防治条例》,我们正在进行规范,请你们接受处罚。"听到城管队员的话,"蓝色军大衣"沉默了,他身旁两名工人赶忙说道:"这些树枝树叶不是我们烧的,我们也不知道是谁点的火。""不是你们烧的吗?刚才你们的人已经承认是你们点的火了,他说你们是在进行消防演习,况且就算这火不是你们烧的,在你们负责管理的区域着火也应该由你们负责。"城管队的陈组长严厉地说道。

这时,又来了一个穿红色羽绒服的人,"大家都先别说了,先来几个人,去找点水,把火先灭了,就这么点事。"那个"蓝色军大衣"也跟着说道:"对对对,先把火灭了,多来几个人,端几盆水过来。"之后又对城管队员说:"我是湿地管理处的保安队长,这火也不知道是谁点的,以后我们一定多注意,加强管理。"

事情就这样圆满解决了,这只是一件很普通的小事,每天各区县的城管队员们都会处理许许多多诸如此类的小事,正是这无数小事的积累,无数城管队员的默默奉献,才使得我们的北京拥有整洁的街道,拥有和谐稳定的社会秩序。希望我们城管队员能继续努力地工作,让北京的环境更加美丽,天空更加湛蓝。

城管视点

从一次现场执法看"不让母牛掉进沟里"的重要性
——工作纪事之警示篇

刘 鹏

作者简介： 刘鹏，男，中共党员，解放军防化学院毕业，大专学历，现任海淀区城管执法监察局海淀执法队科员。

记得几年前读过一篇文章，题目叫"不让母牛掉进沟里"，因其题目特殊，且寓意也好，所以记得较为深刻。

那是一个应对环境变化能力较强的人给予的一条建议，他说："每当事情变得太过棘手，而你又觉得无能为力，就这样考虑。你要做三件事：首先，把母牛从沟里拉出来；其次，搞明白母牛是如何掉进沟里的；最后，确保你已经采取了必要措施，让母牛不会再掉进沟里。"

我们在执法中也会遇到非常棘手的事，有时是在特定时间、特定场合要求用极短时间进行最有效的现场处理，这期间，说不定会因为某一细节没注意而给本应完美的执法留有遗憾。我就在一次执法中出现过这样的事。

一天夜里，我与另外两位同事值夜班。晚上10:10，还在新中关盯岗的我们接到带班队长电话,说民警在紫金扣了两个水果摊,要我们接手相关工作。

我和同事直接从新中关就奔紫金方向而去。车上,同事将相机交给我,说是领车时从值班室领的。

车到紫金北侧那个半截子胡同时,见一辆闪着红蓝警灯的车停在那儿,我们径直开了过去。

我提着公文包下了车,见一身体微胖男子站在水果摊旁,是海淀派出所的黄警官。见我走过去,他便说:"两个摊,其中一个人跑了,另一个在我们警车上,你走下程序,把东西拉走,人我拘了。"

警车上的李警官的意思是,他们在这好长时间了,尽量快点会更好一些。

我先看有多少水果,一查竟然有18箱之多,我随即填写了"提取证据——"由于没法列清单,我在备注栏写了句"水果详见摄拍"。相对人在文书上签了字,听黄警官说:"我拘人需要你文书首页复印件存档,我复印后将该件给相对人,到时他找你时你再拿回去吧。"

我将文书存根页给了黄警官,遂取出相机对水果拍照,但开机后按了快门却不见成像。这时才发现是电量不足。遂取下执法记录仪,将其换至红外状态对地上水果拍了照。这时,带班队长带着几个保安已对另一处水果摊进行了装车处理(在带班队长未来之前我已查看过该摊,情况跟这边相似),我的同事已回单位换了皮卡车回来,在装车完毕后开车去苏州桥停车场卸车了。

卸车后,停车场给我的回单上只写了"水果一份",为预防日后出现不愉快,我又对放于地上的水果进行了拍照,并叮嘱他说,有可能会来取,尽量用棉东西盖一下。

两天后的一次下班路上,接到值班室电话,有相对人找我处理事情,问清楚缘由后,让值班室告诉他明天过来。

第二天近下班时间,有一妇女在值班室等待处理该事情。我问为什么她来了,她言说老公被拘了,自己怕水果冻坏了,想看看能不能尽快处理,也好早日拿回去。我告诉她如下事项:你来不能处理,虽然你拿了我们的文书，也有他的身份证。他的这种情况应该是罚没经营物品……我拿回文书存根联，将复印件交给她。她看了下复印件，似乎有些犹豫。我问怎么了，她说，我看这一张上没章。我这才发现，复印件真是没章，我猛地一激灵，我赶紧拿它到办公室盖章后交与她，然后按主管队长指示将该件交班长处理。我在填写文书时加了备注，在装车卸车之际进行了两次拍照取证，补盖了文书上的公章，告诉了她基本处理结果，并告之下一步找谁处理。

这次事件，为我今后的执法工作提了醒。

要确保"母牛"不再掉进去，我想应做到以下几点。

1. 执法中注意着装仪表举止言谈，不给对方诟病自己的任何机会。

①着装仪表举止关乎城管形象，要完全符合规范要求，给人以执法人的正义形象。

②言谈切忌浮夸、无据。不讲与当前工作无关的话题，不攀比其他类似事由，不随相对人话题，也不刻意反驳其言辞，把其陈述权留在到分队后的谈话室……

③多从错误中汲取教训，要听劝、要多观（观他人，也关注网上对城管的负面报道），不当井底之蛙。

2. 执法中器材要齐全，文书要够用。

①拿够执法所用器材（取证设备），包含皮尺、卷尺等测量工具，不要出现该用时器材出缺。

②器材要能用，有电是首要的，其次设置的日期时间与当前相符。取证要有唯一性，不能模棱两可。

③文书要全，不能凑合，不能无效（缺加盖公章），不能缺件，也不能错给。尤其签字必须是当事人亲签。

3. 执法后留有余地，确保有需必有出。

①现场执法完毕后不能就此完事，要进一步完善，待此案完全了结并存档后才算告一段落。

②将证据归档留存，不能想当然地认为相对人可能不会来而丢弃证据，也不能因相对人办完相应手续没去交钱而将该卷作废处理，要做到如

果需要随时可取。

③一案一小结,同一错误不能再次出现。将有瑕疵的案卷打出明细,适时告诫全体,并标识到醒目处,以时时诫勉,防患于未然。

这只是本人对这次执法的一点感想,以提醒其他同事。在全民法制意识普遍增强的当下时节,要相信古人所说"凡事预则立,不预则废"的告诫。从疏忽中吸取教训,设立醒目的标记,永远不再重蹈覆辙。

城管视点

都市里堆积的有机肥

栾香彩

作者简介：栾香彩，女，中共党员，中央党校毕业，本科学历，现任海淀区城管执法监察局田村路执法队主任科员。

2012年10月的一天，居住在海淀区田村路玉阜嘉园的一位居民来到田村路城管分队向执法队员反映说："在田村路玉阜嘉园小区与田村路玉海园小区之间有一处大空地，每到秋天的时候就会有人在此倾倒大粪，在此沤一冬天的肥，等到第二年春天的时候，这些肥料再被陆续运走。所以每到秋季来临的时候我们居民家中的窗户都不敢开。我们一些居民也曾找过园林管理、环保等单位，结果没一个部门愿意管理此事，所以我们抱着最后一线希望来找你们田村路城管分队，希望你们能帮助我们，让沤肥的单位不要在城中沤肥，而是改在其他远离居民聚居的区域！"

听完这位居民的叙说，执法队员也无法立即答复这位居民。因为在城管目前所从事的执法工作中，没有一条是针对城市中晾晒有机肥的法律条款，而且现在位于北京五环以内耕种的土地几乎是找不到几块了，在四环路的附近若是找到能积肥的地方更是不易的事。从严格意义上讲，城管执法人员可以不用管理此事。接待这位居民的队员很客气地向他解释了城管的管理权限，并告知居民：都市里积肥之事从管理的法律法规中确实无权限。听了执法队员的话，反映问题的居民带着失望离开了田村路分队。

望着这位居民远去的背影，执法队员心里很不是滋味，因为百姓寄予的最后一点希望在这里也没有得到满意的回答。第二天执法巡视的时候，城管队员来到了玉海园小区4号楼、10号楼北侧与玉阜嘉园小区东侧之间的空地处。原来这个位置远离主要路段，是一个很僻静的地方，如果不是举报人所指的地址详细，除了居住在此地的居民，其他人员是很难发现在这高楼林立的北京城中还有一处如此大的培养有机肥的地方。执法人员来到这里发现：这是一个很大的院落，大铁门紧锁。通过铁门的围栏可以清晰地看出这个院子是一个苗圃的培育基地，在几棵大树之间错落着5个长10米、宽6米的大土堆，由于风向的原因执法人员闻不出有什么异样的味道，但从堆积的混合物中可以清晰地看出这发酵的粪便是有机肥。清静的院内只能听到树梢在风中哗哗作响。从理论上讲，在这个有机肥培养的基地中没有什么应该由城管执法队员去管理的事，于是执法队员离开了此地，开始了其他的日常执法巡查工作……

时光飞逝，转眼间近6个月的时间过去了，2013年4月2日，居住在海淀区田村路玉海园社区4号楼、10号楼的5位居民又来到了田村路城管分队，向执法队员举报：随着春季的到来，居民家中的窗户又不敢开了，一旦打开窗户，刺鼻的粪味就会扑面而来，我们已经找过多个职能部门，但都没能帮助我们解决这个露天晾晒有机肥、影响我们居民生活环境的问题。我们听说田村路城管分队的执法队员帮助田村路辖区的居民解决过不少的疑难问题，得到了咱们地区老百姓的高度赞扬。所以我们今天再次抱着一线希望来你们这里，希望通过你们的努力协调，能彻底清除这些城市中堆积的有机肥。

望着这几位年迈老人期盼的眼神，执法队员无法从口中说出：这不是我们的职责。队员们一边让老人们坐下，一边安慰老人们要尽最大力量找到培养有机肥的单位，而且要尽最大力量说服该单位清走有机肥，还周边百姓一个整洁的环境、清新的空气。

听到执法队员的一番话，这几位老人似乎是看到了一线希望。其中一位老人握着执法队员的手说:"有你们这句话,我们心里就有盼了,在此我先代表我们玉海园小区4号楼、10号楼和玉阜嘉园的居民们感谢你们!"

"您先别忙着谢我们,这件事我们还没有办成呢!"

"最起码我们是看到希望了!只要你们努力了去帮助我们协调了,即使暂时解决不了,我们的心里也是暖暖的。最起码我们看到希望了!我们今年夏天的日子应该是好过了!"

送走了5位老人,队员们开始了"暖心工作计划"。首先是通过田村路街道办事处相关部门了解到,位于玉阜嘉园小区北侧与田村路玉海园小区东侧之间的这块空地的归属地是北京园林绿化三队。其次就是细致地做下一步工作,执法队员们经与北京园林绿化三队负责人交流后得知:这里是苗木种植培养地。这里不仅培育了准备栽入市区的大量树苗,而且充分利用在大树苗的间隙中做有机肥的培养基地。这样就能把土地给充分地利用起来。每年秋季来临时,这里便开始陆续收集粪便,培养有机肥。经过一个冬天的发酵、培养,在次年春天来临的时候,再把这些发酵好的有机肥逐步清走,分别埋在当年刚种植的小树根部,这样有利于小树的快速成长,这是最好的有机肥料。

从绿化三队负责人的回答中,执法队员们没有找出有什么不妥之处,但处在居民的角度讲,这些培养的有机肥确实影响到居民的生活质量。最初绿化部门的负责人也感到很为难,因为在四环内很难找到宽阔的地带培养有机肥;再者,在此地培养有机肥已经是很久的事,玉海园、阜玉嘉园小区没有建成前绿化队就在此地培养有机肥,多年来从未间断过。在属于自己的土地上秋天培养有机肥,春天来临的时候全部将有机肥清运走,这也是考虑到了周边居民的夏季开窗通风的需求,无论从哪方面讲,也没有做得有不妥之处,更没有违反哪条法律、法规。绿化部门的所作所为确实没有违反国家法律、法规。但是,执法队员还是从多方面做工作,既肯定了绿化部门多年来的工作成绩,又希望绿化部门能顾全一下周边居民的感受,用换位思考的办法来体谅居民的凤愿。

经过执法人员三次上门耐心的工作,绿化三队的领导最终决定:清走5个长10米、宽6米的有机肥池,并将原来堆积有机肥的地方进行绿化,并保证从此以后不再从此地堆积有机肥,具体的培养基地再另行选择其他地方。

4月10日,当5个有机肥培养池全部清理干净后,一直在楼上观望的居民马上给田村路城管分队打来电话表示感谢。4月12日上午,居住在玉阜嘉园小区东侧和玉海园小区北侧的十余位居民代表,来到田村路街道办事处,找到街道办事处领导:感谢田村路城管分队的执法人员帮助辖区居民积极协调,清走了堆积的有机肥,清走了压在心头多年的烦恼;感谢田村路城管分队的执法人员为辖区的百姓做了一件暖心便民的好事。

城管视点

讲述我身边的故事

李 艳

作者简介： 李艳，女，中共党员，中国人民解放军总装备部指挥技术学院毕业，本科学历，现任海淀区城管执法监察局西三旗执法队副主任科员。

　　城管所处的工作环境是十分复杂的，需要城管干部学法用法，在日常履职过程中依法办事，本着"执法为民，服务群众"的宗旨，解决群众关心的热点、难点问题，为政府排忧，为群众解难，用心中的那份责任，努力维护辖区的市容环境和社会秩序。

　　在长期的执法实践中，城管队员不断总结提高经验，执法方式也不断改进。近日，我们在一次日常执法过程中，执法人员对两名无照经营的中年妇女进行当场处罚，两名相对人不履行执法人员对其做出的处罚决定，蛮横地指责谩骂执法人员，以"第一次来""不知法""不懂法"等借口为自己开脱，拒不承认其违法事实。看到现场围观的人越来越多，相对人的情绪也越来越激动，于是执法人员决定将其带回队里进行劝说，同时进行相关法律法规宣传。来到队里，两名相对人依然蛮不讲理，滚地撒泼，认为只要继续闹，就会免于处罚。执法人员没有因为她们的过激行为表现出不耐烦，也没有因为她们的无理取闹而加重处罚，而是耐心地待其安静下来。等气氛缓和了,执法人员开始讲解法规,从公民权益和义务讲起,到城管职责职能,再让她们看执法记录仪中她们无照经营时的录像,直说到相对人承认了自己的行为违法,接受了处罚,并做出保证下不为例。

在日常执法过程中,我们经常遇到一些邻里纠纷或处理一些群众上访,队员们也是本着不处罚能解决的问题尽量协调解决的原则,以理服人,以情感人,用真诚促和谐。一次一对老人来上访,队员经过询问,得知事情原委。这对老人吃过早饭,出来遛弯儿,路经信息大学东门的洗车房时,看到洗车房在洗车时污水流到路边,影响了过往行人就批评洗车的工人。没想到洗车的工人不但不听,还骂两位老人多管闲事,骂得很难听,老人一气之下就直接来城管队告状。了解情况后,执法人员一边安慰老人,一边安排人员到现场调查,执法人员对洗车房进行了规范管理,同时对其负责人张经理进行了批评教育,要求他加强员工教育,并及时清扫积水及周边卫生。处理完现场回队时,队员没忘记把张经理带上,为了给两位老人一个圆满的交代。张经理在城管队员的陪伴下来到两位老人面前,诚恳地鞠躬、道歉,两位老人气消了,高兴地回家了。

重复举报经常困扰着城管队的日常工作。我们遇到过这样一个案例,位于龙岗路便民早市西侧的一排平房,最顶头的一间10平方米的房子出租给一对中年夫妻,而这对中年夫妻租这间房子主要是看上了房前那块空地,可以用于经营卖沙子石灰。中年夫妻一开春就开始卖起了沙子石灰,每天进货、出货、装卸等造成空气污染,货物堆积影响他人通行,从而引起房主不满,房主与租户之间时常出现矛盾和纠纷,于是房主就开始了举报的历程。最初接到举报后,值班队员就立即赶到现场进行规范,责令商贩停止经营,并限期将沙子石灰进行清理,然而几天后该商贩就又开始堆沙子石灰,房主就再次打举报电话,执法队员不厌其烦地规范、处罚,再规范、再处罚,反反复复几次后,这对夫妇觉得城管在故意跟他们过不去,从开始的抵触到后来的抵抗。街道联合执法进行整治时,这对夫妻干脆耍起了无赖,直至后来被派出所民警带走进行教育。问题没有解决,矛盾依然存在,执法队员从不言放弃,利用休息时间去找该商贩夫妻交谈,苦口婆心讲道理、讲法规,教会他们换位思考,告诉他们所租住的地方不具备经营沙子和石灰的条件，如果这样僵持下去，邻里之间矛盾越来越大，他们也挣不到钱，不如另外去找个地方。这对夫妻觉得城管诚心诚意替他们着想，最终接受了城管队员的建议。城管队员用自己的耐心和坚持，让这起困扰了我们近三个月的重复举报案例最终画上圆满的句号，其中的酸甜苦辣执法队员心中最清楚。

这几个普通的案例，体现了执法人员的智慧，体现了执法人员依法办事的能力。在城市管理的实践中，执法人员有时会面对尴尬的执法局面，有时会面对繁杂的举报和上访，有时甚至会被当众谩骂，这常常考验着我们的耐心和决心，需要我们在面对复杂的执法情况时，既要维护法律的严肃性，又要体现法律的有效性，力争在情与法之间求得平衡。既然选择了城管这个职业，就要认真负责，在平凡的岗位上无私奉献，用开阔的胸怀去实践"执法为民、服务群众"的宗旨。

金秋九月结银杏　严禁采摘保环境

郭园园

作者简介： 郭园园，女，中国农业大学毕业，本科学历，现任海淀区城管执法监察局海淀执法队科员。

　　时至金秋九月，正是银杏树结果的季节。由于银杏树所结出的白果不但可以食用，而且有一定的药用价值。年年引来部分贪图小利的采摘者，用棒打、攀爬等破坏式的采摘方式，野蛮摘取银杏白果。甚至有的采摘者还会采取"抱团采摘，团队作业"的方式，一个人利用事先准备好的金属长竿负责"打果"，另一个人用布袋或塑料桶负责"拾果"。要是有过往路人对他们的行为表示质疑，采摘者一律不予理睬，甚至对执法部门的制止也拒不配合，将公共绿化区域完全当成自家的果园。

　　近日，城管海淀执法监察队在对中关村西区进行夜间巡查时，发现位于海淀黄庄路口西北角处的银杏树，遭到一中年妇女破坏性采摘。城管队员们当即上前制止这一行为，并对当事人进行批评教育。据初步统计，此次非法采摘共毁坏银杏果实、银杏树枝20多公斤，着实令人痛心。

　　当时，在中关村西区巡查的海淀执法监察队的队员们发现，在海淀黄庄路口西北角，一位中年女子正利用长竹竿猛力敲打路边的银杏树，使银杏树备受摧残，伤痕累累。周围路人多次劝阻，但中年女子丝毫没有停手的意思，反而徒手爬上银杏树身，直接进行破坏性采摘。大量银杏树嫩枝被击落，尚未成熟的银杏果实也散落一地，严重损坏了银杏树体。而散落在树下的果皮、树皮发出的刺鼻气味，污染了周围环境，也影响了周边的卫生。这种行为不仅破坏了中关村西区优美的环境，也严重损害了北京市民高素质、讲公德的形象，造成恶劣的影响。而被损坏的银杏树属于国家一级保护植物，是珍稀名贵的树种，国家严禁非法采摘。海淀执法监察队的队员立即根据《北京市绿化条例》制止了这位相对人的非法行为，暂扣了其非法摘取的银杏果 10 余公斤，并对其进行批评教育，告诫其以后杜绝出现类似情况。

为了更好地执法，海淀执法监察队的队员还查阅了相关资料。据了解：一方面，银杏果虽然可以食用，但食用过量会造成中毒，而且没有彻底成熟的银杏果外皮也含有毒素。路边的银杏树主要起绿化作用，不但常年吸收尘土尾气，还专门为防治害虫喷洒了杀虫剂。因此路边树上的银杏果实不但达不到食用标准，贸然食用还可能引起阵发性痉挛、神经麻痹等症状，会严重危害人们的身体健康。另一方面，很多银杏树尚未长成，贸然攀爬很容易踩折树枝，造成跌落受伤，那样就更加得不偿失了。

针对"年年金九月，岁岁银杏空"的现象，城管海淀执法监察队紧急研究解决方案。一方面，加大各班组的巡岗力度，特别针对各类果树，进行监管，严禁各种形式的摘采路边果树行为。另一方面，通过各方渠道，加大宣传力度。呼吁大家保护银杏树、讲解食品安全知识，增强公德意识，还北京一个金色的秋天。

联合治理潘庄东路
环境秩序焕然一新

绳凤英

作者简介：绳凤英，女，中共党员，北京市高等教育自学考试毕业，本科学历，现任海淀区城管执法监察局甘家口执法队科员。

潘庄东路位于甘家口街道辖区西北方，北邻紫竹院路，全长 400 米左右。道路两侧为住宅小区，路口两头分别有一所小学及一座三星级酒店。道路虽然才长 400 多米，但长期以来道路两侧商户占道经营现象严重，无照商贩也经常出入。再加上附近小区车位又严重不足，居民经常将车辆停放在路的两侧，致使本来就不宽阔的道路异常狭窄，时常造成交通拥堵。遇到学校上下学时段，这儿的问题更是突出了，错车困难、通行缓慢，经常发生车辆剐蹭事故，给行人尤其是老人和儿童的出行带来极大的安全隐患，同时也给附近居民的日常生活带来严重困扰。

每年夏天，潘庄东路的居民就会增加另一个烦恼——夜间大排档扰民和环境脏乱差的问题。每天夜里，附近的居民都得忍受喝酒划拳耍酒疯等吵闹声和呼吸油腻呛人的烧烤油烟味道，附近小区内的花园也成了食客的临时"公厕"，呕吐物和便溺物到处都是，导致小花园内环境十分恶劣。

经过一晚上"折腾",第二天早上的路面充满了食客扔的竹签、筷子、塑料袋、酒瓶子,塑料袋风一吹到处飘,有时还会吹到路人脸上。夏天大家都爱穿凉鞋,四处散落的竹签经常扎伤路人的脚,往年仅仅因竹签扎脚的举报,执法队都能接到好几起。雨天时,黑乎乎油腻腻的路面难以下脚,一脚踩下去,有时鞋都被粘到路上了。潘庄东路环境问题已存好几年了,以往都整治过,因种种原因,每次整治完后没有好几天,各种问题又都恢复了以往的乱象,周边居民意见很大。

为尽快彻底解决老百姓的这块心病,甘家口执法队在前期对潘庄东路作了大量调查工作的基础上,通过积极协调,促成了一支以街道为主导,联合交通、公安、工商、卫生等多家单位的综合执法队伍,共同对该路段的环境秩序进行整治。整治过程中,占道经营、无照经营是城管部门最难执法的问题之一,难点就是容易死灰复燃。对此,执法队根据此区域无照经营规律,实行错时、延时执法。在无照游商高峰期,延长执法时间,加强执法力量。期间,执法队还协调街道综合执法队对潘庄东路道路两侧各个商户深入摸排,将餐馆后厨、商店库房、平房房顶等各类存在安全隐患的地方进行了清理,将所有堆放的易燃物品进行了清运,拆除了违法设置的广告牌匾、霓虹灯。

同时为协助交通部门清理道路两侧停放的机动车辆,执法队通过在三虎桥、半截塔等几个小区以张贴通知的方式通知车主尽快将车辆进行挪移。经过多方努力,潘庄东路环境秩序有所好转。为避免各种违法行为的反弹,城管执法队、交通队、派出所相互配合,又对潘庄东路施画了双向两车道路面中心线并加装中心隔离护栏,有效杜绝了违章停车。因执法队执法力量有限,为持续巩固整治成果,执法队队长又及时与街道城管科联系,经协调后由街道在潘庄东路安排保安10名对环境秩序进行盯巡,一经发现反弹立即联系城管执法队进行治理。

如今经过整治的潘庄东路,道路两侧停放的车辆不见了踪影,两侧商户的门前摆放的物品也清理得干干净净,原本坑坑洼洼的道路经过修复也变得平整宽阔。整条道路画上了交通标志线并设立隔离护栏,虽然是上下学交通高峰时段,这条路的秩序也依旧是井然有序。

随着夏天的来临，为避免潘庄东路大排档问题反弹，执法队提前介入执法，采取集中宣传和入商户宣传相结合的方式，宣传法律法规。同时通过向经营商户发放告知书、下达责令改正通知书、上门约谈"老熟人"的方式进行再次告诫，确保人到话到。同时，对存在侥幸心理"顶风作案"的部分经营者，执法队在充分取证的基础上，制订专门工作方案，采取高频率、常态化的执法模式，有违法必处罚的执法态度，执法现场做到行动快、局面稳、法理明、依法扣，增加违法成本，从而做到有效治理。为确保治理效果的持续性，城管队积极协调街道、公安、交通等职能部门，定期开展联合整治，并相互配合建立长效管控机制，确保整治一处、见效一处、巩固一处，确保不出现规模性反弹，以切实有效保障地区居民环境秩序和出行的安全顺畅。

城管视点

耐心疏导拆鸽舍 预防"禽流"得民心

付欣蔚

作者简介：付欣蔚，女，北京工业大学毕业，本科学历，曾任海淀区城管执法监察局曙光执法队科员。

2013年5月，居住在海淀区世纪城远大园五区3号楼的居民向曙光执法监察队反映：该小区一单元×住户在后花园搭建鸽舍饲养鸽子，气味大，有鸽子飞毛，又赶上H7N9疫情多发阶段，居民担心在防控期间传染疫情，希望城管能够治理该现象，还附近居民一个安全舒适的居住环境。

接到群众反映的电话后，执法队员来到世纪城远大园五区，与居委会、物业公司相关工作人员到现场调查情况。经现场调查，发现该鸽舍于2010年搭建，面积有17.43平方米，至今已3年时间，饲养数十只鸽子。期间多次受到群众举报，向有关部门反映也未得到有效处理，附近居民的生活因此受到很大影响，饲养鸽子产生的飞毛让很多年纪大的居民都出现了呼吸不畅的现象，引发了很多呼吸道相关的疾病，对生活造成了非常大的不便。

执法队员按照规定在其家门张贴了谈话通知书。但是在规定期间内，该住户未按承诺到城管大队去。城管执法队员再次到该住户家中检查时，仍无人在家，该住户要么不接听执法队员打来的电话，要么直接挂断电话，使执法工作无法顺利进行。望着周围居民们和居委会工作人员一双双企盼的眼睛，执法人员宽慰着周边居民：不要着急，一定会想办法，不会让居民们的健康受到影响，更不会让居民受到可能发生的疫情的威胁。听到执法队员的话，居民们非常高兴地说："我们可有盼头了。"

在安慰居民后，执法队员找居委会和物业公司共同商讨拆除该违建鸽舍的好办法，并了解了鸽舍难拆除的原因。因为该住户是信鸽协会的会员，长期饲养鸽子，从感情上该住户就不愿意将鸽舍拆除。同时，该住户又认为自己经常对鸽舍进行清扫消毒，并没有影响到其他人的生活，认为没有拆除的必要。这样的想法给城管执法队员的工作带来了很大的阻力。因此执法队员最终决定安排一次由城管执法队员、居委会主任、物业人员和住户本人共同参加的谈话会，与该住户进行协调。

起初该住户十分不配合，对城管执法队员的要求比较抵触，并且强调自己饲养鸽子纯属个人喜好，并没有影响周围居民，而且不可能将鸽舍拆除，只能承诺不放飞，尽量少养。但面对相对人不配合的态度，执法队员没有放弃，三番两次上门与该住户说明政府对于违建的相关法规和管理措施，并向其详细讲解《北京市市容环境卫生条例》中对违建鸽舍的相关处理规定。晓之以理，动之以情，希望该住户能够切身了解到与此相关的法律规定，做到懂法、守法，并且能够在实现自己喜好的同时多为身边的人考虑一些。在执法队员几次的耐心工作后，该住户了解到自己的行为是触犯了相关法律条例的，其态度也有了非常大的转变，并且同意自行将鸽舍拆除。近日该住户已将鸽舍全部拆除完毕。

执法队员细致耐心的工作不仅受到了小区居民、居委会和物业公司的支持和表扬，事后，鸽舍所有人也对曙光执法监察队的执法队员的专业和耐心表示了感谢。小区3号楼居民代表还给曙光执法监察队和城管大队送来了表扬信。

通过这次拆除鸽舍事件，我们从中汲取了非常宝贵的工作经验。平常我们的执法队员都是秉承有法可依、执法必严、违法必究的原则，然而身边很多居民却并不清楚"法"的真正内容。执法队员查处违建的目的并不是拆，而是希望居民们能够不违规，这样也就"无建可拆"。而在查处违规建筑时，面对很多根本不知道法规是什么的居民，我们的执法队员应该要加强对居民思想上的教育，让大家知道什么是"规"。这样我们付出一份耐心的帮助，换回居民的感谢，肯定远比发出一份告知书而换回居民的不理解要好上千百倍。

全面监控无死角　全民齐防小广告

张凯明

作者简介：张凯明，男，中共党员，兰州交通大学毕业，本科学历，现任海淀区城管执法监察局上地执法队科员。

进入 21 世纪后，我们周边的城市面貌日新月异，各类楼宇比邻而起。可当人们惊叹于我国城镇化进程迅猛，享受到城镇化的成果之时，却每每能在靓丽的街道与成荫的绿化中发现路边的花砖、电线杆、垃圾桶上，到处张贴着人称"城市牛皮癣"的各类不雅小广告。它们在给城市抹黑，影响着人们的视线，干扰着人们的生活的同时，格外地与现代城市面貌不相和谐，更有甚者还涉嫌传播"见不得光"的污秽信息，公开挑战社会道德，扰乱公共秩序，久而久之形成一种"城市病症"。

那么这么多街头小广告都是什么人张贴的呢？日前，三名男子在上地地区沿街喷涂张贴非法小广告，被热心市民当场举报，上地执法监察队立刻派出执法队员，当场制止了相对人的违法行为。

那天中午，原本正在马连洼北路东口车站候车的李女士突然发现，从不远处停着的一辆白色金杯面包车上下来了三个人，只见他们鬼鬼祟祟，东张西望，见行人稀少后迅速从车上取出写有"皖江公寓　精装高档房"

等字样的模具在公交站牌及墙壁等处快速喷涂。"这行为实在是太恶劣了，而且和高科技园区的氛围简直是大相径庭。"李女士一边愤怒地想着，一边拿出手机拨打了96310城管投诉热线。

上地执法监察队在第一时间接到举报后，迅速组织执法力量到达现场，当场制止了相对人的违法行为。在随后对相对人的问讯中得知，这三人中为首的是张某，他们在短短的一个多小时内共喷涂非法广告20余处，张贴小广告150余张。执法队员从张某等三人驾驶的白色金杯车上找到了喷涂广告所使用的模具以及还未发出的小广告200多张。张某三人在"铁证"面前对违法事实供认不讳。

队员们将张某等人的车辆及喷涂工具暂扣后，将三人带回执法队作进一步调查。在问询过程中三人表示，张某是皖江公寓的合伙人，因公寓招租情况不理想，遂想出沿街喷涂张贴广告的办法希望生意好转。另两人受公寓的雇用，每天有70元钱的酬劳。两人是在网络帖子上看到贴小广告给报酬的招工信息，通过电话取得了联系，招工的东家每次都把这些小广告放到车上告知大概的喷涂地点，然后由张某开车到相关地点将小广告张贴喷涂上。

依据相关法规政策，队员们首先要求张某三人将近期喷涂、张贴的非法广告全部清除，恢复原貌，在此期间张某所使用的车辆、模具等工具会做先期登记保存处理，待全部非法广告清除完毕后，城管部门会依据相关法规作进一步处罚。

结合此次事件的经验，我们可以描绘出此类非法小广告的轮廓：首先，相对人的张贴手法一般快速、简单、隐蔽，现有的执法手段很难发现，即使发现了张贴者，要查找雇主也非常困难。另外，张贴小广告的人员大都是无固定职业人员，居住分散，分布面广，他们往往选择凌晨深夜张贴小广告，更不易被人发现。而且相当数量的非法广告是油漆喷涂，不但对墙壁和市政公用设施侵蚀破坏力很大，而且清刷困难，如果坚持反复清刷，还会对墙壁和市政公用设施造成一定的损毁。而制作、张贴小广告的成本低廉，四五十元钱就可以雇人上街张贴万余张小广告。而现有的行政法规对其处罚又相对较轻，难以起到震慑此类违法行为的作用。

针对以上情况，上地执法监察队今后将广泛开展宣传教育活动，营造良好的舆论氛围，多方位地展开宣传攻势，努力提高群众的抵制意识与自我防范意识，使广大群众做我们执法部门的眼睛与耳朵。最终让张贴、涂刷非法广告的相对人失去民心，让造假者失去市场，让扰乱社会秩序者受到严惩。与此同时，上地执法监察队还将加大督查、巡查力度，认真追查小广告源头，严惩喷写小广告者。对于已经构成民事或刑事案件的违法行为，我们并着重收集相关线索，提供给公安部门，协助公安部门加大对非法犯罪的治理力度，及时切断犯罪分子的传播渠道，并深挖发布违法广告的源头和造假窝点，依法严惩违法犯罪分子及违法相对人。

城管视点

校旁堆砖易倒塌 城管迅速帮清理

佟 星

作者简介：佟星，男，中共党员，首都经济贸易大学毕业，本科学历，现任海淀区城管执法监察局马连洼执法队科员。

维护好校园周边环境秩序是城管一项重要的工作，"双护工程"实施以来，马连洼城管执法监察队开展了针对中小学校园周边环境的全方位维护。一方面是坚持在学校开学、中高考等特殊时间点对辖区内所有学校周边进行保障工作；另一方面是推行"双护工程"常态化的执法管理模式，建立日常管控巡查机制，确保校园周边环境长治久安。

近日，马连洼执法监察队在巡查中发现，位于海淀区后厂村路某小学大门口东侧，原本宽阔、整洁的便道及绿化带上突然冒出了一大堆砖头，据目测这堆砖头最少也有 20 多平方米，而且 2 米多高的砖堆有向外侧倾斜的倾向，实在让人提心吊胆，而砖堆四周的公共绿地上还散落着铁锹、铁镐和盛放水泥的手推车等施工工具。

由于此处是学生们进出校园的必经之路，万一在学生们上下学时 2 米多高的砖堆发生倒塌，后果实在不堪设想。一方面对学生的人身安全形成了重大的安全隐患；另一方面散落在四周的石块也阻碍了学校门前的交通,容易在上下学高峰时形成交通拥堵。

城管队员见到此景,立刻对现场正在施工的工人进行询问。可施工工人们要么闪烁其词,要么闭口不答。经过队员们耐心地开导、细致地询问,最终才从工人们的口中得知:原来这堆砖块是附近一处建筑工地用于内部装修的建材,由于现场无处堆放,就顺手倾卸在这里了。

看着随时可能倒塌的砖堆,城管队员们一面维持秩序,告诫来往的行人注意安全;一面迅速用找来的隔离墩和安全防护线把现场围住,以示警戒。由于当时相对人并不在现场,城管队员们通过现场的工人通知相对人到达现场。相对人赶到学校门口后,不仅对城管队员指出的非法行为不以为然,还振振有词地说:"我装修需要物料,这里地方大,放这些东西正合适,我又没放在马路中间,我没犯法。"原来,相对人做工程时间不长,并不清楚此行为已违反了相关法规。面对相对人的不理解,马连洼执法监察队的队员们并没有简单地处罚了事,而是耐心地做起了相对人的思想工作,为他进行普法宣传:"您的堆物堆料行为,一是占用了非机动车道,二是占用了公共绿地。行为违反了《北京市市容环境卫生条例》第35条第5款的规定,您的行为并不合法,已经违反了法规规定。"相对人见城管队员向他讲解法规,情绪缓和了少,答道:"我就是在路边上堆点东西,也不是什么大事情,不算是违法行为吧。"见相对人还没有完全理解,队员们接着说道:"这砖堆边上就是学校,每天有大量的学生放学要经过此处,还有许多准备接送孩子的大爷大妈在此等候。你们在学校周边堆起2米多高的一个砖堆,万一发生倒塌会对行人的人身安全造成严重威胁。另外现场凌乱散落了砖块和施工工具,学生们万一拿这些危险物品玩耍而造成伤害,谁能负得起这个责任?再说,辖区优美的环境需要大家共同维护,公共绿地不应被占用、破坏,你们把杂物堆放在路边上、绿地里,破坏了周边环境不说,还容易造成交通拥堵。"听城管队员这一说,相对人下意识地擦了一下额头上的冷汗,连忙点头,对自己这种不负责任、疏忽大意的行为表示非常后悔与后怕,当即表示:立刻把砖堆运走。

此时,距离学生们放学的时间已经不多了。于是,城管队员们与相对人及工人一起搬运砖块、清理现场。汗水打湿了队员们的衣襟，尘土弄脏了队员们的脸颊、砖块磨破了队员们的手掌，但是队员们仍然不辞辛苦地工作着。经过近2个小时的努力，砖堆终于在学生放学前被全部移走了。道路通畅了，绿地复原了，学生也都安全了。

"丁零零……"放学了，看着快乐的小学生们一排排地走出校门，扑进家长的怀里，队员们心里由衷地感到高兴。

治理非法订餐点　建设海淀核心区

李　智

作者简介： 李智，男，中央民族大学毕业，研究生学历，现任海淀区城管执法监察局执法业务科副主任科员。

"现在你饿了么？如果你饿了，你该怎么解决？"想必针对上述问题，不同的人会有不同的答案，如果你说自己下厨做饭或是下次馆子吃一顿，在北京这样繁华的城市，这样的答案难免有些保守。当下正是一个网络传播步入高度智能化和普及化的大数据时代，电脑和智能手机在北京几乎达到人人都有的程度，网络的普及也在改变着传统的生活方式，这种变化也体现在人们的餐饮模式上，一些提供服务的订餐平台就此应运而生。

此类平台发挥为消费者和餐饮提供商中介的作用，发布餐饮消费信息供消费者选择同时，也为交易双方提供支付担保，可以说此类餐饮交易平台的出现为消费者提供了极大便利。但是此类平台的发展也对城市管理带来一些问题，尤其是出现了网络订餐黑窝点。

海淀队在近半年来的日常执法中发现，辖区内经常出现一些打着某旗号的订餐窝点和小广告，针对这个问题海淀队在前期检查的基础上开展了一次联合执法行动。2014年12月5日，由城管、公安、工商、食药多家单位组成行动小组开展联合执法行动。整治的重点主要是与某订餐网络平台相关的非法订餐窝点和擅自散发广告行为。

整治前,城管队员开展了多次摸底排查行动。在日常巡查中,可以看到路上行驶的一些送餐车,这些车辆颜色和车型虽有不同,但是在车后的送餐包上都印着某订餐网络平台标语,经过一段时间实地走访调查,队员发现这些送餐车辆大部分都是行驶出没在一些背街小巷和老旧社区中,餐饮加工窝点也集中在这类地区。这些加工窝点存在着一些共同问题:一是店面小,店内杂物堆放无序,存在严重安全隐患;二是没有相关合法手续,属于非法经营;三是卫生条件难以得到保证,食材多数已经过期变质,危害消费者健康。经过前期调查准备,我们锁定了人民大学南路(以下简称人大南路)和海淀南路的几个餐饮加工窝点。联合执法队伍首先检查了位于人大南路的两处订餐点,进入店面,执法人员首先向店主出示相关证件,表明来意,开始检查。两处窝点一家是专门制作盖饭,另一家是制作寿司紫菜包饭,两家共同租用一间门店,总体面积不超过30平方米,在门店中央仅仅是一道简单的隔断将两家区分开。由于店面过小,两家小店都只摆放了两张桌子以供堂食,拥挤的环境伴随着严重的安全隐患;在加工后厨,卫生条件更加恶劣,案板上的油垢无人清理,蔬菜随意扔在地上,一次性餐具和垃圾桶堆放在一起……在随后的现场询问中,店主承认自己经营的加工窝点没有营业执照,也没有卫生许可证明和从业人员健康证明,因为店面环境原因,主要承接外卖单,主要联系的途径就是某订餐网络平台。

而位于海淀南路的加工窝点就更加恶劣,这个加工点主要是制作盖饭和凉菜,同样也没有任何相关手续,在区区16平方米的店面却成了店主厨房、储物间、卧室三位一体的共同空间,四周墙壁的墙皮发霉脱落,在桌子上堆放着一次性餐盒和加工好的盒饭,桌子下面就是店主换下的袜子和鞋。这样的小订餐窝点通过每年与某订餐网络平台签订协议,向平台支付2000元~4000元不等的佣金,加入平台订餐信息系统中;平台相关用户可以通过搜索的方式找到这些就近的订餐点,通过平台下单支付,由餐点负责加工和送餐;平台还向这些订餐点提供广告设计和印刷服务,广告内容则是对平台和订餐点共同宣传；最吸引大家注意的是与笔记本电脑相连的点餐机，当顾客通过平台网络系统下单时，点餐机会打印出相关单据并进行声音提醒。虽然订餐的模式设计得很"人性化"，但是由于餐饮加工点没有合法手续，有关部门责令其停业整顿，城管队员对查获的千张小广告予以暂扣。

在结束对订餐黑窝点的执法行动后，联合执法小组又前往某订餐网络平台中关村分站进行检查。2014年8月以来，城管队员发现在海淀南路鸭王烤鸭店附近，经常有骑着印有某订餐网络平台标识的蓝色电动送餐车聚集附近，还经常出现擅自散发广告的行为，进一步了解才知道，在烤鸭店附近的地下室里，隐藏着某订餐网络平台的站点。联合执法小组于是进入所谓"中关村站点"进行检查，地下室空间分为四个区域，一间为办公室，第二间为送餐人员休息室，第三间为会议室，第四间是储物间。在储物间内查获了近7万张小广告彩页，原来这些彩页都是放在这里准备随时散发的。通过对工作人员的询问，原来这些小广告印刷的都是一些所谓精品店内容，包括一些小有名气的餐饮店，希望能通过所谓精品店外送模式增加某订餐网络平台的经营覆盖范围。当执法人员询问其中关村站点和那些加工黑窝点的关系时，所谓工作人员堂而皇之地回答："站点只做精品店外卖，而黑窝点是通过网络加盟的，与我们无关。"执法人员当即对其非法印刷的宣传广告进行暂扣处理，并要求相关负责人前往分队接受进一步调查。

在近一天的检查中，针对某订餐网络平台的检查可谓战果丰富，一是查处了三处订餐黑窝点，一定程度上确保了黑窝点的问题食品不会再流向大众餐桌；二是查处了辖区内一处广告散发集散窝点，消除了擅自散发广告的一处源头。但是一次乃至多次这样的执法行动并不能根除网络订餐平台带来的问题。事实上，类似这样的订餐网络平台还有不少，几家网络平台对市场的激烈争夺使得各自在拓展业务时不择手段。一方面各家平台通过网络加盟的模式，不断吸收小的餐饮加工点，扩大订餐区域覆盖范围，争抢低端市场，却没有对加盟的小餐饮加工点进行相关监督和资格审核，这样的盲目扩张实际上隐含着对消费者健康等合法权益的漠视，是一种极端不负责任的行为；另一方面在宣传手段上这些平台可以说是下足了功夫，不惜大规模用烧钱的方式来进行宣传，大量印刷宣传广告；为了散发宣传广告大量雇用人员，和城管队员打"游击战"，逃避检查。短期来看，这些网络平台的经营模式似乎有一定效果，也取得了客观的经济利益，但是对法律的漠视，对逃避法律处罚的侥幸心理和对社会责任的选择性忽视，必然成为其发展道路上的隐患。如果不做出改变，订餐网络平台也终将是昙花一现，倒在自己错误的发展道路上。

订餐网络平台的出现，方便了大家的生活，这是值得肯定的，希望在今后的发展中，这些平台能够探索出更加符合社会公众利益的经营模式，形成良性发展，更好地服务大众。我们海淀城管人也将努力做好执法与服务工作，与商家一起将我们的核心区建设得更加美好。

我们在路上——海淀城管的诗与梦

和谐的期盼

赵中国

作者简介： 赵中国，男，中共党员，宣化炮兵指挥学院毕业，研究生学历，现任海淀区城管执法监察局副调研员、工作调研室主任。

　　羊坊店地区位于海淀东南部，有"海淀南大门"之称。虽辖区面积不大，但居民社区多，还拥有公主坟这一全北京市有名的商圈，管理起来绝非易事。羊坊店分队的队员们在城管执法工作中遇到了不少难题，例如开了罚单，相对人却不缴纳罚款；罚了款，却没有产生相应的治理效果。为此，队员们开动脑筋，积极探索各种新的执法模式，将日常执法工作和暖心便民工作紧密结合，既有效治理了辖区环境，还让人们真切地感受到了温暖。

一张提示单，解决两只鸡

　　在羊坊店的会城门社区内有一个"两劳"释放人员，游手好闲，闲来无事，在小区绿地内养了两只大公鸡消闲解闷。这两只大公鸡经常清晨打鸣，扰得小区内的街坊邻里不得安宁，居民意见很大。居委会多次找其做工作，不但没有什么效果，反而使其产生了抵触情绪，最后索性不再接受居委会的"召见",并扬言还要再养几只鸡。居委会在万般无奈的情况下向社区管片队员反映了情况。分队在了解这一情况后,考虑到养鸡人的抵触情绪,没有与其正面交锋,而是打印了一张"提示通知单",从养鸡户的门下送了进去。在提示单中向其告知了《北京市市容环境卫生条例》的有关内容,并要求其在3日内进行处理。提示单的全文语句缓和,没有任何强硬措辞和将对其如何进行处罚,在提示单的最后还特别感谢其对城管工作的配合和支持。3天后管片队员再次走进社区时已听不到往日的鸡鸣。事后经过了解得知,养鸡人见到提示单后,感觉到城管对他这种人还真是"客气"。过去他违法后经常遭到执法人员的训斥,在遭惯了"白眼"后猛然遇到如此"客气"的执法方式还真有点不习惯,说明现在的执法人员与过去确实不大一样。他感慨地说,城管不但工作认真负责还给咱留了面子,这点小事不配合人家的工作内心过不去……

治理小广告出新招,五楼盘被通报

公主坟地区由于地处交通枢纽,许多开发商的售楼处也看准了这块"黄金宝地"。为了多买卖房子,纷纷来到公主坟周边租住,建立售楼处,并印制了大量的售楼广告,雇用人员到处散发。一直以来,分队也对售楼处进行了多次查抄,还多次协调工商、公安部门共同执法,开始收获颇丰,能查获大量的售楼广告,但是查抄"窝点"行动也只能暂扣售楼广告,实施行政处罚很难,因为许多售楼处往往连营业执照都没有,而且随着查处次数的增多,在售楼处很少再能查到大量售楼广告了。针对这种新的问题,分队领导开动脑筋,进行大胆尝试,将在街头收缴的售楼广告进行归类整理,筛选出五家在售楼广告上有开发商全称的售楼广告,通过报纸进行通报,告知他们在何处查获的自家售楼广告,并限期到分队进行调查处理。这种方式果然起了作用,通报五天后陆续有三家开发商派人到分队接受了处罚,其中最远的开发商从平谷远道赶来,上午接受了谈话调查,下午就将罚款交到了银行。通过与这三家开发商的交谈,他们都承认他们委托的售楼处大部分是个人代为售楼,只是按照销售提成,没有明确的合同,这种委托形式实际上也形成了委托他们散发小广告的售楼行为理应接受处罚。开发商表示回去后一定对所属售楼处进行规范,明确相互的权利、义务及宣传途径,避免类似现象的再次发生。

大造声势,取缔社区内的无照商贩

在北蜂窝 5 号院社区内经常有大量的无照商贩在此处无照经营,不但影响了居民的正常生活,还使社区内的环境肮脏不堪。分队虽然多次取缔但是经常反弹,始终得不到彻底治理,致使这里的无照经营成了痼疾顽症。"暖心便民"工作开始后,分队决定下大力度彻底治理在北蜂窝 5 号院内的无照经营,并决心治理一处巩固一处。为做好这项"暖心便民"工作,分队对社区内的居民群众进行了走访,并在社区内召开了由社区委员会、居民代表、产权单位和辖区派出所召开的座谈会,广泛听取各方面意见。居民普遍反映,无照商贩的经营行为虽然有便民的一面,但是带来的危害如盗窃、扰民、破坏社区环境已经使居民们无法忍受,应该彻底取缔。为取缔 5 号院内的无照商贩,分队先贴出了通告,在通告期过后立即采取了大规模的取缔行动,对不听劝阻的无照商贩一律"重罚"。在"五一"黄金周前分队全体人员和社区居委会、社区居民、管片民警、街道保洁中心、物业公司共计 70 余人对社区内的环境卫生进行了大扫除,不但恢复了社区久别的原貌,实际上也是向无照商贩们表示了城管部门要坚决扫除 5 号院内无照经营土壤的决心。5 号院的整治行动在周边社区反响很大,许多社区的群众都认为 5 号院内"干净了",分队在社区居委会和居民心目中的支持率也明显提高。

曾经的羊坊店,无照商贩占道经营、小广告满天飞、环境脏乱差。如今的羊坊店,无照经营得到有效控制、铺天盖地的小广告不见踪迹、社区环境日益优美。羊坊店分队正以踏实的工作作风、创新的执法模式和为民服务的真诚情怀引领着商家、居民们全力构建和谐、良好的环境秩序。

散文遐思

散文遐思

我家新添个小城管

鲁学军

作者简介：鲁学军，女，中共党员，解放军南京陆军指挥学院毕业，本科学历，现任海淀区城管执法监察局马连洼执法队科员。

小学三年级的儿子对我转业分配工作最为关心，因为我的工作安置好坏对他来说是个"大问题"，关系到当他考出好的学习成绩会得到什么奖励。

2008年3月，我从部队转业分配到城管分队工作。在与同志们接触的一个多月里，大家待我热情真诚，让我很快适应了新的环境。队员中有一半来自部队，他们将雷厉风行的工作作风和缜密细致地处理工作的方式方法糅合一起，成为队伍中不可替代的中坚力量。在这一个月时间里，队员们的真诚豁达以及对相对人的耐心给我留下了深刻的印象。没来城管工作以前，常常耳闻社会对城管的许多偏见，以为在城管工作的职能只是管理无照商贩那样简单。在一个多月的实践里，我逐步从一个局外人变成了局内人，并深刻认识到：作为一名城管执法者，必须严格按照执法程序、严格按照法律规定行使执法权，而行使执法权的前提条件，就是必须要有较强的法律专业素质和扎实的办案功底。

我的工作刚刚安置平稳后，儿子又来关心。每天放学后第一项任务就是跑到厨房搂着我的脖子问："妈妈，你们是管什么的？你今天都做了什么？你带着大盖帽是不是很酷……"

　　看到孩子天真无邪的目光，我低下头笑着说："妈妈干的工作就是对我们身边不文明的行为进行治理。我们的城市就像自己家的庭院，不整理、不收拾，就会杂草丛生，杂物横道。不仅影响美观，而且给生活带来很多不便。你看，小商贩在人行道上摆满了摊，堵塞了交通，还将垃圾随处丢弃。还有地上一块一块刻章办证的小广告有多难看，就像'牛皮癣'附着在我们身上。城管叔叔阿姨就是这座城市的'美容师'，用辛勤劳动换来城市的整洁，美丽漂亮。现在离奥运会开幕不到一百天了，北京奥运会将向世界人民展示现代中国的风貌。成功举办奥运会不仅取决于赛事的准备，更多地取决于是否具有一流的市民素质、一流的城市人文环境、一流的社会风气。为了将我们的城市建设成为经济更加繁荣，更加文明，社会更加和谐，更加宜居的首善之区，城管叔叔阿姨们必须加大对城市环境秩序的监管执法力度，使市民的生活环境不受伤害，使城市的生态文明得到有效维护和健康发展。而作为每一个市民、每一个小朋友都有责任、有义务伸出一双手、献出一份爱心维护家园的环境，把我们的城市、我们的家打扮得更加迷人，绚丽多姿。"儿子听得若有所思。

　　一天，儿子放学后冲进家门大声对我说："妈妈，我放学时和同学一起撕下好多出租房屋、刻章办证的小广告，把它们都扔进了垃圾箱，我要和同学们一起当奥运小志愿者，阻止那些乱丢垃圾、随地吐痰等不文明行为，让外国人看到我们美丽的城市、我们的家，妈妈，到时候你一定给我奖励哦！"

　　"行，妈妈一定给你奖励！"多可爱的儿子！我家又多了一个城管！

大 槐 树

王志伟

作者简介：王志伟，男，中共党员，东北林业大学毕业，研究生学历，现任海淀区城管执法监察局局长。

我自从少年时代离开家乡至今已有20多个春秋，故乡的许多景象渐渐变得模糊起来，唯有故乡家中的那棵大槐树始终在我心中撑出一片绿荫，呵护着我的心灵。每每想起它，心里便充满无限的温馨，故乡的往事便会出现在眼前，久久挥之不去。

在我童年的记忆中，我家的这棵大槐树，又高又粗，树干需三四个小朋友手拉手才能环抱过来，树干的分枝处距地面约有二三米，粗壮的枝干向四周伸展，树叶浓密，像一个巨大的绿伞立在家院中央，撑起一片绿荫。大槐树给我们全家带来了无限的福音和快乐。

春天来了，大槐树冒出了嫩绿嫩绿的新芽。那时家里很穷，家中的存粮常常是青黄不接，就是陈的吃没了，新的还没有下来。为了能填饱肚子，娘常常安排我们爬上大槐树，摘取它的嫩叶，用来做窝窝头。将嫩叶洗净，用温水焯一下，拌上少量的地瓜干粉、豆面和咸盐，这样一来能增强黏合度，二来能缓解树叶的苦味，将拌好的材料团成团，放在大锅里蒸上半小时，就能吃了，尽管很苦，却能填饱肚子。据娘说，一个春天能省不少粮食。

夏天，大槐树成了孩子们的乐园。山村的孩子从小练就了爬树的本领，能闭着眼睛爬到树顶。我村里的小伙伴们常常爬到树上捉迷藏，既惊险，又刺激，孩子们乐此不疲。有胆子大的，还用布条蒙上眼睛玩，全靠熟练的技术和感觉找到对方，玩到这种地步，可称得上"爬树达人"了。由于这种玩法太危险，每当大人发现了这种情况，就会教训我们一通，大家不欢而散。除了在树上捉迷藏，抓知了也是我们的拿手好戏。我们常常用两种办法抓知了，一种叫"粘"，将一小把生小麦放进口中连续咀嚼，吐出含有淀粉的唾液，剩下的叫"麦筋"，具有很强的黏性。将嚼好的"麦筋"放在细长的竹竿顶端，粗了怕惊着知了，手持加工好的竹竿，爬到树上，慢慢靠近知了，小心地用竹竿顶端去粘知了的翅膀，由于知了的翅膀有纹理，较粗糙，一旦被"麦筋"粘住，很少有能跑得了的。另外一种方法叫"套"，选择结实而且弹性好的一根牛尾，编好一个活扣，系在细竹竿顶端。等靠近知了后，用牛尾扣放在知了的正前方稍近一点，因为有干扰，知了便会用前端的两条粗壮的爪子去"抓"牛尾，这时趁机猛拉竹竿，牛尾扣正好套在知了的脖子上，纵然它有天大的本领，也无法逃脱了。为了弄到好的牛尾，我们常常到生产队的牛棚去拽牛尾巴，气得老牛直尥蹶子，如果运气不好，还会被饲养员大叔抓去铲牛粪。劳动结束后，若是饲养员大叔高兴，兴许还会送给我们一把上好的牛尾，受点累也值了。

秋天，树上的叶子渐渐退去，大槐树失去了生机。孩子们渐渐疏远她了，大人们却有了更好的用途。他们将收来的玉米剥好（玉米穗的皮留着），用剩下皮编成玉米辫子，挂在树枝上，大槐树成了天然的粮仓，满树金黄，煞是好看。除了挂上玉米之外，有时还将晒得半干的地瓜秧，放在树上继续晾晒，一堆堆的地瓜秧成了家雀的安乐窝。还有一件令大人们感兴趣的事情，就是摘取大槐树的嫩果实。大槐树的果实呈念珠状，味较苦，被称为槐连豆。我娘说将嫩一点的槐连豆放在铁锅里炒一下，呈黄色时出锅，用其冲水喝可以消暑去火，这是老一辈人传下来的法子，很管用。一到秋天，孩子们疯玩顾不上喝水，常常上火，嘴上起泡，大便干燥。我娘就用炒好的槐连豆给我们冲水喝，味很苦，如果能放上一点白糖，那就再好不过了。后来上了林业大学，才知道老辈人传下来的办法是有一定科学道理的。书中记载，大槐树学名国槐，属蝶形花科槐属，落叶乔木，树冠浓密，荚果肉质，呈串珠状。花及果实性凉味苦，有清热凉血、清肝泻火、止血的作用。

冬天，尽管万物萧条，但我们仍能找到乐趣，那就是捉家雀。到了冬天，家雀们便躲在树上的地瓜秧垛里，家雀们比较"贼"，白天不好捉，我们只好在晚上进行，先用手电筒在树底下照，发现地瓜秧垛里的鸟窝，再上树去掏，一掏一个准，因为家雀晚上怕光照，一照准迷糊。捉来的家雀少，就放在笼子里养着玩，捉得多了就交给大人，用油炸着吃，味道鲜美。赶上下大雪，家雀们无处觅食，便从树上下来在院子里飞来飞去。我们便学着鲁迅先生的做法捉鸟。先在雪地里扫去一片雪，露出地面，在地面上撒上一些谷糠，上面罩上一个筛子，用一个小木棍支起一边，方便家雀进来吃食，小木棍底端系着一个长长的绳子，捉鸟人拿着绳子的另一端，躲在远处等待家雀"上钩"。一会儿，一两只家雀便试着靠近筛子，在边缘处一边观察一边吃食，这时你要沉住气，不要拉绳子，否则一旦失败，一个上午家雀再也不会上你的钩了。要等到先到的家雀进入筛子的内部，其他家雀一看没有危险，也一起飞来吃食，来的家雀一多，它们便放松了警惕，争着进入筛子内部吃食。这时，抓住机会猛拽绳子，筛子突然扣下，一定能有所收获，有时一下子能罩住一二十只呢，每当此时，大家一片欢呼，欢乐的气氛在小院里弥漫。

大约在我上初中的时候，姐姐要出嫁了，她要远嫁到另一个乡村去。按照老家的习惯，闺女出嫁，娘家要陪送嫁妆。因家里穷，没有钱给姐姐买嫁妆，父亲与母亲商量，将大槐树伐了，为姐姐做嫁妆。听说要伐大槐树，我的心里一直沉甸甸的。一天，我劝父亲，别伐大槐树了，我不上学了，把学费省下来，给大姐买嫁妆吧。父亲沉默了一会儿说："这不是小孩子考虑的，学费不能省。"我知道大槐树是躲不过这一难了，但心里总是期盼着父亲能想出别的办法来，留下大槐树。那天放学回家，我看见大槐树的树枝已被伐倒，木匠们正在用锯锯树干，我疯了似地扑过去，抢夺木匠手中的锯。母亲赶紧跑过来，把我拉到一边，她没有说话，只是用手把我揽在她的怀中。我的心很痛，泪水一下子夺眶而出。猛然间，一颗滚烫的泪珠落到我的手背上，我知道母亲也哭了，我不敢抬头，但我分明感到了母亲眼中的泪花，我知道这一切实属无奈，全家人都不愿意离开大槐树。就这样，大槐树与我们永别了。不久，给我童年带来无限欢乐的大槐树，随着一阵鞭炮声和姐姐的哭声，远嫁他乡。

许多年过去了，姐姐家当年的家具所剩无几，然而用大槐树做的几件嫁妆都还摆放在大屋里，尽管它们已经陈旧，但仍很结实。一次，我到姐姐家，又见到了用大槐树做成的嫁妆，我抚摸着它们，不知怎的，泪水一下子迷住了视线，朦胧中我仿佛看见这些嫁妆突然聚集在一起，慢慢变成了一棵枝叶繁茂的大树，孩子们在树上欢笑嬉戏。

哦，我心中的大槐树。

父亲的爱

尤宽良

作者简介：尤宽良，男，中共党员，中央党校毕业，本科学历，现任海淀区城管执法监察局甘家口执法队主任科员。

我的老家在苏中的高邮，我们一家三口在北京生活近20年了。自打我的儿子上了初中以后，我们一家连续有六七年没有回过老家了。因为平日里我和爱人工作都很忙，儿子的学习也很紧张，尽管我心底对"回家"是那么神往、那么急切，但终究还是一忍再忍、一拖再拖。直到儿子参加完高考，并最终考上了北京的一所大学，我们一家人才终于有了回老家的机会。

我们是在儿子上大一那年的寒假里回老家的，其实回老家最主要的就是想看看年迈的老父亲。老父亲已年近80，目前一人单过，身体也不是太好，1994年因胃病做过切除手术。但这些年来，他老人家一直都是自己照顾着自己，从来没让子女们操过心，添过"麻烦"。那次回家时，老父亲更是为我们忙前忙后，他那忙碌的身影，为我们做的点点滴滴，至今我还历历在目……

我们到家后，走进以前住过的房间，虽然是老房子，平常也没什么人居住，却是非常干净、非常整齐。这是父亲听说我们要回去，专门为我们收拾出来的。父亲生怕我们过得不习惯，事事都为我们想得很周到。由于我们回去时正值冬天，南方的天气阴冷潮湿，室外冰天雪地，室内也没有暖气。父亲生怕我们晚上睡觉感觉冷，早就给我们预备下了电热毯，还把自己床上加盖的被子拿到我们的床上，而他自己就只盖一条薄被。我知道平时他都是盖两条被子的，我怕父亲会冷，就叫他拿过去，可父亲执意不肯，说他在家已经习惯了，不感觉冷。其实，我心里知道，父亲哪里是不冷，他是怕我们挨冻啊。父亲这么大岁数了，心里却永远惦记着儿女，关心着我们……

第二天很早的时候，老父亲那熟悉的咳嗽声便传入了我的耳朵，我知道是父亲已经起床了。因为天气冷，儿子和爱人都不愿起床，我见父亲已起来了，便不好意思再睡，也跟着起床。

我跟父亲说："咱们早上就随便做点稀饭吧。"

可父亲却摇摇头，轻轻地说道："不做稀饭，我给你们做'鸡蛋下粉丝'。"我心头一震，这是几年前我带儿子回老家时，儿子最爱吃的食物，真没想到父亲还记得。

我说："那就我来做吧，您再去休息一会儿。"

可父亲却笑着推开了我伸出去的手，说道："你们刚回来，天冷，做事不习惯，还是我来做吧。"

父亲非常熟练地将粉丝煮好，再打进去几个鸡蛋，最后是细心地加入各种调料，很快，一锅香喷喷的"鸡蛋下粉丝"就做好了，等着我们一起来吃。

看着父亲用颤巍巍的双手给我们做着早饭，我的心仿佛也跟着那双苍劲有力的大手一起颤动。父亲辛劳了一辈子了，好不容易将子女培养成人，如今又这么关爱孙子，顿时我的胸口就像闷了一大口高度白酒一样，心里瞬时被一股暖流占据了。

我们在老家待了几天，很快就到了春节。大年三十的晚上，我们一家人高高兴兴地聚在一起，吃了年夜饭，一起收看"春晚节目"。父亲拿出早已用红纸包好的压岁钱递给我的儿子。我儿子说道："我已经长大了，不用再给压岁钱了。"父亲却很执着,说这是长辈应该的。摸着厚厚的纸包,我儿子好奇地打开,只见红包里除了压岁钱外,还有几片云片糕,儿子好奇地询问这是什么,这时父亲笑得格外灿烂,连忙说道:"这是希望你前(钱)途无量、步步高(糕)升啊!"一家人在欢声笑语中是那么开心,那么幸福。

春节期间我们除了必须地走亲访友外,我会尽量多陪陪年迈的老父亲,陪他多聊聊家常,替他多做做家务,而父亲这几天精神也是格外的好,好像永远不知道疲惫。

一晃春节就快过去了,探亲的假期也快结束了,我们也准备返回北京。父亲知道我们要走,就拿出早就准备好的一些家乡特产让我们带回北京。我连忙说不用,父亲却说:"别看你们在首都北京,可平时要是想吃到这家乡的味道可不容易嘞。"我知道父亲平时并没有收入,只是靠子女们给的一点生活费过日子,此时准备下这么多的东西,一定是他很久以前就开始准备的。

在我们临出发的时候,父亲说要送我们一段,我怕我会忍不住流泪,便说道:"天气冷,您就不要送了。"可就当我迈出离家的第一步时,眼泪却再也控制不住,顺着脸颊流了下来,我怕父亲看见,便不敢回头径直往前走着。直到我们走出了好远,才忍不住回过头来,我看见老父亲还站在门口,手扶着门框,远远地望着我们……

"回家"不仅仅是一次探望亲朋的聚会,更是一次感受亲情的旅程,无论是回家前亲人们翘首以待的期盼、还是在家中亲人们无微不至的关爱,以及离开时亲人们鼎力相送的感动,这所有的一切都感动着我,震撼着我,我深深爱上了"回家"的感觉,今后我会尽可能地多"回家"去,去陪伴身处家乡的老父亲。

心中有信仰　脚下有力量
——我的新长征

石立峰

作者简介： 石立峰，男，中共党员，解放军防化学院毕业，本科学历，现任海淀区城管执法监察局党组书记。

　　2016年，中国共产党建党95周年，中国工农红军长征胜利80周年。同时也是我入党30周年，脱下穿了33年心爱的军装告别军旅生涯，由一名军队"老兵"转为北京市海淀区城管执法队伍一名"新兵"的一年。2016年无疑是我人生中的一个重要转折点，这不仅仅是一个简单个人身份和职业上的转变，更是一次思想和意志上新的考验与历练。

　　回眸33年前，不满18岁的我，带着儿时的梦想和憧憬，穿上梦寐以求的绿色军装，成为一名光荣的人民解放军战士，告别家乡父老和亲人，带着亲人的嘱托和美好愿景，来到了白山黑水间的鸭绿江畔卫国戍边。我所服役的沈阳军区某师，是一支有着光荣传统、悠久历史、战功赫赫的英雄部队，从井冈山到太行山，从烽火硝烟的抗日主战场到惨烈无比的抗美援朝前线，从随时打赢反侵略战争到打赢高科技局部战争的新时期建军，都留下了这支部队不朽的英雄业绩。入伍不久的我，有幸被组织选调到防化兵连队，成为一名光荣的防化兵。经过组织的培养和连队艰苦战斗生活的锻炼，两年后，我又有幸成为一名光荣的军校学员，来到了令人向往已久的首都北京，走进令世人瞩目的解放军防化学院。在部队党组织的培养下和同志们帮助下，我从一名普通军校学员一步步成长为解放军的副师职领导干部。

33年军旅生涯，弹指一挥间。站在叠放整齐的军装和一枚枚闪光的军功章面前，从国庆50周年、60周年首都阅兵到纪念抗日战争暨世界反法西斯战争胜利70周年"9•3"胜利日大阅兵，从布满硝烟的联合军演场到充满欢乐和友谊的北京奥运赛场，从处处隐藏危险的首都抗击"非典"到各地遗留的军用毒剂和放射源的处理，从演练未来战争的训练场到无眠的学院实验室灯光，从令行禁止的军人意志磨炼到市场经济环境下青春无悔无私奉献的考验，从天安门广场上高高飘扬的五星红旗到眼前一枚枚闪光军功奖章……一幕幕仿佛就在昨天、就在眼前，犹如白驹过隙、历历在目；远山巍峨，军歌嘹亮……

2016年，遵照组织的要求，我转业到地方，组织计划分配到北京市海淀区，并被组织任命为海淀区城市管理综合行政执法监察局党组书记，穿上崭新的城管制服，成为城管执法队伍里的一名"新兵"，并肩负起城市执法体制改革改进城管执法方式、推动城管执法队伍新发展的光荣使命。从一个"最可爱的人"的队伍来到一个备受社会热议的城管执法队伍，我也曾有过片刻迟疑与踌躇，但是组织的重托、领导的信任、人民的期盼、战友的鼓励，尤其是同事们无私的大力支持，让我再一次鼓起勇气、坚定信心，再一次燃起了为人民再立新功的激情，义无反顾地投入我为人民管好城市，实现民族伟大复兴的"新长征"。

结合基层调研走访，回顾城管执法所走过的20年艰辛历程，让我对城管执法有了新的认识和启发。20年来城管执法，犹如一个诞生在摇篮中的婴儿渐渐成长为一个奋发向上有为的青年，他经历过成长过程的喜悦，同时也经过成长过程的烦恼与困惑；城管执法这支年轻的执法队伍，在城市发展和环境建设与人民对美好生活向往和环境永远干净的追求博弈中，更多的承受着社会变革中带来的前所未有的矛盾和压力，致使城管执法队伍中诸多可歌可泣的事迹被社会现实环境所"淹没"，工作中个别执法负面问题被无限"放大",甚至付出生命和血的代价时也不被社会所认同;为人民管理好城市、做好城管执法工作,是当今社会无法回避和绕开的历史新课题,也是新时期历史赋予我们的使命和责任,我们要勇于面对这一历史性的考验,积极主动地接受党和人民的检验。

《中共中央国务院关于深入推进城市执法体制改革改进城市管理工作的指导意见》,为城管队伍的未来发展指明了方向。北京市和海淀区也相继出台相关文件和政策,特别是海淀区委十一届十次会议审议通过的《关于加快全国科技创新中心核心区建设 提升城市规划建设管理水平若干措施》,为深入推进城市执法体制改革,改进城市管理工作明确了任务和标准。当前,全面落实中央城市工作会议精神和《中共中央国务院关于深入推进城市执法体制改革改进城市管理工作的指导意见》,结合北京市和海淀区"十三五"发展规划,立足海淀城管执法队伍工作实际和区域发展特点,顺利完成城管执法队伍执法重心下移工作,理顺城管执法体制机制,深化"人民城管为人民,人民城市人民管"这一理念,内强素质外树形象,继承弘扬海淀城管优良传统,坚持以人民需求和问题为导向,始终坚持工作高标准,动员和引领广大人民群众一道做好城管执法工作,努力推动城管执法队伍新发展。

历史上的每一次改革,往往都会遇到阻力和障碍,城管执法体制机制的改革也不可避免地会触及一些人的利益,其中也会产生许多矛盾,这是我们城管执法人无法回避的艰巨挑战,更是我们值得期待的历史性发展机遇。历史的脚步不断向前迈进,如何才能攻坚克难,砥砺前行,既考验我们的智慧,更考验我们的勇气和意志。

80年前,当红军为寻求民族解放踏上漫漫征途,我们的党和中华民族"到了最危险的时候",面临着两种命运、两条路线的抉择和斗争。红军虽遭受围追堵截,多次身临绝境,但始终未曾改变"救人民于水火、扶民族于既倾"的家国情怀。是什么力量让他们明知路途遥远,却万死不辞,前仆后继,经受了难以想象的饥饿、严寒、伤痛等生存极限的考验,终于奔向最后的胜利?是坚定的信念和壮丽的理想。理想信念是人对未来向往与追求的思想支撑,80年前红军将士之所以能忍饥受冻,历经千难万险,最终胜利到达陕北走上抗日前线，其根本的原因就是对革命理想崇高执着的追求和对革命必胜的坚定信念。理想信念的坚定作为长征精神的核心所在，更是当前广大城管工作者理应继承发扬的最宝贵的精神财富。

岁月可以改变山河，但不朽的精神与世长存。我们党从小到大、从弱到强的发展历程，也是精神力量生发的历程，长征精神是激励一代又一代共产党人奋斗不息的重要精神力量。长征创造了历史，我们从现实走向未来。每一代人有每一代人的长征路，每一代人都要走好自己的长征路。实现伟大的理想，从来没有平坦的大道可走。我们面前依然有"雪山""草地"需要跨越，依然有"娄山关""腊子口"需要征服，依然需要我们不忘初心、继续前进，依然需要我们保持坚定的理想信念，"风雨如磐不动摇"。

没有硝烟，新的长征同样是一场前所未有的硬仗和伟大的壮举。当前，正处在深化改革全面建成小康社会圆中华民族伟大复兴之梦征程的战略机遇期，同时也是结构性矛盾凸显和各种风险因素叠加的关键期，对城市管理工作提出了严峻挑战。"心中有信仰，脚下有力量"。城管执法者要坚定理想信念，最根本的不仅要牢固树立道路、理论、制度和文化"四个自信"，无论在何种情况下都要始终不渝、毫不动摇，也要坚定对城管事业发展前途的自信，弘扬长征中的革命乐观主义传统，不妄自菲薄、犹豫彷徨。面对新时期城管工作的新征程，作为新时代的城管执法者，必须永怀赤子之心，始终牢记为人民服务的宗旨，永葆与百姓群众的鱼水之情，将长征精神内化于心，外化于行。坚持依法行政，热情服务，恪尽职守，清正廉明，用自己的行动切实维护党政和部门形象，确保最"接地气"的城管工作成为党群、政群关系血肉相连的纽带，让长征精神代代相传。

"不忘初心，走好新长征路。"长征是理想信念的伟大远征，长征是检验真理的伟大远征，长征是唤醒群众的伟大远征，长征是开创新局面的伟大远征。我相信，有长征精神的激励，城管执法这支队伍将永远是一支不可战胜的力量，一定能够肩负起党和人民的希望与重托。

长征永远在路上，长征精神永远在路上。

机缘巧合邂逅美
——读散文《花未眠》有感

刘 昕

作者简介： 刘昕，男，中共党员，中国人民大学毕业，研究生学历，现任海淀区城管执法监察局北太平庄执法队科员。

《花未眠》是日本首位诺贝尔文学奖获得者川端康成的散文力作，讲述了"我"在凌晨四点，在留宿的旅馆房间内醒来，发现海棠花盛放（花未眠），由此所引发的一系列关于美的联想和思考。由于全文采用漫谈式的笔调，思想的火花在似断实连的叙述当中忽闪，叫人难以把握，且不经意间引述的某些观点较为抽象，给普通读者设置了理解障碍，最终使原文的妙处很难为读者所领悟。

当我初次在中学课本上读到这篇文章时，第一感觉是不知所云，那些看似深沉和美好的文字，彼时作者的心境，于我而言，完全体会不到。读完全文后，我除了得出"一个旅人夜不成眠，起来中宵赏花"的故事梗概外，其他的内容则完全陌生。但我知道，这篇文章享有极高的评价，我的老师更是盛赞该文。从那以后，每当我在报纸或杂志上再次遇到这篇美文时，总有一种想把它弄个明白的冲动。读懂它，成为长久以来我心中的一个愿望。

古语云：书读百遍，其义自见。这话可不是教人死读书，而是告诉读书人：读懂一本书需要时间和过程，当你的学识和阅历达到一定境界，自然而然地就能理解书本内容，感受作者心境了。《花未眠》和我始终隔着一段距离，我无缘得见它的美，直到一个月前，当我再次诵读它时，突然间有了新的领悟，内心仿佛更接近它了，也许这就是作者在文中所说的："美是邂逅所得，是亲近所得。这是需要反复陶冶的。"

那是在南下的列车上，我正怀着忧戚的心赶往深圳去探望突然生病住院的父亲，夜已深沉，可我却毫无睡意，于是拿出一本小书来打发时间。首先映入眼帘的是题目——《花未眠》。人有夜不能眠之时，却从没想过花似人一般，也会有未眠之时。如文中所写："有葫芦花和夜来香，也有牵牛花和合欢花，这些花差不多都是昼夜绽放的。花在夜间是不眠的。这是众所周知的事。"这里拟人手法的运用不露痕迹。花在夜间绽放原是它的自然习性，与"眠不眠"没有关系，但作者采用拟人手法，把人和花的距离一下子拉近了，语言上又显得新颖别致，这样不同凡响的题目能够引起读者无尽遐思，看似"意料之外"，却是"情理之中"。然而，这一奇妙的想象却并非作者首创，读到此处，不禁让人联想到我国古代大诗人苏东坡的一首绝句诗《海棠》：

东风袅袅泛崇光，香雾空蒙月转廊。只恐夜深花睡去，故烧高烛照红妆。

以花拟人的表现手法古已有之，运用之妙，存乎一心。苏东坡为了表现海棠花月下的朦胧姿态，故戏言恐"夜深花睡"，而川端康成在旅途中发现的却是"凌晨四点凝视海棠花，更觉得它美极了。它盛放，含有一种哀伤的美"。实际上，花的绽放只是一种客观的自然现象，可是在诗人的眼中，这却是一种富含浓厚感情色彩的现象，"一日看尽长安花"句中的"花"是不能和"感时花溅泪"句中的"花"同日而语的。这里"哀伤"二字表现了作者此时此地的心境，正如王国维在《人间词话》中所言："以我观物，故物皆着我之色彩。"

"花未眠这众所周知的事，忽然成了新发现花的机缘。"由"花未眠"

这一情境出发,作者的思绪如不羁的野马奔腾起来。

首先,作者蓦地发现:"自然的美是无限的。人感受到的美却是有限的""人的一生中感受到的美是有限的,是很有限的"。作者因此发出了如是感叹:"一朵花很美,那么我有时就会不由得自语道:要活下去!"其次,作者认为:"美是邂逅所得,是亲近所得。这是需要反复陶冶的。"这是作者从美的感受主体——人的层面,对欣赏者提出的建议和要求。每个人"感受美的能力,发展到一定程度是比较容易的",说明感受美的能力是可以通过"反复陶冶"发展到一定高度的。而这种"反复陶冶"的过程就是一次次与美的邂逅,主动去"亲近"它,亲身体验它,因为"光凭头脑想象是困难的"。

当一个人具备较高的感受美的能力时,一件美术作品会"成了美的启迪,成了美的开光""一朵花也是好的"。

接着,作者的思考由自然美又跳跃到了艺术美,并将二者进行了分析比较。一方面,作者举了很多绘画和雕塑的艺术实例来再次论证自然美的无限;另一方面,在作者心中,艺术美和自然美没有高低之分,伟大的艺术品能够使欣赏者领略无限的自然美,在实际的艺术欣赏实践中,他感叹道:"繁二郎的画、长次郎的茶碗和真正黄昏的天空,三者在我心中相互呼应,显得更美了。"以此肯定了写实艺术家们创作的意义和价值。

尾章,意犹未尽的作者再次以独游岚山的经历说明:"自然总是美的。不过,有时候,这种美只是某些人看到罢了。"呼应了前面"美是邂逅所得,是亲近所得"的观点。作者认为:"我之所以发现花未眠,大概也是我独自住在旅馆里,凌晨四时就醒来的缘故吧。"与美的邂逅都有一种机缘,作者与旅馆内夜半盛放的海棠花邂逅的机缘是孤枕一人凌晨四点醒来。到这里,读者不免要产生这些疑问:为什么作者与美的邂逅几乎都是在凄清一人的情形下?(如"由于是冬天,没有人到岚山来参观。可我却第一次发现了岚山的美"。)为什么作者会觉得夜晚盛放的海棠花"含有一种哀伤的美"?按照中国传统解释学"知人论世"的方法,就得从作者孤独身世中去寻找答案了。

作者曾写过一篇题为《参加葬礼的名人》的文章，回忆了自己幼年父母双亡，其后姐姐和祖父母又陆续病故的悲伤往事。这些经历无疑塑造了他孤僻的性格，进而影响了他对美的看法，在他看来，美与悲是密不可分的、相辅相成的。知晓了这些，也就不难理解为什么作者会认为夜半寂寞开放的海棠花"含有一种哀伤的美"了。

  由此，回忆起那一晚，我之所以能够对《花未眠》产生顿悟，大概也是由于当时的我处在一个和作者创作构思《花未眠》时相类似的情境下吧：孤独的夜和旅途、不眠的愁思、对美好往事的怀念、对明天隐隐的恐惧……

经济学视角下
——城市治理的供给侧改革

刘晓兵

作者简介：刘晓兵，男，中共党员，中央党校毕业，本科学历，现任海淀区城管执法监察局副局长。

城市治理属于社会治理范畴，与农村治理相对应，传统的研究方法大多数都是基于管理学，尤其是公共管理学的理论进行分析和解读，从经济学视角对城市治理进行思考和解读的先例相对比较稀缺。城市治理的经济学视角解读是在分析城市治理的需求和供给的前提下，立足于需求与供给并重的现代经济学思维，运用法律、经济、行政等各方面调控手段，提出城市治理供给侧改革，实现现代化城市治理的措施和建议。

城市治理的需求

城市治理的需求主要来源于三个方面：群众、企事业单位、政府。群众作为城市治理进程中关系最紧密，受益最直接，影响最深刻的对象，其对城市治理的需求代表了广大人民群众对我们城市治理工作的期待，是城市治理需求分析中最重要的部分；企事业单位作为城市治理的重要参与者，从自身发展出发存在对城市环境、卫生、秩序等多方面需求，是城市治理需求中不可忽略的组成部分；政府作为目前城市治理的主体，作为城市规划、建设、管理的主要承载平台，作为人民群众意志的最终体现，无论是从科学规划、科学建设、科学管理、科学施政、可持续发展等方面着手，还是从服务广大人民群众、企业事业单位出发，均存在对城市治理的刚性需求。

广大人民群众相对比企事业单位、政府对于城市治理的需求量更大，但因为个体需求的差异性呈现出需求的多样性，导致城市治理需求往往得不到充分、有效的满足，并且随着国民经济和社会事业的不断发展，广大人民群众的需求亦是不断更新的，城市治理水平相较人民群众的新期待、新需求仍然存在一定的差距。而企事业单位、政府的城市治理需求相对都比较明确、统一，注重的是需求的普遍性，淡化的是需求的差异性，往往容易得到快速、有效的处置。

城市治理的供给

目前，我国城市治理的供给主要依靠政府单方面输出，城市治理的供给已经成为政府公共服务的重要内容，政府在城市治理供给方面的输出一支独大，缺乏市场无形之手的调控，鲜能看见社会活动中其他主体（企事业单位、群众）的身影。一方面，需要肯定的是政府对城市治理的供给是快速、高效的；另一方面，需要慎重的是政府一味地在城市治理供给上大包大揽，加重了政府财政支出的压力，尤其是近几年以及未来一段时期内，我国国民经济和社会事业发展降档、降速，政府财政支出将持续承压，城市治理供给将面临严重挑战。此外，政府将城市治理的供给作为公共服务无偿提供给所有人，每一个受众都在享受着政府城市治理供给带给自身的益处，但是每一个受众无法在城市治理供给中发挥出相应积极、有效的作用，容易产生政府城市治理供给的枯竭，发生"公地悲剧"。

城市治理的供给侧改革

传统的城市治理思维是以政府为主导的供给侧思维，即政府提供什么样的公共服务，提供什么样的城市治理供给产品和服务，广大人民群众、企事业单位只需要被动接受，城市治理完全是政府应该操心的事，而纳税人、纳税企事业单位完全隔离在城市治理之外，导致市场上城市治理供给方匮乏，城市治理供给商品和服务质量不高。同时，因为城市治理是以政府为主导，城市治理供给更多体现为政府意志，广大人民群众、企事业单位的意志往往会让位于政府意志，得不到有效的体现。因此，要破解目前的城市治理问题，必须在充分了解城市治理需求和供给的基础上，破除原先的思维定式，推动城市治理的供给侧改革，实现需求与供给的有效对接。

一是引导和鼓励企事业单位、广大人民群众参与到城市治理的商品和服务的供给中来，优化城市治理供给结构，提升城市治理供给质量。城市治理供给要摒弃原先的政府"应管尽管"的理念，要以市场调节为主，以政府督导为辅，让市场在城市治理供给中起调节资源（商品、服务）配置的决定性作用，激活市场活力，引导和鼓励企事业单位、广大人民群众提供城市治理供给商品和服务，政府可以向企事业单位和广大人民群众购买城市治理供给商品和服务，一方面发动了市场所有参与者共同开展城市治理工作，丰富了城市治理供给的商品和服务，优化了城市治理的供给结构；另一方面引入市场化的竞争机制，优胜劣汰，提升了城市治理供给质量。

二是完善需求和供给两侧沟通机制，消除信息不对称，避免无效决策，提高城市治理供给效率。城市治理的需求是带有刚性的，并且随着国民经济和社会事业的发展标准会不断提高，城市治理供给要充分了解需求，在信息对称的前提下制订城市治理的供给方案，坚决避免因为信息不对称，导致政府、企事业单位、个人的无效决策，城市治理需求和供给的脱钩。努力做到"以需定供"，精确治理，提高城市治理供给效率。同时，城市治理需求的掌握，可以依托互联网＋、大数据处理等科学技术进行数据的收集、整理和分析，确保需求数据的真实、有效地传导。

三是运用法律、经济、行政等手段，为城市治理的供给侧改革提供全方位保障。首先，运用法律手段为城市治理的供给侧改革进行法律保障，目前城市治理在治安、工商、食品、药品、卫生等方面立法已经相对完善，但是在城市管理综合行政执法方面仍有所欠缺，2015年12月30日中共中央、国务院出台了《关于深入推进城市执法体制改革改进城市管理工作的指导意见》，明确住建部为城市管理工作的主管部门，随后住建部出台了《城市管理执法办法》征求意见稿，但该《办法》仅属于部门规章，位阶太低，还需要全国人大、国务院制定进一步的法律法规和行政条例。其次，运用经济手段为城市治理的供给侧改革提供经济保障，政府可以通过财政支出购买第三方服务的方式采购城市治理供给商品和服务，也可以针对城市治理供给企事业单位制定倾斜化的财税和投融资政策，减少企事业单位运营成本，引导企事业单位为城市治理提供更加完善、更加高质量的商品和服务。再次，运用行政手段为城市治理的供给侧改革进行全面考核和督导。政府作为城市治理供给的核心督导力量，不仅要对市场进行督导，更要对政府自身落实城市治理供给侧改革进行督导，对城市治理供给侧改革进行全面考核，对于严格落实改革要求，实现改革既定目标的要予以奖励，对于落实不到位的要予以惩戒。

外婆门前的池塘湾

谢宏伟

作者简介：谢宏伟，男，曾任海淀区城管执法监察局宣教科科长。

外婆家门前曾有个不规则的池塘，纵横交错的明渠暗沟连着远处一眼望不到边棋盘状的稻田，也留着我童年无尽的回忆。

走出外婆家的院门，沿着小路向南走不足300米就到了池塘边。池塘无坝堤，每到夏季，塘边浅水处长满了芦苇和蒿草，不远处的水面上有几只鸭子在游荡戏耍，岸边有几棵老槐树将树影投到水面上，微风吹过，树影也随之起伏。池塘的东侧耸立着一个大烟囱，旁边有几个破旧的砖窑篷。据说这里曾是一个砖厂，已经有些年头，后来镇上居住的人越来越多，居民提意见，认为砖厂离居民区过近，烧炭影响大气质量，镇领导干涉就停产荒废了，砖厂取土烧砖却留下这个大大的池塘。

一年四季之中，童时的我觉得池塘最美的时节当数夏季。我们几个伙伴整天泡在池塘边，有时我们会挖来几条蚯蚓在池边钓鱼，常常是用竹条做鱼竿，再到渔具店买几个鱼钩、鱼漂，也有的图省事，直接用大头针或曲别针弯成鱼钩，比比谁钓上的鱼多、鱼大。上钩的多数是鲫鱼或鲤鱼。

但同伴们往往没有这个耐心，钓鱼的水平也不济，坐不上半天就一哄而散。于是我们就下水游泳、摸鱼，或用钢筋弯个圈子、用塑料的绿色纱窗网做成捞子捞鱼。

我觉得最过瘾的是采取截流捕捞法。几个小伙伴合作，在与池塘相连的小水沟处设下纱窗网，旁边用泥堵住，有几个同伴从上游处不停地搅动水面，一会儿设卡处就聚集了好多小鱼，剩下的人就用捞子捕鱼，总会有些收获。我们还觉得这还不过瘾，人多时我们就要筑坝，伙伴们会根据水情，将水草生长旺盛的水沟外的两段用泥堵住，然后所有的人就用铁盆或器皿向坝堤外舀水。水渠里的水越来越少，不一会儿就见到沟底，鱼儿也感到危机，不停地在沟底跳跃。接着大家开始拾鱼，不管大鱼小鱼，一抓一个准，费点劲泥鳅和螃蟹也能抓着。随后，大家将所有捕到的鱼堆到一块，人人都能分到一份带回家。

最让我佩服的摸鱼高手当数三舅。那时三舅20岁出头，每到星期天，赶上单位休息，午后三舅就会带我来到池塘边。在池塘中畅游一番后，三舅就施展起摸鱼的绝技。只见他一头扎进水中，有时好久才露出水面，手中总会举着或大或小的鱼来。赶上三舅来了兴致，他会游到池塘边，沿着池边的水草摸去，出鱼的频率会更高。我则拎一个塑料桶，三舅游到哪儿我就跟到哪儿，在岸边不停地捡他丢到岸上的鱼来。一次，我不小心滑了一跤，将塑料桶碰翻，小半桶机灵的鱼儿大部分蹦到池塘中。三舅也不气恼，依然低着头继续摸鱼。

摸鱼回来，也是外婆最忙的时候。外婆很有耐性，不管鱼大鱼小，每条都要去鳞破肚洗干净，大的红烧或炖着吃，小鱼则用面裹一下炸过后放汤，出锅后再撒上几根绿油油的香菜，满屋立时飘散着诱人的香气。这时外婆总会将炖好的鱼和鱼汤盛出两碗，踮着小脚送给隔壁的孤寡老人刘婆婆，我则挺着胸脯跟在外婆身后，俨然一副胜利者的姿态。

大概是在我上学前班的时候，一天，许多叔叔阿姨开着拖拉机来到池塘边，他们用拖拉机平整着这块土地，还用汽车从远处拉土来往池塘里倒，惹得我们这些小伙伴围在旁边看着。听大人们说，镇上要发展经济，要在这个地方建一个大型的机械厂。眼见着池塘一天比一天小，成排的红色砖瓦大厂房拔地而起，我的心情也更加郁闷。

这天，我和隔壁的小伙伴又来到了池塘边，见池塘已远非昔日的模样，大部分池塘已被填平，只有南侧还有一块水洼地，水面已失去了往日的幽静，变得污浊不堪。厂房已盖起好几排，一些工人正在砌着院墙，一个女人从休息的人群中走出，随手将铁锹伸进水中，当她抬起铁锹时，几条小鲫鱼翻着白眼在铁锹上欢蹦乱跳着，女人哈哈大笑："你们看，这水中有这么多鱼。"我却一点也笑不出来，觉得鱼儿在用幽怨的眼神看着我，那么的无助，那么的无奈。

池塘就要没了。我不能在夏天来这里游泳、摸鱼，不能到草丛中捉蝈蝈、粘蜻蜓、拾野鸭蛋了，秋季也看不到在这里落脚的大雁，更不能在冬天到这里溜冰、堆雪人了，我的水上乐园难道就这样悄然地消失了吗？好在不久我就回城上学，一时冲断了我无尽的哀思。

多年以后，每每我从梦中醒来，又记起外婆门前的池塘湾。皎洁的月光下，外婆抱着我坐在池塘边的老槐树下，一边摇着蒲扇，一边轻轻哼着催眠曲，外婆的脚边点着一堆熏蚊虫的蒿草，烟雾慢慢地扩散、升腾……

家乡巨变

袁安国

作者简介：袁安国，男，中共党员，解放军军事交通学院毕业，本科学历，现任海淀区城管执法监察局四季青镇执法队教导员。

已经 5 年没有回过老家了，更有 10 多年没有在家乡过春节了。难得今年春节期间带着妻子回老家陪母亲过年，欣喜的心情难以言表。短短几天家乡的"行、住、吃、穿"，不仅让我享受到了久违的亲情，更让我感受到了家乡的巨变，亲身感受到了中央"惠农"政策给农民带来的种种实惠和好处。

早就听说过山东的公路建设在全国第一，四通八达的高速公路围绕整个省份。驾车行驶在山东的路面上，能够感受到四通八达的公路和完善的配套设施交通带来的种种方便。车子沿着京沪高速进入山东境内，顿觉路面宽了、路面质量好了很多。在济南稍作休息，沿着济青高速直至诸城市出口。过去印象中狭窄的国道如今变成了双行车道，车辆和行人各行其道，安全又和谐。从北京至老家 800 余公里的路程只用了不到 7 个小时。

陪母亲吃过中午饭后，商量着去看 10 公里路外 80 多岁的大舅。母亲告诉我现在可以开车去了,大舅村里已经于2007年通了公路。在母亲的指引下,车子稳稳地行驶在柏油马路上。即使是两车会车也显得马路很从容。听着车外轮胎与路面沙沙的摩擦声,我怎么也不敢相信这是我小时候走了多年的那条山路。印象中的这条山路,一半是岩石裸露,另一半是泥土覆盖,上下起伏很大。去一趟姥娘家要走上两个小时,如果遇到下雨天,脚陷在泥里拔不出来。有一次我跟着大舅去赶年集,早上天不明就出发,回来时太阳已西斜。而现在不知不觉中,十几分钟后车子就停在了大舅的家门前。

如果不是亲眼所见,真不敢相信现在规划统一、错落有致,主要大街全部铺了柏油马路的小山村就是我从小玩到大的地方。宽敞气派的村委会门外的墙上张贴着《村民账务公开栏》《先进村民事迹展》和村委会班子的照片和职务。进入宽大明亮的书记办公室,室内温暖如春。村委会书记告诉我:取消"农业税"后,村民种地的积极性提高了,村子里不仅种植小麦、玉米,村民还大面积种植花生、烟草和药材。前几年种植药材和烟草的村民发了大财,如果2008年不是受金融危机的影响,一家种植药材的村民纯利润可达到十几万元。勤劳致富后的村民,拿出一部分资金投入扩大再生产外,大部分的资金用来翻盖房屋。面对村民的需求,村委会在全村内统一规划,尽量统一规模,为的是村子的整体面貌和发展。在统一村民的住房后,村委会将村子的主要大街进行了整治和柏油化。另外,由村委会出资在村子的东面建立了一个村民健身娱乐场所,劳动之余和饭后,村民们在健身娱乐场所内健身,学生们打篮球,其乐融融。书记还告诉我:现在村子里年轻人比较少,有的在外读书;有的在外打工和经商;也有部分年轻人随船出海,收入颇丰。

晚上,我坐在宽敞温暖的客厅与母亲唠起了家常,母亲说:村子里只有一些老年人睡炕,年轻人都习惯睡床了,大部分家里装了电暖器;怕你们回家不习惯,两张床上都插着电褥子,房子内还有电暖器。听着母亲的唠叨,我想起了小时候全家人睡在一个炕上,晚上烧火的时候热乎乎的,早上却因为房间里的寒冷而不愿意离开温暖的被窝。想想过去,看看现在的居住条件,真是天壤之别。

小时候盼年，盼的就是丰盛的年夜饭。那时的丰盛，只不过是年夜饭上多了一些平时吃不到的猪肉、肉丸子和一些鱼类罢了。进入腊月，我们就一天天地期盼，听到零星的鞭炮声，我们的心就开始陶醉了。经过了一年的等待，全家围坐在一起吃年夜饭的时候，我们感到无比的幸福。当然了，丰盛的肉类也不是人人随便享用的，母亲会给我们兄妹几个每人分几块肉、分几个肉丸子。闻着香味四溢的猪肉，我们谁也不舍得动第一筷子。那时过年，一般人家是不舍得杀鸡的，都要拿到集市上卖掉换些钱补贴家用。偶尔杀一只鸡，家人也是不舍得享用，一般是用来招待客人。而现在，我在母亲厨房的墙上发现挂着6只宰好的鸡；熟的、生的猪肉有几十斤；带鱼、鲅鱼有两箱子；炸好的肉丸子、鸡块盛了几筐箩；过去过年难得一见的黄瓜、茄子等青菜更是应有尽有。爱人在母亲的帮助下，不一会儿就整出了一桌十几道有鱼、有肉、有鸡、有虾、有青菜的丰盛的年夜饭。我们这里保存着轮流吃年夜饭的习惯，就是有血缘关系的亲戚们每家做好一桌年夜饭，男人们连续吃几家，品尝各家的美味。一晚上我吃了6家饭，家家都是十几个菜。最后在我大哥家吃了一桌独特的海鲜宴。大哥告诉我，现在村民们已经不为顿顿吃鱼、吃肉发愁了，吃喝方面也在向着营养化、精细化发展了。

初一早上，带着未醒的醉意，我向村中的长辈、老人们依次拜年。令我诧异的是，大年初一的早上村中不见穿红戴绿的孩子们的欢闹声，倒是看到村口停放了十几辆颜色不一的小汽车。我小时候过年，家境好的家庭给孩子们做一身新衣服，再差的家庭也要给孩做一件新衣服，如果不做一件新衣服，孩子们要哭闹不休的。所以每年初一的早上，孩子们争先恐后地穿上母亲做的新衣裳跑到大街上炫耀，他们的嬉闹声、鞭炮声为古朴的村子增添了不少的乐趣。侄子对我说：现在的孩子少了，每家最多两个孩子，现在不是在家酣睡，就是在家看电视；而且现在生活好了，孩子们随时都有新衣服穿，已经没有了穿新衣服的新鲜感了。走了大半个村子已近中午，所见的年轻人大部分西装革履，孩子们穿得新颖干净，老人们也穿着儿女们带回来的喜庆的唐装颇具新意。

短短几天的故乡之行，让我感受到了农村翻天覆地的变化，人们富了，生活好了，烦恼少了；山村富了，秩序好了，人们安家乐业了。古老的山村充满了活力，生机勃勃。我相信，随着祖国更加的繁荣昌盛，家乡的明天会更加美好，亲人们会更加幸福安康。

散文遐思

破窗理论对城市管理的启示
——读《世界上最神奇的30个经典定律》体会

张广玖

作者简介：张广玖，男，中共党员，北京科技大学毕业，研究生学历，现任海淀区城管执法监察局副局长。

最近我的枕边又放了一本书，每天睡前都要翻阅一下。这本书就是《世界上最神奇的30个经典定律》。该书共介绍了破窗理论、彼得原理、手表定律、羊群效应、二八法则、木桶定律、凡勃伦效应、蝴蝶效应等30个最经典的定律、法则、效应。

在这30个经典定律中，我印象最深的是破窗理论，因为该理论与我的工作性质和最近学习的相关内容有关联。

美国斯坦福大学心理学家詹巴斗进行一项试验，他找了两辆一模一样的汽车，把其中的一辆摆在帕罗阿尔托的中产阶级社区，而另一辆停在相对杂乱的布朗克斯街区。停在布朗克斯的那一辆，他把车牌摘掉了，并且把顶棚打开。结果这辆车一天之内就给人偷走了，而放在帕罗阿尔托的那一辆，摆了一个星期也无人问津。后来，詹巴斗用锤子把那辆车的玻璃敲了个大洞。结果呢？仅仅过了几个小时，它就不见了。

以这项试验为基础，政治学家威尔逊和犯罪学家凯琳提出了一个"破窗理论"。理论认为：如果有人打坏了一个建筑物的窗户玻璃，而这扇窗户又得不到及时维修，别人就可能受到某些暗示性的纵容去打烂更多的窗户玻璃。久而久之，这些破窗户就给人造成一种无序的感觉。结果在这种公众麻木不仁的氛围中，犯罪就会滋生、繁荣。

在城市管理领域，这个理论可以解释很多现象。相信大家都有过这样的切身体会。当置身于一个高度整洁、干净的环境中，我们往往会不由自主地谨慎约束自己不要随地吐痰，不要乱扔垃圾等不良行为，但一旦看到有人乱扔垃圾又没有被及时制止和清扫的话，谨慎的心理多半会释然：原来这里是可以丢垃圾的。于是乎，垃圾越丢越多。

在我们的城市生活中，有很多看起来不怎么起眼的小事，比如随意闯红灯、乱摆摊设点、随意停车、搭建违法建设等。这些事情屡见不鲜，人们见怪不怪，习以为常。进而，对于某个城市管理规定，如果有人首先违反了又没有得到相应惩罚，那么这个规定往往会成为废纸一张。

在北京大街上随处可见非法小广告张贴在公交站牌、电线杆、地上，非法小广告不仅严重影响了北京市容市貌，更影响了首都的城市形象。那我们作为城市管理者，应如何运用破窗理论来治理？

我觉得首先要重罚小广告张贴者，治安拘留那些屡教不改的人，使那些人不敢再张贴违法小广告；其次，专业保洁部门要及时清理已张贴的小广告，保持街面高度整洁、干净，使违法张贴小广告的人不由自主地谨慎约束自己的行为，对第一个张贴的违法行为人，执法人员要做到及时发现，及时制止，并进行严肃处理。

治理社区、村庄内违法建设问题同样是城市管理者棘手的难题，从破窗理论的角度来看，作为城市管理者首先要对社区、村庄进行整治，加大执法力度，排除干扰，拆除所有的违法建设；其次，要严格控制新生违法建设，在一个社区或一个村庄范围内，对敢于带头搭建违法建设的，城市管理者一定要坚决、快速拆除违法建设，并对违法建设人给予高额的经济处罚，让其付出沉重的代价。如果管理者采取放任的态度，或动作缓慢，让违法建设建成，并予以出租获利，社区或村庄内的其他人看见没有人管，或者管了一下没有什么效果，也跟着建，不到几年的时间，违法的平房或小楼房都起来了，这些房屋不仅影响了市容，还挤占了公共空间，妨碍了公共利益……这些都是典型的"破窗"现象。

在城市管理实践中，城市管理者必须高度警觉那些看起来是个别的、轻微的违法行为，并坚持严格依法管理。"千里之堤，溃于蚁穴"，如果不及时修好第一扇被打碎玻璃的窗户，就可能会带来无法弥补的损失。城市管理无小事。很多时候，抓住这些被人们看不起眼的小事去整改，切实维护好法律的尊严，就能产生意想不到的面貌改观。关键在于我们要找准切入点，不能总是"头疼医头，脚疼医脚"。破窗理论揭示的正是这种细节和环境对人的暗示效果，以及细节和环境对于整体成败的重要影响。因此，必须警惕细节，注重营造好环境。

我的旧军装

缪 杰

作者简介：缪杰，男，中共党员，解放军沈阳炮兵学院毕业，本科学历，现任海淀区城管执法监察局北下关执法队副主任科员。

我出生在鄂东北的一个贫困山区，我的家乡因交通欠发达，至今和周边地区相比发展依然滞后。儿童时代我很顽皮，为了填饱肚子背着父母偷吃过许多食物，红薯、花生、黄瓜、西红柿、水果、葱、蒜……只要能把肚子装满的一概不放过。但原则是千万不能让爸妈知道，否则就会被棍棒交加，全身顿时伤痕累累。

1989年我当兵的时候全村连一部电话也没有，只有一位在上海工作的邻居家买了一台黑白电视机。在那种特殊的环境下我很荣幸地穿上了军装，到今天，依然穿着党和人民给我的这身蓝色的城管制服。我因制服而骄傲，我因制服而自豪，我热爱本职，在这个平凡岗位上努力工作。

收藏制服是我的爱好。那年我军校毕业，回到了阔别6年的湖北老家，带了一套旧军装，本打算在帮家里干农活的时候穿，可是返部队之前一直没用上，家里的农活用不着我，于是我就将旧军装的袖子剪下做了擦鞋布。

"哎呀,这么好的军装你把它剪了,真是作孽呀!"当我正满意地欣赏擦得锃亮的皮鞋时,母亲进来了,表情出现了从未有过的严肃,边说边走到靠墙角的一个破旧木箱的跟前,从箱底翻出一套满是补丁的旧军装。

此时,学生时代的情景立即浮现在我的眼前:那时候家里特别穷,在我的记忆中饭从没有吃饱过,一年到头全家人难得添上一件新衣。我要到镇上读中学的那一年,正在武警服现役的堂兄休探亲假,看到我穿得实在不像样子,便脱下他身上的那套旧军装给我穿上。当瘦小而单薄的我穿上这肥大我都自认为格外威武的军装时,心里既激动又兴奋,自然也倍加爱惜,这身旧军装我一穿就是数年,母亲无数次在煤油灯下给我缝补,补丁一年比一年多。高中毕业后的次年3月,埋藏在心底强烈的当兵愿望激励我报名参军。在那个特殊的年代,如果没有考上大学,当兵成了我们山里孩子走出山沟的唯一出路,很幸运,在本村21名报名者中我是唯一的体检合格者。就这样我穿上崭新的军装来到了首都北京,成了一名名副其实的大兵,圆了我的军人梦。随着时间的流逝,哥哥给我的那套旧军装被我渐渐地淡忘,没想到母亲却一直把它藏在了箱底。

看着眼前这两套军装,我心里有说不出的滋味,眼泪夺眶而出。我的眼前不禁又浮现出当年的情景。中学6年这身军装几乎都没离过身,每当看到母亲一次又一次在煤油灯下戴着老花镜缝补这身一年比一年发白的旧军装时,心里就暗暗地下决心:我将来一定要穿上军装,穿上制服,过上好日子,也能让穷了一辈子、苦了一辈子的母亲好好享享福。

母亲手捧军装在不停地发抖,眼泪在眼眶里转动着,嘴唇嗫嚅着,用围裙偷偷地擦着老泪,此时我哽咽着说:"妈——我错了,我不该忘本,我……"当天晚上我把那件剪了袖子的旧军装用了两个小时缝上了,而且好好地洗了洗,母亲看后流着热泪点了点头,拍着我的肩膀说:"孩子,这就对了,好样的!"扭头用围裙擦着眼泪走开了。

回部队时我小心翼翼地把两套旧军装放行李箱中带回了部队,我要用这两套旧军装教育我的战士;我要用这两套旧军装启发我的妻儿和身边的朋友;最主要的是我还要用这两套旧军装时刻提醒自己要勤俭节约;我更要用这两套旧军装作为我在今后工作中永恒的动力,不断地拼搏进取干好自己的本职，决不辜负自己的选择。

　　今天的我已过上了自认为是小康的生活，前几年，我也曾经多次恳求母亲到北京住，让一辈子辛劳的母亲享享清福，老人说什么也不肯来，我就每月按时给家里寄钱，叮嘱母亲买些营养品。可她老人家每次都步行十多里的山路将钱如数存入银行，依然过着清苦的生活，这是天下最伟大的母亲。

　　20世纪90年代末的一个夏天，我那积劳成疾的老母亲得了重病，因担心花高额的住院费而拒绝医治，误了最佳的诊疗时间永远地离开了我们。我痛苦不堪，从部队赶回家的时候什么也没带，只用一只密码箱装上那两套旧军装登上了回家的列车。我心里清楚，只有这样我这个做儿子的才对得起母亲，母亲才会瞑目。安葬了母亲，我及时返回部队，依然把那两套旧军装带在身边，我要让它们永远陪伴着我……

北京的春天

王 娇

作者简介：王娇，女，中共党员，辽宁大学毕业，本科学历，现任海淀区城管执法监察局温泉镇执法队科员。

北京的四季，各有各的美。

夏季的北京，有一种喧嚣的美。桥下小河里荷花盛开，锦鲤游弋；知了在树上唱着曲子，声音此起彼伏；胡同里片片树荫，北冰洋汽水加上白瓷瓶酸奶的凉爽让人暑气全消。秋季的北京，有一种艳丽的美。蓝天红瓦，风轻云淡，金黄的银杏叶，鲜红的枫叶，给北京化上了重重的妆，落叶飘然而下，犹如洋洋洒洒的红黄交织的雨，也像一只只翩然起舞的蝴蝶。冬季的北京，有一种纯净的美。银装素裹，北风呼啸，空气中飘浮的除了洁白的雪花，还有糖炒栗子、糖葫芦、烤红薯的香甜。

但我还是最爱北京的春天，北京的春天在四季更替中最为短暂，但也最美丽。"盼望着，盼望着，春天的脚步近了。"先是湖面解冻，风吹过时能看到碧波荡漾，湖面微微皱起，像这座城市经历了一个漫长的冬天，刚睡醒时皱着慵懒的眉头。风也变得温柔了，呼啸的北风变成了温暖的春风，吹皱了湖水，吹绿了树梢，吹开了花苞。柳树梢从褐色变成浅黄，慢慢又变成翠绿。仿佛昨天还是小小的嫩芽，今天杨树的叶子就全都舒展开了。草坪里的小草悄悄探出了头，整个城市恢复了生机。最美的要数各种盛开的花了：玉兰、桃花、杏花、迎春花，白的、红的、紫的、粉的、黄的，把北京的春天打扮得姹紫嫣红。

自从成为一名城管队员，北京的春天给了我与众不同的意义。工地陆续开工，队员们检查工地、渣土车，防止施工扬尘污染和泄漏遗撒造成的空气污染；随着天气转暖，检查露天烧烤、大排档的活动也陆续展开；街面上无照经营贩卖风筝的小贩同样需要我们治理，给市民们踏青出行创造良好的环境秩序。

北京春天的美需要我们共同维护，除了尽城管队员的职责外，还有一些是我们应该做到的。

请不要向湖水中投掷垃圾。希望让湖水荡起波纹的是和煦的春风，而非抛出的垃圾。湖水中的垃圾不仅大煞风景，还污染了水源，给环卫工人的工作增加了危险。

请保护植被，不践踏草坪。春天很多市民都展开踏青、爬山等活动，希望大家在锻炼身体、享受春天气息的同时，尽量不伤害北京的植被，多一片绿色，就少一些沙尘。

请文明赏花。经过了肃杀的寒冬，看到春天美丽的鲜花盛开，大家难免想拍几张照片，将美景永远留下。但是拍照的同时请做到文明赏花，不要为了一个好的角度攀爬树木、践踏绿地，更要"手下留情"，不要折断花枝，花只有开在枝头才能绽放得更加长久。

散文遐思

扎实做好基层执法工作

金文良

作者简介：金文良，男，中共党员，中央党校毕业，本科学历，现任海淀区城管执法监察局副局长。

2004年10月2日，对我本人，对首都人民都是一个永远难忘的日子。在党的十六届四中全会刚刚结束，全党和全国人民认真贯彻党中央做出的《关于加强党的执政能力建设的决定》和庆祝中华人民共和国建国55周年之际，时任中共中央总书记、国家主席胡锦涛来到北京、来到我们身边，看望基层干部群众。经组织推荐，我十分荣幸地作为城管执法人员的代表，受到胡锦涛同志的亲切接见。作为一名普通的党员、一名基层城管干部，受到党和国家最高领导人的亲切接见，这不仅是我个人的光荣、北京市城管干部的光荣，也是全国20万城管系统干部的光荣。胡锦涛同志特别是在体现党的执政能力上，对广大基层干部提出了五点希望，使我感触至深。这五点希望，无一不是加强党的执政能力的需要；无一不是党要全心全意为人民服务，满足广大人民群众日益增长的物质和文化的需要，服务的标准就是广大人民群众的满意，赢得广大群众的信赖和支持。完善政务公开，接受群众监督，切实把人民赋予的权力真正地用来为人民谋利益。

在我们的行政执法中，涉及许多关系到百姓利益的具体事。尤其是在我们的拆除违法建设工作中，极易造成群众的不理解、不支持，因为房屋涉及群众的切身利益。所以在进行工作时，我们首先采取的是以教育为主，展开宣传动员的方法，从而使百姓从不理解中逐渐醒悟，认清形势，服从国家需要，尽可能地让百姓自行拆除，纠正自己的违法行为。从我个人的亲身体验来讲，亲历亲为了许多，每起案件我都宁愿磨破嘴、跑断腿，也要把工作做通，再难、再艰苦也不把问题上交。由此，我认为只有这样才能用好人民群众赋予的权力，为人民服务，全力解决好、解释好涉及广大群众利益的一切事，才能赢得广大群众的信赖和支持，成为广大群众的贴心人、带头人。

城管综合行政执法机关是一支国家公务员队伍，代表党和政府履行公务，工作在最基层，每天要和群众打交道。广大群众更多的是从与他们所接触的基层干部身上感受到党和政府的形象，感受到党和政府的执政能力。城管履行14个方面的职能，行使300余项行政处罚权，集中体现了广大人民群众的利益，无论是擅自夜间施工，擅自侵占绿地，还是擅自占用公共场所摆摊设点等，无不侵犯广大群众的利益，影响广大群众的工作、生活环境和质量。治理违法、保护合法就是为广大群众服务，我深深地感到我们城管人更应立足岗位，加强学习，提高自身综合素质，牢记群众利益无小事和为群众服务的宗旨，切实提高履行职责的能力，把群众满意不满意作为衡量我们工作的标准，坚持依法行政，清正廉洁，公平、公正、文明地执法。城管进社区工作，广泛、密切地联系社区群众，及时地了解、发现和解决社区群众关心的热点、难点问题，为社区群众排忧解难，就要从实事做起、从小事做起，不推、不拖，高效优质，全力地解决好、解释好涉及群众利益的问题，以自身的形象去赢得广大群众的信赖和支持。

我是一名共产党员，一名基层城管干部。通过自己的努力，取得了一点成绩，组织上给了我很高的荣誉，更觉得责任重大。我将以此为动力，努力加强学习，进一步提高为广大群众服务的本领，在本职岗位上更加积极地努力工作，团结和带领城管队员们，立足岗位、立足社区，为首都美好的明天而拼搏奉献！

我有一个梦想

付 煜

作者简介：付煜，男，北京市委党校毕业，本科学历，曾任海淀区城管执法监察局西北旺镇执法队主任科员。

2008年，中国之年，希望之年。在这个特殊的年份里，我放飞新的梦想。

10年前，一个新的综合行政执法部门——北京城管正式成立。它担负起了北京的市容环境卫生、城市规划管理、工商行政管理等方面系列问题的监督、管理、查处任务。从此以后，北京的大街小巷就活跃着一群忙碌的身影。

1998年年底，我穿上城管制服，成为这个部门中的一员。从此，再没有固定的休息日，加班、临时任务更是家常便饭。市容环境卫生、城市规划管理、工商行政管理、市政管理、公用事业管理、城市节水管理、停车管理、园林绿化管理、环境保护管理、施工现场管理、城市河湖管理、"黑车"、"黑导游"整治等都是我们工作的范畴。随着北京的高速发展，各种国内外大型活动越来越多，对城市管理的要求越来越高。长效管理要求全年365天保持城市整洁，每天24小时全天候监控。我们每天清晨就要开始工作,一上岗就马不停蹄地四处奔波。

工作苦点累点我不怕,怕的是群众甚至亲友的不理解、不支持。查处路边的无照经营时,我们曾被不明真相的老百姓里三层外三层地围起来说三道四;查处无证照"黑车"时,车主满口污言甚至拳脚相向,手脚受伤是家常便饭。因为重要任务而加班加点时,家人难免唠叨:"就你忙!天天去查这儿查那儿,晒得像非洲人,累得回来就睡,连和我们说话的时间都没有!"工作中烦心事、累心事不断,但我仍以肩负的光荣使命而感到骄傲自豪,我坚信辛勤的汗水必将能实现一个梦想。

我有一个梦想。

我梦想着,有那么一天,北京的街道干净整洁,不再有无照商贩留下的满地烂菜叶、烂水果、破塑料袋,而只有青翠的草木和灿烂的花朵在阳光下微笑。

我梦想着,有那么一天,北京的交通畅达快捷,不再有"黑车"堵在十字路口,不再有人乱停车造成道路拥堵。甚至在狭窄的胡同里和繁忙的商场外,大家也能有秩序地按规定停靠车辆,顺畅行走。

我梦想着,有那么一天,人们不再需要到路边无照商贩那里买东西,因为各种类型的商场完全能够满足大家的购物需求。人们可以在正规的早市夜市方便地买到便宜又干净的蔬菜水果,吃到烤红薯、麻辣烫等各色小吃,而不用担心环境卫生和食品安全的问题。

我梦想着,有那么一天,我的家人朋友可以自豪地说:"我家人(朋友)在城管工作,他们是北京'门面'的清理者和护卫者,咱北京能这么漂亮整洁有他的贡献呢!再忙再累,我们也支持他!"

我梦想着,有那么一天,人民群众看到我们,不再投来怀疑的、不屑的,甚至厌烦的眼神,而是给予我们赞许理解的目光和信任友善的微笑!

我更梦想着,当奥林匹克旗帜在北京上空高高飘扬的时候,当各国友人在咱这古老而年轻的北京城欢聚的时候,他们会发自内心地说:"北京太美了!北京人太可爱了!中国太伟大了!"他们可曾知道,这是多少城管战士的奉献与付出换来的!

这就是我——一个老城管队员的梦想!这就是我,相信也是我们所有城管队员每天工作时所坚持的信念！怀着这个信念，我们就能把辛苦和压力放在一边，把误解和委屈轻轻抹去；怀着这个信念，我们就能携手同心，勤勉工作，让晨风和夜露伴着我们在街道社区忙碌。因为，我们知道梦想终将照进现实，所以，为梦想而努力的脚步坚定而执着！

与玉兰花共芬芳

乔俊华

作者简介：乔俊华，女，中共党员，中央党校毕业，大专学历，现任海淀区城管执法监察局上地执法队主任科员。

在万紫千红的花海中，我对玉兰花情有独钟。4月时，玉兰花争相开放，美不胜收。

当春风乍暖还寒、大地一片萧条的时候，风雨中光秃秃的枝条上便嵌满了一个个像蚕茧似的花骨朵。待到一夜春风吹过之后，淡紫的花儿在枝头上悄悄绽放，一天过后，满树的玉兰花就展开了她俏丽而圣洁的容颜。尽管没有牡丹的雍容华贵，也没有玫瑰的热烈奔放，然而，在大地的一切都还没有睡醒的时候，她却在春风里勇敢地绽放了，洁白如雪，晶莹如玉，静静地俏立在树梢上，显得那么幽雅，那么绚丽多姿。我靠近她的身边，这时，一缕缕清淡幽香扑鼻而来，那种如梦如幻的感觉好像在冬季里被捂得太久、太沉闷的心情，情不自禁地烟消云散，只留下了春天那一片芳香。待到山花烂漫时，她便悄然飘落，从不与百花争奇斗艳，也不惹蜂蝶在自己面前欢舞；她纯洁高雅，端庄而美丽，一派大家闺秀，让人从内心里喜爱她；她的缕缕清香，沁人心脾。花叶飘落时，清香也依然如故。

可爱的玉兰花，在北京人的心目中就是坚贞和顽强的象征，更是我们中华民族不畏艰难、奋力抗争的民族精神的写照。

随着年龄的增长和阅历的加深，我对玉兰花有了一种独特的爱意，每次看到玉兰花傲然挺立在院内时，我就想起了那些任劳任怨、默默无闻而又勇于奉献的城管人……

当您结束一天辛勤的劳动，回到舒适温馨的家里尽享天伦之乐的时候；当您陪着家人，心情舒畅地漫步在城市绚丽多彩的夜色中的时候……城管人却在烈日下、风雨中，把身影笔直地挺立在天地之间，为人们创造和守候这一花的海洋，为城市环境优美默默地耕耘着，把信念铸造成永恒的奉献。谁不懂得怎样去享受人生，谁不抱怨常常风餐露宿，谁不留恋餐桌上丰盛的美酒。那加班加点，治理环境秩序的城管人却把这一切悄悄装进心里，年复一年、日复一日地默默劳作着，无怨无悔地为城管奉献着自己的青春年华。每当看到远隔千山万水的人们享受着优美的环境空间时，看到城市现代化正在快速地改变着人们的生活方式和生活环境，看到我们伟大的祖国正在日新月异、不断发生着天翻地覆的变化的时候，我总为城管人感到自豪和骄傲。

我终于明白了我为什么那么喜爱玉兰花，因为城管人就是我心中那一朵朵璀璨夺目的玉兰花，美丽圣洁，芬芳永存！

挖 地 瓜

王志伟

挖地瓜，对于大多数成年人来说只是久存记忆中的故事了，我却十分幸运，前几天有机会参加了小学生的教学实践活动，与女儿和她的同学们一起体验了一次挖地瓜的快乐。

2013年11月1日，恰逢雾霾天气，气象部门发布了黄色预警，整个北京城被一层厚厚的大雾笼罩着，但这丝毫没有影响到同学们急切兴奋的情绪。一大早，同学们便聚集到教室里热烈地讨论如何才能挖到又大又甜的地瓜，随后是安全教育和分组活动。一切准备就绪，我和其他两位家长陪同同学们乘上了大巴车，前往北京大兴农业教育实践基地。我被班主任杨老师安排坐在车的最后一排，负责保护这里的孩子在急刹车时不出意外，坐在孩子们中间，听他们谈旅游经历，说班级里的故事，讲脑筋急转弯，孩子们说到兴致处发出咯咯的笑声。我沉浸在孩子们的世界里，整个人被快乐和幸福包围着，自己也仿佛年轻了许多，心里对这次活动更充满了期待。

大约一个半小时，大巴车开进了一片开阔的农场，这里已是深秋的景象，路边垂柳的枝条已由春天的翠绿变为秋天的金黄，在微风中轻轻舞动，仿佛是在欢迎同学们的到来；五叶地锦爬满了院内的矮墙，它的叶子经过秋风和阳光的描绘，变得格外鲜艳，好像熊熊燃烧的火苗；紧挨着短墙的是一大片玉米地，尽管玉米早已被农场的工人收获，但站立在田地里的玉米秸，仍能让人感受到这里曾经一片丰收的景象，多么美丽的一幅秋日图景！

下车后，同学们在工作人员的引导下聚集到一片开阔地，大家都准备好了工具，有的拿着铲子，有的拿着小耙子，每个人还领到了一个大号塑料袋，是用来装地瓜的。大家说着、笑着、跳着，个个摩拳擦掌，欢乐的气氛在整个农场上空弥漫。一切准备就绪，随着工作人员的一声令下：出发！同学们快速来到一块地瓜地旁，看到先到的同学已经在地里开挖了，大家更加兴奋，在一片欢呼声中，同学们冲进了属于我们的"阵地"，挖了起来。随着小铲子的挥舞和沙土的飞扬，一个个硕大的地瓜被挖了出来。"杨老师，快来看，我们挖了一个大地瓜！"一位男生一边举起一个大地瓜，一边高喊。"杨老师，我们也挖出了大地瓜！"女生们也不示弱。快乐的呼叫声在田野里此起彼伏，在秋风中回荡，每个人脸上都洋溢着幸福的笑容，我赶紧拿起相机，将这一个个美丽的瞬间记录下来。

突然，一位同学跑到我的身边，说是发现一个长长地瓜，挖不动，请求帮忙。我赶紧过去，果然有一个地瓜被挖出了一大截，露出粉红色的"外衣"。我赶紧蹲下来顺势挖了两下，用力一掰，只听"咔嚓"一声，地瓜被掰断了，断处露出白茬，还不断地向外冒着白色的汁液，这位同学很沮丧，我也有点不好意思。于是，我劝他说："不要紧，我们一起再挖一个更大的。"不一会儿，我们又发现了一棵肥壮地瓜秧，我猜想下边一定有大地瓜，便示意他蹲下来，我一手扶着地瓜秧，一手小心地将沙土挖开，挖着挖着，地瓜便露出了"大肚子"，"嘿，个头还真不小！"我随口说道。蹲在旁边的小同学，忍不住用手去掰，我赶紧阻止了他，说："这样不行，还得继续挖，当地瓜的身子露出一多半时，才能用手去掰，否则就容易断，我们应该吸取刚才的教训。"又挖了两下，果真，挖出了一个又红又大的地瓜，我们举起来在空中舞动，与大家分享劳动的喜悦。

不到20分钟，同学们挖的地瓜就装满了袋子，几乎拎不动了，尽管很累，但大家都很快乐。后来，我们又一起到花生地拔花生，到山药地捡拾山药豆，体验了另一种不同的快乐。

这一天，我收获的不仅是地瓜、花生和山药豆，更收获了感动、幸福和欢乐。

8 元 钱

成 青

作者简介：成青，女，中共党员，北京体育大学毕业，本科学历，现任海淀区城管执法监察局万寿路执法队科员。

不知道大家有没有想过 8 元钱是怎样一个概念，是一瓶饮料？一包零食？……总之，8 元钱对于我周围的很多人来说是随手挥去的一笔小钱。殊不知，这小小的 8 元钱在有些人的眼中，包含了极大的付出，寄托着他们生活的信念。

在神农架狭窄弯曲的山路上，我碰到了一群这样的人，他们面色苍老，衣衫破旧，背着竹筐，拿着一根拐棍，竹筐里装满了大块大块的石头。我看着他们从山脚一步一步往上爬，把石头背到山腰上正在建设施工的地方，那儿有人专门负责称他们背上去的石头，为了省去把石头卸到秤上的步骤，称重的时候是人背着石头站到秤上再减去人的体重，按实际石头的重量支付工钱。

一路上，我看到无数个这样的身影，男的女的，老的少的，其中有好几张因来来回回背了好几趟而熟悉的面孔，在我们慢悠悠地边走边玩，嘴里不时喊着好累的时候，为什么他们会那么快？在他们偶尔驻足休息的时候,我仔细观察着他们,明白了为什么他们要拿着拐棍,原来是用来休息的时候支住身后的筐。我注视着一个正在休息的中年男子的竹筐,里面的石头太多太重了吧,压得他直喘粗气,身后的拐棍艰难地支撑着竹筐。我问他背的有多重,他没有抬头,只淡淡地说了句:"连人一起300多斤,石头有200多斤吧。"我又问这样背石头怎么算工钱,他说:"100斤8块钱呢!"这次他是看着我说的,眼中闪烁着让人心疼的满足。8块钱,就让他忘却了脸上混着泥土的汗水,忘却了一步一步艰难前行的酸痛。看着他满足的笑容,我的表情变得有些扭曲,一边想陪着他一起笑,一边却又发自内心地叹息。

下山之后,我想了很久,他们每天都在重复着这样的生活,他们是如何忍受这样单调劳累的工作的……直到那么一瞬间,我回想起那个中年男子满足的笑容和眼中的光芒,我才豁然明白,每个人都在用自己的方式生活着,用自己的方式追求着幸福,而要想过得幸福,不论贫富贵贱,轻松或是劳累,最重要的是心中是否有追求幸福的信念。身在大山之中的他们,朴实无华,因此他们的生活信念也就更加纯粹而简单,朴实得让人惊讶。

想想我们的生活,和他们比较起来要宽裕轻松得多了,可是为什么却抱怨连连呢?其实原因来自于我们内心对于幸福的理解有所偏差,我们的生活信念在当今社会环境的渲染下变得不够纯粹。幸福是什么?幸福是脚踏实地一步一步积累起来的过程,不在乎获得多少,在乎的是精神层面的满足。

从今天开始,带着属于我们各自心中的那"8元钱",立足日常的工作和生活,不论多么艰辛劳累,不论如何琐碎心烦,记得要抱着最最纯粹的热情和信念,追求幸福吧!

1分钱的价值

滕　洪

作者简介：滕洪，男，中共党员，中央党校毕业，本科学历，曾任海淀区城管执法监察局监察科科长。

我国的铝质分币自20世纪50年代发行至今已有60多年的历史，由于这套分币面色泽光亮，花纹精致，外形及大小轻重适宜，使用方便，所以当年在流通中一直很受欢迎。不知从何时起，这些分币渐渐淡出了市场流通，到现在已经基本上没有人要了，许多人觉得它已经没有实际存在的意义，甚至遭到了被人随意丢弃的难堪境地。如果现在有谁在地上见到1分钱捡起来，那一定会招来异样的目光；如果你再将这1分钱到派出所交给警察，相信你不但得不到表扬，可能还会被警察同志用警车把你送回家里。

穿越时空回到20世纪60年代，1分钱可是影响教育了一代人。我的师傅就是那个年代的人，他总是感慨现在的年轻人条件真是太好了，吃得好、穿得好、用得好，手机经常换代，穿的净是名牌，跟他们小时候"一分钱掰成两半花"的条件真是没法比。那时的1分钱可是货真价实的钱，1分钱可以买2块水果糖，可以打2钱醋；火柴2分钱1盒；国营的早餐亭里，标准粉的面包8分钱一个，富强粉的面包1毛2分钱，少1分钱人家也不会给你；走街串巷卖冰棍的老太太嘴里喊着：红——果——冰——棍——，5分钱一根——那时的孩子可真是好糊弄，如果他有1分钱，他就会认真地积攒起来，如果他有5分钱，他就会盼着听到那熟悉而又亲切的、卖冰棍的吆喝声。

那时的小学生都会唱一首儿歌，这首歌不但写进了语文课本，而且这首儿歌伴随着他们成长，影响了他们的世界观，影响了整整那一代人的价值观念，至今他们还记着那首歌——《一分钱》。

我在马路边捡到一分钱，

把它交到警察叔叔手里边，

叔叔拿着钱，对我把头点，

我高兴地说了声："叔叔再见！"

…………

那时的人虽然没有现在的孩子富有，但是他们知道拾到的东西要交公。那时在许多公共场所，例如商场、公园、公交总站等都设有失物招领处，甚至在有的地方还会通过高音喇叭寻找失主。

如今，老百姓的日子好过了，孩子们更加幸福，如果现在你要问小学生一百元人民币上是什么图案，他可能会不假思索地就能回答。但是，你要问他1分钱硬币上是什么图案，他可能会告诉你没有见过1分钱长什么样。现在何止是孩子们没见过1分钱，又有多少大人们都已经忽视了1分钱的价值。

其实，现在1分钱的确已经没有什么使用价值，在它的身上体现的是一种传承价值，它传承的是那个年代勤俭节约、拾金不昧的好传统、好规矩。

勤俭节约是中华民族的传统美德，拾金不昧更是做人的基本道德，让我们去传承那些好传统、好规矩，那样我们的社会会更美好！

我们在路上——海淀城管的诗与梦

有些事不是想的那样

杨 帆

作者简介：杨帆，男，中国青年政治学院毕业，本科学历，曾任海淀区城管执法监察局北太平庄执法队科员。

"不识庐山真面目，只缘身在此山中。"宋朝大文豪苏轼触景生情，道出了令世人叹服的哲理。于是我们往往以一种世外高人的态度，来评论着事不关己的种种事情，然而有些事却并不是想的那样。工作一段时间以后，昔日的同学聚首，在茶余饭后谈论工作的时候，难免会有人以世外高人的姿态谈论起城管工作，我却想重复这句话，有些事不是想的那样。

有人说，城管威猛有加。乍一看，城管执勤，每个队员身着淡蓝色的统一制服，背后跟随着有"城管执法"显著标志的执法车，手持着摄像机、照相机。面对无照经营者的无理取闹，能够据理力争，毫不退让。执法过程进退有序，不慌不忙。也就难怪局外人对我们城管队员落下威猛的评价。而身处其中，却知道这件事情不是想的那样。我们城管大队，其实是一个温馨的大家庭，每个分队的队长、指导员、队员，都是和蔼可亲的，任何人遇到了困难都会得到整个队伍的关怀和照顾。我们在生活中都很随意，每个人的故事里都有自己的喜怒哀乐。可是，为了法律的尊严，我们必须训练有素、依法取证、按规办事,当法律尊严受到挑战的时候,我们必须站出来,应对质疑,解决纠纷。脱下制服,我们是芸芸众生中的一员;穿上制服,就要承担起执法过程的重重压力,不卑不亢,迎难而上,因为我们知道,这身蓝蓝的制服,象征着这个国家法律的尊严。

  有人说,城管队员对小摊小贩管得太严。你瞧,每次城管执法车巡视街道,便总有小贩或蹬着三轮货车,或推着堆满各式货物的平板车,沿街奔走,寻处躲匿。旁人看来,以对弱者的同情,难免有对强者的排斥。然而,这件事也不是想的那样,我们城管队员,有着自己的责任与无奈。城管是我国在当前法制体制下,为避免从前多头执法造成的重复执法而产生的综合执法机关,肩负着维护市容市貌,保证市政设施正常使用的责任。在城市建设迅速发展的今天,我们更加需要加强城市管理,保障市政设施发挥合理作用,为城市向更加美好的未来发展奠定基础。虽然,我们在一线执法,面对着许多别人根本看不到的矛盾与困难,但是,我们始终怀着一颗为人民服务的心,牢记着我们是人民的公仆。在执法之外,我们向困难群众提供生活上的指导、物质上的帮助,协助他们逐步完成由违规经营向合法经营的转变。"城市让生活更美好,城管让城市更美好。"对这句话,城管队员们都有一番独特的体会。

  当然,还有人说,城管队员待遇高、福利好,特别是油水多。瞧着我们作为一线执法单位,拥有着许多执法权力,配备着多种执法设施,依照某种社会传统思维,自然难免产生种种遐想。这件事更不是想的那样。城管队员作为国家公务人员中的一分子,接受着国家相关部门的有效监督,享受的是国家公务人员的统一待遇,没有任何特别之处,可是,我们的队员在烈日骄阳之下,萧瑟寒风之中,从不叫苦、从不叫累。因为,我们始终以一个合格的公务人员的标准要求着自己,规范着自己,把人民群众的利益看得高于自己的利益。也正是因为如此,我们才能受得了平凡,忍得住寂寞,默默无闻地奉献着自己的力量。

  就如同历史,我们可以简单地分辨出忠奸善恶,可是所依据的只能是史家丹青,再无法全面绘制出每个人的真实心理,还原出历史全貌。

  嘿,有些事还真不是想的那样。

《态度决定一切》读后感

矫 磊

作者简介：矫磊，男，中共党员，中国农业大学毕业，研究生学历，现任海淀区城管执法监察局查违办副主任。

《态度决定一切》是美国著名的哲学家、大演说家罗曼·皮尔的作品，记得是在大学时代就曾阅读过，当时感受颇深，受益匪浅。最近偶然翻起，看到那熟悉的画面，又禁不住重温一番，深深感到这是一本不可多得的好书。

书中共分11部分阐述了态度在人的一生中的重要性。本书并未去寻求高深的学说，而是用简明易懂的道理和大量的真实事例，深刻分析人性的弱点，帮助人们迅速改善不利的环境。人的一生中紧要处只有几步，如何使自己的生命更有意义，成为一个成功的人、一个真正的幸福人，是这本书给我的深刻启发。对于我们每个人来说，面对平凡的生活、平凡的工作，采取或积极或消极的态度会深刻地影响我们的一生。

最近一打开电脑，屏幕上总会有一些刺眼的文字和画面充斥着我的眼球，如城管暴力执法、城管和商贩矛盾的报道，可谓连篇累牍，灼烧着我的灵魂。人们不只是用"猫和老鼠"这对天敌来形容城管和小商小贩之间的关系，更是"一边倒"地对城管进行口诛笔伐。同行的处理不当让人惋惜，群众的不解让我揪心。我迷惑了，为什么总会出现这样的问题？在重读这本书的过程中，我有了答案，问题的症结是个别同行没有摆正执法者的位置，心态出了问题，没有以一种积极的态度去执法，而是以一种消极懈怠的态度，同时又以强力者自居，导致人民群众的不满，导致矛盾的产生。

作为一名合格的城管队员应该以一种积极的思维工作。积极的思维是什么？书中是这样说的，积极思维的人，"条件再恶劣也能获得良好的结果，那是因为他们的思想中有着屹立不摇的信念""他们的内心发觉了有一些必须克服的东西，就不允许自己的消极思维去伤害积极的信念"；而消极思维的人，一旦遇到挫折，就一味地将责任归于外部的因素，这样距离成功就会越来越遥远，形成恶性循环。

作为一名合格的城管队员，在执法的过程中，我们不只代表自己，还代表着一个部门的形象、一个城市的形象、一个国家的形象。孔子说：其身正，不令而行。其身不正，虽令不行。所以，要树立良好的城管形象，规范自己的执法行为，注重自身的业务水平的提高，时刻把为人民服务当成自己的行为准则，正其身，播仁爱，方能获得百姓的支持。

态度决定一切，有什么样的态度就有什么样的人生。尽管在城管日常执法工作中会遇到各种意想不到的困难，它们会影响我们的工作激情，但不管怎样，如果希望获得成功事业，成就美好人生，良好的工作态度是不可或缺的。我们要具有绝不轻言放弃的态度和理念，运用辩证的思维看待问题，积极乐观地解决问题，认真对待每一件事，相信城管工作一定会结出丰硕的果实。

从城管看《城管来了》

党 洁

作者简介：党洁，女，北方工业大学毕业，本科学历，现任海淀区城管执法监察局紫竹院执法队科员。

在《城管来了》这本书刚刚出版的时候，我便阅读过此书。也正是从那以后，我对城管工作有了一些初步的了解。作者虽然没有使用华丽的辞藻、特别的构架，却以独特的视角、风趣的语言，加上"城管"的名头，吸引了许多人的注意，从而也让许多人消除了误解，真正了解了城管工作。

现如今我真正加入了城管的队伍，深入城管工作中来。在与前辈、同事们的交流过程中，我结合自身的工作体会，越发能感受到作者表达的意思。《城管来了》这本书在讲述的过程中虽然有演义的成分，但却不夸张。有些心酸苦楚，只有当自己真正成为一名城管队员才能够体会。

初读《城管来了》这本书时，有许多书评好友喜欢用"背黑锅"一词来形容城管，这也是我在工作中切实感受到的。但是责任在肩，我们对于这种形容也只能一笑而过。与其他政府部门一样，我们都是维护城市良好运转的一个零件。在平时,我们与其他部门各司其职、互相配合。出现了问题,我们应该寻找切实有效的方式去积极面对,最终解决问题。

作者写《城管来了》这本书的目的是为城管正名,尽量消除群众心中城管"妖魔化"的标签。而我们作为城管队员,不能仅仅依赖一本书为我们正名。在日常的执法工作中,我们应该时刻把"形象是生命"记在心间,把"为人民服务"作为宗旨。媒体的宣传使我们拥有越来越好的执法氛围,我们应该对这来之不易的环境倍加珍惜,多向前辈学习执法技巧,多向榜样学习工作态度,多向《城管来了》一书的作者学习乐观积极的精神。有了目标、标杆,才能让我们这样的年轻同志更快地进步。

虽然作为一名海淀区的城管队员在看这本书时,可以感受到书中有一些艺术的夸张,但是书中所描绘的城管队员形象,正是千百个城管的形象缩影。他们可能是来自于高校的才子,可能是来自于部队的军人,可能是穿插在我们身边各行各业的普通人。

作者在书中的介绍也许并没有写尽城管工作的方方面面。但他的思维方式以及处理问题的技巧却是我们可以学习的榜样。遇到挫折时,我们应该积极豁达,乐观向上;遇到瓶颈时,我们应该认真思考积极探索。

如果每一个城管队员都能去认真思考城市管理工作的现状,去仔细寻找开启和谐之门的钥匙,去想方设法为城管正名,那么城市管理的执法环境将得到更多的理解与支持。如果每一个城管队员都能够静下心来,学着反思自己、宽容别人,那么这个社会应该会少一分怨恨,多一分和谐。

虽然改革开放以后,中国取得了举世瞩目的变化,但是从整体上看,中国在很多方面,尤其是人们的思想意识方面和发达国家还有不小的差距。很多人把改变这种落后面貌的希望寄托在体制的变革上,寄托在别人身上,他人不改变就怨天尤人、发泄不满。殊不知谩骂与诅咒是解决不了任何问题的。思想意识上的落后,也不是一两个人、一两项制度能够改变的。相反,只有谩骂诅咒的人少了,独立思考的人多了;空谈的人少了,踏踏实实干事的人多了,一个社会才能发生根本的变化。我真心希望能与共同工作在城管岗位上的兄弟姐妹们携手揽腕,共同创造美好宜居的生活环境。

不管怎样,即使有这样或者那样的不理解,作为一名城管人,我们将依旧:

不停巡查,规范教育,在辛苦中感受着维护秩序的快乐。

不论寒暑,尽职履责,在坚守中捍卫着法律法规的威严。

不分昼夜,乐于奉献,在平凡中铸就着城市管理的辉煌。

散文遐思

家

杨 莹

作者简介： 杨莹，女，中共党员，中央党校毕业，本科学历，现任海淀区城管执法监察局田村路执法队科员。

  一杯白开水，细细品尝、慢慢吞咽，淡淡的、甜甜的，这似乎是家的味道，用心品之，却似乎有那么一丝沁人心脾的甘，温润入喉，默默享受，回味无穷。其实每一个家何尝不是如此的简单，淡中有甜呢？恬淡的生活，素朴的颜色，装扮了一份从容，一份快乐，一份诗意，一份人生。水，是生命之源，一生沉浮里，有它相伴，才能延续生命，才能汇聚生命中一个个动听的故事和一段段精彩的篇章。

  我爱白开水的纯洁，爱它的颜色，就如一个平静的家，没有一丝杂质，清澈见底。它的洁净，像一张洁白的纸张，任凭你用心作画笔去着色，勾勒五彩缤纷的人生；它的纯洁，像是冬天里撒落的一片片雪花，心为之默默动容，它用银装素裹书写一片白色的童话，用诗意写就一片尘世的美丽与芳华，美得不留一丝渲染的痕迹；它的清洁，像是荷池的那一朵白莲，让文人墨客为之疯狂着迷，用暗香盈秀的心怀，赠一路的芬芳淡雅，送一世的翘首凝望。

一个平淡温馨的小家,有多少欢喜,就有多少快乐;有多少期盼,就有多少拥有。

父母的慈爱,孩子的成长,爱人的呵护,犹如一杯透彻的白开水的家需要一份挚爱、一点付出,方能尝到那丝丝暖人心房的甜蜜味道。有多少人一生无悔地用心经营着这杯淡淡的白开水,加蜜加糖加乳酪,做出一杯杯可口的饮品,让人回味无穷。又有多少人为之付出了一生的爱,付出了一生的累与泪,守候着孩子,看着他一天天渐渐长大,即使老了容颜,却是无怨无悔,内心总会被一点感动、一点满足填得满满的。

等有一天老了,看着天边西下的夕阳,总会在回忆里会心地一笑,更有一种满满的满足感在心怀弥漫。通过一生的努力,把一杯白开水,做成了一生回忆的芬芳,一路飞奔一路播撒、一路高歌一路派发,和着香风、伴着细雨,把爱播种在这一条长长的人生路上,幸福与艰辛到最后都变成了美好。

很多时候,有些人往往忽略了这杯白开水的重要,经常饮之觉得乏味,没有了欣喜和新鲜感,便开始喜欢那些味道甜美的饮料,在那些饮品给你带来短暂的嗅觉和感观上的快乐的时候,却忽略了它也同时给你带来了不可忽视的伤害,不仅仅是肉体上的,更多的是精神上的。

万物都有其不可逆转的双面性,生活的本质就是淡淡的、微甘微苦的,开始是甜的慢慢无味平淡,到最后在一颗不平静的心下变得苦涩,但没有伤害,也不会给你带来感观上的震撼。而其他的饮品,给了你视觉上的满足,精神上的悸动,口感上的刺激,却不可能长久,甚至在毒害自己的身体。

事事如此,久了终会腻,再珍贵的宝石在身边久了也会忘记它的价值;富有的日子过惯了,也总会回想那些穷苦日子里的欢乐;人在花园和高楼大厦住久了,总会向往那些小桥流水和简朴的竹楼;城市待久了,总会羡慕朝作夜息的农村生活;看多了霓虹灯,总会想念那些闪闪点点的萤火虫……

很多时候,人总喜欢向往不一样的风景。

其实,别处的风景,不一定正如此处风景一样,春暖花开,四季平安，繁华依然，和谐依旧；不一定正如此处风景一样，柳絮婆娑，莺歌燕舞，风和日丽，七彩缤纷；也许，你在羡慕别处风景的时候，它或许风雨相随，雷电交加，屋漏水浸，忧愁落泊。

别处的风景只是一片海市蜃楼，不管多么美丽无常，不管给人产生多少的遐想，但它终究变幻莫测，也只不过是过眼云烟，镜中的水月，梦中的向往，异处的投影，短暂的幻象；别处的风景，只是一朵风中的昙花，不管它演绎得如何壮丽秀美，摄人心魂，但那只是眼中的风景，手中的黄沙，留不住的过往，抓不住的芬芳；别处的风景，不过是你一时的喜欢，一时的醉爱，花无千日好，景无千日美。

喝一杯白开水，欢欣地上路，为明天的征程，储备一生的能量，行走世间，风雨无阻。独爱此处风景，独爱自己的家，独爱这杯白开水，有家有爱、有你有我，外面的风景，都将与我无关。用一杯淡淡的白开水，买一生的醉也不后悔。

心静，夜静，家静，处处都是静美；花香，风香，梦香，处处都是馨香。

静 能 生 慧

苏爱瑛

作者简介：苏爱瑛，女，中国人民解放军第四军医大学毕业，本科学历，现任海淀区城管执法监察局西三旗执法队科员。

　　淡泊以明志，宁静以致远。当我们安静下来的时候，理一理思绪，包容一些人事物境的纷扰，消除一下郁积已久的烦恼，想一想过去，展望一下未来，理出新头绪，开始新征程！

　　当今人们追求一种快捷、高效、忙碌的生活方式，认为这是一种理所当然的状态。快节奏打乱了我们生活的脚步，有时候仿佛屁股上着了火，总是驱赶着我们向前奔跑。我们急着奔向远方，急着成功，甚至总想借助外力，拼命地往上爬。我们没有时间去品味生活和自然界的馈赠，静不下心来，浮躁更重。很多时候，我们孤独、彷徨、烦躁、急迫，然而，孤独并不是没有人关心你，而是你在意的那个人没有关心你。我们让自己静下来的时候，学会了放下。纷杂的世界，人心似海，心海难免会翻起千层波浪，心头会泛起忧愁的波澜。从纷繁嘈杂中能够坚持静的状态，心境平和可以算得上是一种境界！

　　当你忙忙碌碌，迎着朝阳出门，背着月光回家的时候，看着低头行走的年轻人，脸上麻木、平淡、疲惫、无奈的表情，你是否会心头一震？你是否也随着人群的脚步，亦步亦趋？匆匆的脚步，快节奏的生活，甚至忘了嗅一嗅阳光的味道。当你不再拥有宁静的心灵，生命便犹如枯萎的花朵！

　　守护心灵的宁静，从慢中静下来，听一听自己的心声，听一听自己内心的需求，真是一件快乐的事。宁静总是让人回想起从前，在宁静中静静地思索，静静地回味才发觉生命的可贵、生命的短暂。静下心来，才能慢慢地去品味一本书；静下心来，做事才不会虎头蛇尾，才能深思熟虑，融会贯通；静下心来的人，才能穷其一生，完成惊人之作！

　　当你途经美丽的风景，凝望一簇簇鲜艳的花朵，时光仿佛慢了下来，你似乎可以与花儿交流，于是你听到花开的声音。夜深人静，当你疲惫的目光轻抬，你能感受到月光的抚摸。你紧张焦虑时，深呼吸，心底的宁静让思想的清泉汩汩流出……以静制动，以柔克刚，实现静的价值。静可以养生、养心、育智慧。

　　一行禅师说：从容地让自己生活得更深刻一些。让忙乱的生活给自己带来一些恬静的气息。

　　少一份浮躁，多一些淡定从容！

　　慢看云卷云舒，不觉间，心中海阔天空！

母 亲 的 爱

罗　莉

作者简介：罗莉，女，中共党员，北京工商大学毕业，本科学历，现任海淀区城管执法监察局八里庄执法监察队科员。

　　今夜的天空下着细绵的小雨，已是将要立夏之际，北京的5月却依然让人生寒。望着窗外淅沥小雨，垂柳摇曳，独自在家的我，于电脑桌面的音乐收藏随手一点，一首阎维文演唱的《母亲》缓缓在耳畔响起。

　　于是，我的记忆被开启，从孩提到少年、从少年到青年，往日的那些点点滴滴的时光，那些傻得发笑却又让人羡慕得眼酸的时光逐渐变得清晰，泪水漫过我的耳朵，在我的眼眶中聚合，滑过我的脸庞。我不知道，该如何对你说：妈妈，今夜我这样地想你！

　　母亲节，年复一年，母亲节依旧，人却已经不再年轻。当我由一个人变成两个人，然后是三个人的时候；当我也有了儿子，当我也已为人母，也会过母亲节的时候，我对这个节日的感受也开始发生变化。母亲节，曾经被我无数次遗忘过的节日，在自己真正跨入这个行列后才又有了切身的感触。原来母亲，不应该只有一个身份，她应该是你渴时杯中的水，饿时碗中的饭，冷时的保暖衣，热时的冰淇淋；她应该在你悲伤时给予你慰藉，在你沮丧时给予你希望，在你胆怯时给予你力量的那个人；她应该具有超强的能量和精力，夜晚能随时醒来替孩子换尿布喂奶，白天能精神饱满地上班工作；她应该有无限的耐心，教你学步、教你说话、送你上学、陪你备考；对你犯下的错误，她应该严厉批评，却又会在打骂你后，偷偷在你睡着时去摸摸你发红的屁屁，责怪自己下手太狠；她还应该是你严厉的导师、忠诚的朋友、前行中的领航员、黑暗中的灯塔……而这一切的一切都源于她是母亲，源于博大而无私的母爱。

每个人都是一只风筝，再怎么飞，也飞不出那条牵挂凝成的线。

每个人都是一棵树，再怎么向上生长，也离不开那个它汲取养分的根。

每个人都是一艘船，再怎么航行，也终究要回到港湾。

妈妈的牵挂就是我的线，妈妈的爱护就是我的根，妈妈的怀抱就是我温馨的港湾。在这个特别的日子，我只想对您说："妈妈，我爱您！"

享受平凡感悟生活

杨桂如

作者简介：杨桂如，女，北京联合大学毕业，本科学历，现任海淀区城管执法监察局青龙桥执法队科员。

　　我们走过漫漫的一生，有时候会突然发现自己的生活如此平淡，所有的日出日落、寒来暑往没有什么区别，一切的欢笑、泪水竟然相同，没辉煌之处，浑然不知地穿梭在每一个平凡的日子中。面对人生涌起的不过是淡而又淡的感觉，我们顿觉自己很平凡，平凡得像一束远方的微光、一叶小草、一滴晨露。为此我们惆怅，我们感叹。其实，我们不必为平凡悲叹，因为平凡，也是一种美丽！平凡是荒原，孕育着崛起，只要你敢开拓；平凡是泥土，孕育着收获，只要你肯耕耘；平凡是细流，孕育着深邃，只要你愿积累。平凡是一场惊险搏击之后的小憩，是一次辉煌追求之后的沉思。平凡是告别了无知的炫耀的狂妄之后的深沉。平凡不是人生之光的暗淡，不是生命之火的熄灭，不是超然物外的冷漠。白云为每一个平凡变幻多姿，为每一个平凡留下清爽，太阳为每一个平凡照出一个明亮的天地。正是无数个平凡的日子组成了我们多彩的一生，正是无数个日子组成了这个灿烂的世界。追求人生舞台上那惊心动魄的一幕的同时，学会在平平淡淡的日子里享受那一份宁静的美丽，享受人生的另一番情趣。

青春年少时我们满怀豪情，总想凭借自己的努力与智慧，改变自身的命运，唤醒万丈红尘中的点点星光，去照亮一生的辉煌。曾几何时，我们所追求的灿烂与荣耀，在现实无情的冲撞下，早沦为一个遥远的梦境，而岁月辗转的车轮已将粉色的希冀碾得支离破碎，再也无法拼合，剩下的只有时光沉淀下来的冷静与阅历增多的喟叹。我们渴望不凡，却终究无法走出平凡，无法逃脱凡尘俗世，也无法回避平凡。

人，大都在欢欢喜喜、哭哭闹闹中度过自己平凡的一生。有些平凡甚至于有些平庸的日子，在日复一日的平淡生活中，就这么过着。只要有平和的心态，平凡也罢、平淡也罢、平常也罢、平庸也罢。清者自清，浊者自浊。

平凡是人生的常态，大千世界、芸芸众生、成就非凡、出类拔萃、彪炳史册的人是少数，大奸大恶、民怨沸腾、遗臭万年的人也是少数。处于大千世界，人们大多岗位平凡、角色普通、生活平淡，可谓每天为了生活而奔波、奋斗。面对考学、升职、岗变、恋爱、婚姻、荣誉、挫折……凡此种种，感受着百味人生的喜怒哀乐。

平凡是美丽的，平凡是真实的，平凡也是人生最终的绝唱。因为平凡，你尽可以在自己的天地里从容不迫地生活，从容不迫地恋爱，而不必去计较那些世俗的眼光和名利；你可以随着自己的心情去悲去喜，而不必担心这喜这悲会给别人带来什么。因为平凡，你可以在高兴的时候骑车漫无目的到处游玩；可以坐在湖边的长椅上看落日的余晖渐渐收入黑色的夜幕；可以燃一支烟品一口茶悠然地读一本好书，而不必担心有人打扰。因为平凡，你可以慢慢地解读人生的意义，细细地品味人生的酸甜苦辣，从而将一切当作人生必不可少的经历，不再为失去的东西耿耿于怀。

然而平凡并不等于平庸。一个人可以平凡，但不能平庸。平凡的人，可以无过人之才，可以默默无闻，但不能不知道为什么而活，不能没有理想与追求，不能消极悲观无所作为。生活平凡，成就一般，永远不能成为浑浑噩噩、碌碌无为的理由和借口。

所以平凡与平庸，既有共性，也有个性。共性在于两者都平平常常、普普通通。个性在于,平凡是中性的,指人有一颗平常心,在普通的岗位上兢兢业业地生活和工作。平庸则有贬义,消极颓废,没有追求,无所事事、碌碌无为、随波逐流、自暴自弃,生活没有个性、没有张力。

平淡却是一种生活状态。平淡是那种"清水出芙蓉,天然去雕饰"的自然本色,毫无做作之心。不慕权势、不贪富贵、不爱奢华,该怎样就怎样。故人们常说"平平淡淡才是真"。

平凡不等于平淡。平凡人不一定有惊涛骇浪的壮举,却完全可以在平凡的岗位上,凭着一颗凡而不淡的心,珍惜光阴、执着追求、矢志不渝,朝着理想的方向奋进,"秀"出自己的精彩。

平凡是生命常态。机遇对每个人都是平等的,看你是否去寻找,在平凡的事情中做出不平凡的成绩来。一切不平凡的业绩都出于平凡,把每件平凡的事情都做得很好,就是不平凡。对待工作,一是不要轻视平凡;二是不要把平凡工作做成平庸。不要满足于尚可的工作表现,要做更好的,你才能成为不可或缺的人物。

平凡和卓越只有一线之隔。在平凡中日复一日,做一天和尚撞一天钟,是为平庸;在平凡中勇于开拓,不断创新即为卓越。所以没有人注定平凡,也没有人生而卓越,不同的只是面对生活的态度。积极使人平凡变卓越,消极让人卓越变平庸。

如果没有自己的头脑和判断,没有自己的计划和目标,逃避我们应该负起的责任,那么我们终将沦入平庸。

伟大来自平凡。许多伟大的事业或成就都是通过不经意的小事不断地积累而来的。人类社会如此,大自然也是如此。平常人生中,有人是平凡而优秀的,有人却是平庸而无为的。

平凡的人乃是一种无过高期望但又极认真生活的一种人。首先态度是乐观的,将人生视为一种在不断奋斗中的历练,经得起大起与大落,能够以宽容的胸怀善待一切。总是将复杂的事简单做,简单的事重复做,重复的事快乐做,快乐的事用心做。你要是想变得伟大,其实不一定成就辉煌的功业,因为构成伟大的决定性因素,恰恰在于做得比平凡者更平凡而已。假如你真诚地去平凡,把平凡高高地举过你的头顶,举过你难于摆脱的自私、偏见和傲慢,数十年持之以恒,你就是一个了不起的人。

中国几千年的历史就告诉我们:同一个时代既能产生伟人,也会拥有无数的凡人。每一个平常的日子,我们都过得有滋有味,有声有色,不是一件易事。只要以平和的心态,认真地做好每一件事,扎实地过好每一天,那么,我们就成功地演绎了自己的角色。

生活·修行

吴泱彤

作者简介：吴泱彤，男，中共党员，烟台海军航空工程学院毕业，本科学历，现任海淀区城管执法监察局曙光执法队副队长。

随着时代的变迁和社会的进步，"修行"已不再是僧、道之士专属，它已融入现实生活的每一个角落。其实，对于芸芸众生中的每个人来说，生活本身就是一场无形的修行，那么，如何才能让良好的"修行"贯穿和服务于我们的生活呢？

一是，生活需要修炼出一颗平常心。平常心，需要我们在遇到不公平的事情时能冷静、客观地分析，不怨天尤人；受到不公平的待遇时，不盲目地去抗争，能审时度势，多作换位思考。拥有一颗平常心，需要我们及时调整好自己的心态，多读经典好书，汲取精华，陶冶情操，润泽心灵，在慢慢修炼中，让心平静下来，真正地做到不以物喜，不以己悲，看淡名利和是非。

二是，生活需要修炼出一颗包容心。无论是在单位里和同事们相处，还是在家庭中与亲人们共同生活，都需要拥有一颗包容心。为人处世凡事不要太苛求、太挑剔，严于律己、宽以待人。养成"静坐常思己过，闲谈莫论人非","退一步海阔天空"的谦卑胸怀。

三是，生活需要修炼出一颗感恩的心。当一个人心怀感恩，用感恩的心态去看事、做事，看世间万物。那么，在他的生活中，到处都会是充满欣悦与美好，洋溢着幸福和知足。

四是，生活需要修炼出能拿得起、放得下的境界。其实，在我们的现实生活中，真正做到能拿得起、放得下的人少之又少，这需要拥有抛弃世俗的勇气和博大坦荡的胸怀。

唐代四朝元老郭子仪可谓是这方面的典范。众所周知，唐朝皇帝的江山如若没有大将军郭子仪护航，早就旁落他人之手。当皇上听信谗言要收回他的军权时，他一点都不含糊、不贪恋，职位、军权说放下就放下。南怀瑾特别赞赏郭子仪的这种境界，说他：福禄寿考俱全，历史上找不出第二个人。

五是，生活需要修炼出一种乐观豁达积极向上的人生态度。宋朝才子苏轼一生可谓命途坎坷，蹲过大牢，遭受朝廷流放。特别是在他60岁以后，连续数次遭到贬谪，官职越贬越小，贬谪地方亦更加偏远。期间，受尽恶官的欺凌，窘迫到依靠煮苍耳为食，生活环境十分恶劣。

苏轼身为进士，少年得志，才高八斗，声名远扬。假若换作别人，一定会抑郁寡欢，终日借酒浇愁，甚至是忧愤交加自杀了事。可他不仅才华横溢，而且胸襟博大无比。面对不幸遭遇，他一样交友、饮酒、品茶，游历山水，写出凄美绝世的诗词歌赋来。

"莫听穿林打叶声，何妨吟啸且徐行。竹杖芒鞋轻胜马，谁怕，一蓑烟雨任平生。料峭春风吹酒醒，微冷，山头斜照却相迎。回首向来萧瑟处，归去，也无风雨也无晴。"这阕《定风波》是苏轼被贬至黄州后的第三个春天所写。在被贬至惠州时写下《纵笔》一诗："白头萧散满霜风，小阁藤床寄病容，报道先生春睡美，道人轻打五更钟。"足见其心胸多么的开阔。虽然苏轼在惠州开荒种地，为民众治病，习字写诗，苦中求乐，但，命运的多舛，还是让他在年近61岁时，受奸人诬陷，再次被贬到当时最远的蛮荒之地儋州（今海南）。

苏轼的一生颠沛流离,受尽屈辱。然而,他的诗词和书法却达到了极高的境界,备受后人膜拜、推崇。正是因为他拥有无比广阔的胸襟、博大情怀和荣辱不惊的人生修为。

生活处处是修行。生活是不断完善人生的过程。修行,是生活的不断升华和积累。

在生活中历练自己,丰富自己的生命,孕育自己的情怀,提升自己的素养,完善自己的修行,是人生的必修课,也是人生追求的最高境界。

生活,就是修行。

散文遐思

永葆军人真本色　献身城管追新梦

余向阳

作者简介：余向阳，男，中共党员，解放军防化学院毕业，研究生学历，现任海淀区城管执法监察局中关村执法队副主任科员。

又到了神圣的"八一"建军节，我的脑海里又浮现出军营中那威武雄壮的方阵，排山倒海的铁流，亲如兄弟的战友。"醉里挑灯看剑，梦回吹角连营。"尽管已经脱下了军装，可我仍然时常怀念那金戈铁马的军旅生涯。"不想当将军的士兵不是好士兵。"当初，我也是怀着统率千军万马，在军营中建功立业的梦想携笔从戎的。但是，现实与梦想的差距使我的将军梦已成泡影。我从部队转业后，加入海淀城管这支队伍，成为一名普普通通的海淀城管队员。

毋庸置疑，刚加入城管队伍时，我一度曾经十分迷惘失落。成为将军、为国防和军队建设做出重大贡献的梦想破灭了。而全新的城管工作，又能寄托我怎样的梦想呢？难道我"修身、齐家、治国、平天下"的梦想，就要一点点湮没在这繁杂、琐碎而又平庸的城管工作中？况且，社会上一度有妖魔化城管的倾向，关于城管的流言蜚语不绝于耳，我很担心自己将从一个受人尊敬的军人变成一个令路人侧目的城管队员。

不过,随着时间的流逝,我逐渐感到海淀城管是一支不断发展壮大、富有光荣使命的队伍。在不知不觉中,我已经逐渐地把自己融入首都城管的浩荡大军里,把自己新的事业和人生梦想与海淀城管事业的兴旺发达紧紧地联系在了一起。是的,我现在已经重新校正了人生的坐标,扬起了新的梦想之帆;我可以自豪地宣布:我骄傲,因为我是一名光荣的海淀城管,这就是我的城管梦!

谁说城管工作乏味平庸?这里同样充满激情与神圣;我们的制服虽然不够华美时尚,但它的大方端庄代表着首都人民对我们的殷殷期望。我们追寻着蓝天白云,为城市的可持续发展、科学发展保驾护航;我们胸怀牡丹的绚烂热情,不辞辛苦,为人民守护美好家园!

一年多的时间里,在和老队员一起进行的一线执法工作中,我对城管工作有了更多的感触与了解。当我们顶着压力严查违建,全力保障重点工程快速推进时;当辖区群众及流动摊贩给我们送来"抢险神速、救急解难"及"秉公执法,为民排忧"等锦旗时;当在我们的诚心服务与感化下,众多外来人员拿起扫把,以主人翁的态度,与我们携手装扮着自己的第二故乡时,无尽的自豪感与满足感在我内心油然而生!同时,我也不断学习钻研,加强实践,努力提高自身业务素质和执法水平。多少个万籁俱寂的夜晚,我手捧着各种有关法规挑灯苦读,并细心地做着批注和读书笔记,写下自己的心得体会;多少个复杂的执法现场,我冲在最前面,结合平时所学,巧妙化解了一个个矛盾,解决了一个个尖锐的问题。

我虚心向老同志请教,注意观察和学习其他同志们好的执法手段和成功经验。结合现场的实际情况,运用到自己的执法工作中去。功夫不负有心人,现在我已经熟练地掌握了城管工作的相关法律法规及执法工作程序,学会了制作案卷,书写各种执法文书,并对辖区的社情民情有了进一步的了解。可以说,我已经成长为一名合格的海淀城管队员了。我已经彻底告别了曾经的困惑、曾经的浮躁,全身心地投入城管工作中去。

我深深知道,海淀城管是一支朝气蓬勃的队伍。这里英才辈出,大有可为。这里有首都城管"双十佳",他们身上集中体现了新时期的首都城管精神和北京精神。还有其他很多默默无闻甘做奉献的城管人,他们为了首都人民的安居乐业付出了辛勤的汗水，哪怕承受着满腹委屈也无怨无悔。这些都是我的榜样，他们一样实现了自己的人生价值和梦想。

风雨城管路，无悔城管人。城管工作需要头顶烈日去执法，需要脚踏月色来保障，需要随时等待加班的命令，需要时刻准备迎接停休的消息。偶尔，我也会觉得疲惫不堪、也会被部分人的误解所困扰。但是每天早上，当我踏上上班的路程，我的心情就变得坦荡明亮。因为我总会告诉自己：我在为一个有意义的事业努力工作着，我在为把首都建成有中国特色的世界城市而工作着。我的感情已融入首都城管工作中去。我决心甘做城市绿叶，用心服务人民，践行新时期首都城管精神，努力谱写一首展示首都城管新形象的和谐诗篇。

有一首歌这样唱道："有一个梦，由我启动，把汗水融化成满脸笑容。海阔天空我是阵风，把旗帜飞扬到南北西东……"我是曾经的军人，是共产党员。我也拥有五彩的梦想，我也一直对梦想孜孜以求。现在我更加明白，我的梦想是和伟大的中国梦紧紧连在一起的，我现在所从事的城管工作也是和中华民族的复兴梦紧密相连的。"天下兴亡，匹夫有责。"只有我们每一个人都脚踏实地地做好本职工作，才能实现自己的梦想，亿万人的梦想汇聚起来，才能成就中华民族伟大复兴的梦想。尤其是我们转业军人，更应带头在本职工作中践行中国梦，更应是城管工作的旗帜。旗帜指引方向，责任铸就辉煌。我们要永葆军人本色，发挥党员先锋模范作用，大力弘扬北京精神和新时期首都城管精神，在崭新而平凡的城管执法工作岗位上，默默奉献，服务人民。

"雄关漫道真如铁，而今迈步从头越！"我们军转干部曾经有过光荣与辉煌的过去，如今，我们踏上了首都城管事业的新征程，开始了新的追梦。我们转业军人和城管战线的其他同志们，包括你，包括我，包括所有城管人。我们要风雨同舟，团结战斗，不辱使命，执法为民，为首都的城管事业增光添彩，再立新功，为实现新的岗位上的新的梦想，奋力拼搏！这就是我的城管梦。

我们在路上——海淀城管的诗与梦

做个健康的城管人

赵修学

作者简介：赵修学，男，中共党员，西安政治学院毕业，本科学历，现任海淀区城管执法监察局青龙桥执法队科员。

  有时候，我在想，城市管理好，生活安居了，事业顺利了，每个人的心里也就快乐了，是不是这样的呢？应该是这样的。但是，常常忽略了一点，而且是最重要的一点，那就是我们自身的健康。

  看了不少的报道，与同事聊天，身体出现毛病的原因都归咎于食品污染，水质不好，空气雾霾，环境脏乱。外因已然，需要治理，况且是在不断依法治理着。可是，我们的内在因素呢？主观能动性呢？我们是不是该自觉地运动起来呢？我们一定向自己要健康！在我的周围或者同事之间，坚持锻炼的人不是很多，很多人在说，我也想锻炼，可就是不能坚持下来。是没有时间锻炼吗？不是，主要原因是懒惰。对我们身体健康而言，怕苦怕累不是一个好现象，如果因此怕苦和累，等于放弃自身健康，再加上如果有喝酒、熬夜等不良习惯，就等于抛弃自身健康，结果只能多病缠身。作为一名城管队员，春夏秋冬、白天黑夜在外面值勤，如果没有一个好的身体怎么行呢？

好体质是靠经常锻炼得来的。所以春暖花开之际、万物复苏之时，我们应该锻炼起来。早晨跑步是个不错的选择，能唤醒身体的每个细胞，让自己神清气爽。起床喝上一杯温开水，在公园里跑步，4月的天气里，能欣赏到春的勃勃生机，能观察到万物生命的顽强，有的花含苞待放，像桃花、杜鹃；有的花已经激情绽放，像白玉兰、晚樱。煞是美丽，这些花们，好像在关注着人们锻炼身体，微风吹过有的对你点头微笑，有的摇臂鼓掌，好像在喊："来吧，在这里跑步，我们需要你们的呼吸，你们也需要我们的芬芳。"柳枝吐芽，垂柳依依，好像是大自然的发丝，经过夜色的梳理和洗涤，垂下的枝条摇曳飘逸，若是拍摄下来，就是一幅很美的画面。此时，我的汗水已浅浅渗出，跑步的心情却很愉快。绕过花丛和柳林，能看到一个广场，那里有不少的老人们，他们练着太极、剑术等，其中，还有一些不知道名字的拳路。这里没有喧嚣，也没有彩灯，只有静和动相衬。此时，我想到了中国梦，这不就是中国梦的一种表现形式吗？这不就是和谐社会的一角吗？跑步是一种最简单也是最健康方式之一，为了健康，我们何乐而不为呢？

　　跑步令人健康，这一点我深有体会。人到中年的我，每年体检报告中，各项指标均是合格，内心特别欣慰，深知这是经常锻炼的结果。想想以前有不少坏习惯，导致自己的体质较弱，体重不达标，经常感觉困乏，四肢无力。跑步改变我，不仅改变了我的体质，而且调整好了我的心态，工作学习两不误，所以我下定决心坚持下来了，虽然每天花费一个小时受累，但是换了23个小时的舒畅。俗话说，健康长寿，首先是健康，其次才能长寿！累并快乐着，这是个人深深的体会。

　　我们城管工作需要健康的体魄。城管一线执法，既是体力劳动，也是脑力劳动。作为城管队员，全天盯守在岗位上，在10多个小时的工作过程中，需要走路巡查，需要与相对人讲解法律法规，需要制止相对人的违法违纪行为。在颐和园这样的世界著名景区，还要经常帮助游人解决迷路问题，帮助寻找走失人员，协助追赶小偷等情况，在这样的一类地区值勤，周围的很多事情，随时有可能让你帮助解决。作为一线城管队员和老党员，执法为民的意识已深深固然于胸，在值勤中不仅要依法行政，更要牢记党的宗旨。

其实，不论思想境界多高尚，做我们城管工作，都离不开一个好身体，有了好身体，才能更好地为人民服务，所以锻炼要持之以恒。同时，更希望每个城管人有个强壮的身体，别让繁多的工作压垮自己，在这春暖花开之际，蓝天白云的环境里，行动起来吧！坚持锻炼，增强体质，更好地适应繁重的城管工作，爱自己、爱自然、爱社会，以快乐的心态锻炼，做一个健健康康的城管人。

散文遐思

终　究

吴　桐

作者简介：吴桐，女，北京联合大学毕业，本科学历，现任海淀区城管执法监察局高校执法队科员。

一

很多时候的傍晚，我看着天上的云胡思乱想。天上的云时而聚时而散，一阵风吹来，便四处飘散，过一会儿再看，它便杳无踪影。每到这时，不知为什么，总会想起王小波说的"不知归路，宁愿一世无悔追逐"。

人们总是对白云情有独钟，对乌云心生厌恶。至于云朵本身怎么想，大概没人知道。白云会排斥乌云的存在吗？存在的东西要正视它而不能佯作不知。

和白云一样让人浮想联翩的就是童话了。小的时候看童话书，总喜欢把自己带入童话世界，幻想着自己与怪物殊死搏斗，正义最终战胜邪恶，之后过上了幸福的生活……

羡慕自己童稚时的勇气，不知道过了多久，你会发现身边没有人再愿意生活在童话里，不是因为童话的理想与完美失去魅力，而是好像在某一个历史拐点上,蓦然顿悟:童话很丰满、现实很骨感。

即使走出了童话世界,面对生活的勇气也是必需品,而不是奢侈品。

我们终究从可爱的小孩长成自认为成熟的大人。时间究竟有多少魔力,让沧海变成了桑田。

二

有那么一段时间,我对于人生没有了期待,甚至对死亡的恐惧都消失得无影无踪。精神麻木,不再灵敏,甚至一度以为自己达到了许久以来一直向往的"无畏亦无惧"的境界。

那时候,耳机里总循环播放着李健的《璀璨》:"生命如此无常/我总是一样/不停地追寻我终究要失去的/像一阵风在原野流浪。"

也许生命本身的意义,我们并无法深刻而完美地表达。唯有当你在乎的生命一个又一个"弃"你而去,你才会明白何种失去是永远的失去。就算相信轮回,他们终究还是挣脱了我的挽留,如相继绽放又凋败的花朵,我见过它们妩媚动人的模样,也见过它们历经风雨后的凋零。我的遗憾在于,没有在它们盛放之时付出自己全部的温暖,我总太自以为是地相信来日方长。直至现在如梦初醒,方知我已无能为力,请原谅我吧。

我们终究从快乐的孩子长成千般愁苦的大人。时间究竟有多少魔力,能让滴水穿石。

三

我们可以向往完美,但完美不一定真实。在真实的世界里,一定存在着无数的瑕疵,等待我们去修葺。奔向完美的第一步就是正视瑕疵的存在,大胆地说出来,不能任凭瑕疵的缝隙越来越大,最后连女娲都无力去补。

为自己而活,没有什么不对。但总有一天,你会发现外面的风霜雨雪不会因为你的忽视而消亡,它们慢慢积淀,当你发觉时,却已无力站立。

内不愧心,外不负俗,交不为利,仕不谋禄,鉴乎古今,涤情荡欲,人之情怀应与白云伴乎?

我做城管形象大使

——用青春为城管代言

李 辉

作者简介： 李辉，男，曾任海淀区城管执法监察局紫竹院执法队科员。

有这样一群人，他们普通却不平凡。他们头顶着庄严的国徽，肩扛着沉甸甸的徽章。城市秩序井然是他们的职责，市容整洁亮丽是他们的心愿，烈日炎炎常与他们相伴，寒风凛冽催他们勇往直前。多少个深夜，重病的老母亲在家盼儿归，可他们还坚守在执法的第一线；多少个团聚的节日里，万家灯火阖家欢乐，可他们总是留给家人匆忙离去的背影；多少次拆除违法建设，众人称快之时他们却带着灰尘悄然离去；多少次大雪纷飞的寒冬腊月，他们冒着严寒清除道路上的积雪……他们的委屈与痛苦无几人知道，徘徊与彷徨更少与人说。他们肩负着城市的使命和人民的期盼，他们就是人民城管。

而我就是他们中间的一员！从参加这支队伍的那天起，从穿上藏蓝色制服的那一刻，我就注定与服务、与奉献、与责任结下了不解之缘。我时刻都在告诫自己，一定要文明执法、为民服务，一定要从自身做起树立良好的城管形象,积极响应时代的召唤,去追求、去探索、去创造、去奉献,把自己无悔的青春献给城管这普通但不平凡的事业,去完成时代赋予我们的光荣使命。

城管执法工作是辛苦而又繁杂的,然而城管队员的辛勤工作却很难得到老百姓的一致肯定和支持,这到底是为什么?其实,很重要的原因就在于我们的队伍形象无法让群众满意,我们的队伍缺乏社会公信力。因此,维护城管形象,捍卫城管荣誉就成了我们每一名城管队员义不容辞且刻不容缓的使命。

身为城管人,维护城管形象就意味着责任。人民赋予我们城管的不是一种可以为所欲为的特权,而是一种责任。一个对工作没有责任感的人,必然导致理想的淡化、信念的动摇、思想的迷失、道德的堕落。因此,我们必须明确管理只是一种手段,而目的则是为人民服务。如何使用好手中的权力,对于我们执法人员来说尤为重要,"权为民所用,情为民所系,利为民所谋",只有永葆心中那份责任,才不会做出破坏城管形象的事情。"大浪淘沙,警钟长鸣,不忘宗旨,永葆本色",这将是我们城管执法人员经常审视自己、鞭策自己、提高自己的宝贵箴言。

身为城管人,维护城管形象就意味着奉献。每一位老百姓,都希望能够得到优质的公共服务,都希望政府能带来有保障的好日子。诚然,人民群众也希望我们城管队员可以做得更好。接到群众举报,不分昼夜,我们及时赶到现场进行处理;对于态度蛮横的相对人,我们耐心细致地做其思想工作,摆事实讲道理;对于生活确实存在困难的相对人,我们积极与有关部门联系,帮助其渡过难关;对于一些治理难度大的脏、乱、差地区,我们并没有退缩,而是与公安、工商等职能部门联合执法,共同整治……我们的工作是平凡而琐碎的,但正是在这样平凡的工作中,我们牢记"本质是服务",永远把人民群众的利益放在第一位,想群众之所想,急群众之所急。

身为城管人,维护城管形象更意味着规范。不是二话不说查处完了就走,而是向相对人说明情况后规劝其不再从事违法行为;不是动不动就脸红脖子粗高声地喊叫,而是心平气和地讲法规、讲道理;不是随心所欲吃、拿、卡、要,而是以事实为依据,以法律为准绳,严格按照法律程序予以处理,……严格规范是做好城管执法工作的基础。城管作为执法部门,就必须依法办事,依法行政。同时,在以人为本、构建社会主义和谐社会的今天,文明执法的理念也必须加强,即在规范的基础上,"理性、平和、文明"执法,高质量、高水平完成工作,实现执法效益的最大化,实现执法效果与社会效果的统一。

随着首都和谐社会建设和世界城市建设的不断深入,对城管队伍也提出了更高的要求,要求我们掌握更多的城管法规知识,以更加良好的形象,将更加完善的管理手段寓于服务之中。生命对于每个人来说只有一次,而青春则是人生中最宝贵的一段,我宁愿把我的青春奉献在这里。在这样的使命面前,我愿做一名城管形象大使,从自身做起,为城管的明天贡献自己的一份力量!

践行城管精神　奉献热血青春

陶　然

作者简介：陶然，男，中共党员，中国人民大学毕业，研究生学历，曾任海淀区城管执法监察局紫竹院执法队副主任科员。

　　一颗种子，为了绽放它忍住了泥土的黑暗，拼命生长。种子的目标只有一个，那就是迎接阳光，越发茁壮。我们看到了花儿的色彩，闻到了花儿的芬芳，却不曾体会它生长中所经受的磨难，为了生命而绽放，这就是种子的信仰。

　　一支队伍，为了城市的发展，首都的文明，忍受了工作的辛苦，承受了舆论的压力，积极进取，改革创新。它的目标也只有一个，那就是维护首都的环境秩序，使城市发展得更加美好。社会看到了它的逐渐壮大，也看到了它职权增多，却不曾了解这支队伍所经受的考验。"执法为民、廉洁自律、百折不挠、无私奉献"是这支队伍的信仰，这支队伍就是我们首都城管。

　　当清晨的露珠唤醒大地，城管车辆早已穿梭在城市的大街小巷；当落日的余晖染红白云，城管队员依然辛勤地巡回在城市的街头。有多少个日夜，由于加班工作我们城管队员不能照顾家人，因为要把工作做得更好，必须毫无保留的付出。对家庭，我们心存愧疚，可对工作，我们满怀自豪。是我们让环境更整洁，让道路更畅通；是我们，用辛勤劳动点亮了绚丽的人生，用点滴汗水打造了美丽的首都，用无私奉献唱响了美妙的城管之歌。

在日常工作中，我们不厌其烦地宣传城管法规，以理服人，以情动人。接到市民的举报，不管刮风下雨，白天黑夜，我们都会第一时间赶到现场，为市民排忧解难。多少次我们带着坚毅的背影，挥洒辛勤的汗水，顶着烈日、披着风霜在城市里奔波忙碌，不管工作多劳累，也要高标准严要求。我们没有抱怨，忍受着偏见与曲解，用自己的行动去诠释首都城管的光辉形象。我们坚守岗位，我们百折不挠，我们维护着城管的威信和法律的尊严！

在忙碌而烦琐的城市管理中，我和众多的城管队员一样，也曾有过许多困惑。有的商贩屡次违法，却不知悔改；有的店铺不服管理，还要恶语相加。但是，我们没有气馁，我们也不会退缩。当我想到我们城管工作者肩负的责任以及秉承的城管精神，还有什么艰难不能攻克呢？我们用实际行动践行城管"为人民服务"的宗旨，我们用"以人为本"的理念浇灌美丽城管之花。从领导干部到普通队员，我们都时刻牢记"以人为本"的理念，坚持"以心换心"的态度，妥善处理群众关注的热点问题，耐心倾听百姓的利益诉求，坚持疏堵结合，最大限度地服务首都市民，传递城管正能量。这种"以人为本、以心换心"的真情，就像一缕阳光，使原本枯燥的工作变得绚烂；就像一阵春风，使市民心中的误解烟消云散；更像一场甘露，让和谐美丽的城管之花永久绽放。

大街小巷记载着城管人工作的成果，我们满怀赤诚之心，追求美丽之梦，首都城市建设的每一步都烙印着我们的光辉足迹。从今天起，从我做起，秉承城管精神——无私奉献，百折不挠，廉洁自律，执法为民，做一名优秀的城管队员，书写守护北京美好形象的新篇章。

今夜我值班

王为嫒

作者简介：王为嫒，女，中共党员，山东大学毕业，本科学历，现任海淀区城管执法监察局西三旗执法队副队长。

夜深了，手机仍然开着。摆在床旁，把音量调到最大，把铃声选择到最动听。不为了一场旖旎浪漫的相约，不为了一声情意绵绵的问候，不为了等着谁。

今夜我值班，等待着我的，也许就是取缔一起乌烟瘴气的烧烤摊群，也许是为了制止一起震耳欲聋的夜间施工，也许是为了查处道路遗撒的渣土车辆。此刻，没有风花雪月的雅趣，只有军人待命般的严肃。这样的夜晚，突然响起的铃声，对我而言，就是工作的开端了。

手机平静了大半夜，最终还是在凌晨2点钟的时候骤然响起。我在睡眼蒙胧中抓起了手机，伴着急促的对话，套上制服，带上执法文书，匆匆地冲向执法车。在短暂的奔跑里，让自己彻底地清醒，去面对群众举报的夜间大排档。很忙，但是不乱，所有该做的事情，依然是条理分明；所有该执行的程序，依然是清晰明白。不管在家里多么的娇柔依人，在这样负托着群众无限信赖和求助的时刻，都化作了冷静与坚强。

处理完所有的一切，天已经微明了，城市和高楼依然在黝黑和深睡中。只有城管队值班室依然灯光通明，迎接我忙碌完回来的身影。

已经记不清有多少个这样的夜晚，在手机的呼唤中去工作，也想不起有多少个这样的节假日，在值班室等待那突然而至的举报群众。多少个应该在月下的浪漫，许多次应该在花间的流连，都给了这只能认真而严肃的工作，却终究无怨无悔，选择了就不言放弃。

一直以来，我对孩子怀有深深的愧疚，因为作为母亲，我不能时时刻刻陪伴在他身边。每次下班后，我来不及整理满身的疲惫，便匆匆赶回家。到了门口，远远望见的依旧是儿子背着书包徘徊的身影。他瘦小的身躯在夕阳中拉着长长的影子，那么单纯而又孤寂。儿子在等我回家开门。我下班要比他晚一个小时，所以这一个小时，便是每天儿子在焦急中的等待与期盼。儿子远远看见我，已不是最初的欣喜与兴奋，而是呆呆地凝望。走到他跟前，儿子用低沉而略带沙哑的嗓音说："妈妈，你怎么才回来？"注视着儿子无助的眼神，我竟无语凝噎。工作的繁忙竟让我渐渐忽略了儿子的内心感受，那种眼神，夹杂着那么多情感，是盼到母亲归来的喜悦，是对母亲疲惫的关爱，更是对自己无助徘徊的委屈，是啊，他毕竟是个刚入学的孩子啊。我将儿子紧紧地抱在怀中，一股热泪夺眶而出，儿子轻轻推开我，用温暖的小手为我轻拭眼角的泪水，说："妈妈，你晚上又要去值夜班吗？你好好工作就行，我是小男子汉，我不害怕黑夜，您不必陪我。"看着他稚气却懂事的眼神，我破涕为笑，对儿子说："走，回家妈妈给你做好吃的。"收拾完碗筷，为儿子整理好床铺，我满心愧疚地告别儿子，赶回单位值夜班。这样的场景已经是家常便饭。日子在悄无声息中平淡而过，懂事的儿子让我在繁忙的工作中学会坚强的忍耐，在人世喧嚣间觅得一份纯净和安慰，使我更加理解了首都城管人肩上的神圣使命，也越发珍惜家人为我们无私的付出，从而以更加饱满的热情和更加昂扬的斗志投入到保障首都城市环境秩序的管理工作中去。

很多深夜开着的手机，都是为了一场两个人的爱情。夜里辗转的不眠，也都是为了一份痛苦的等候。没人会明白，还有许多的不眠人，只是为了更多素不相识的群众。没人会知道，深夜开着的手机，只是为了让某一栋居民楼的群众能够踏踏实实地睡觉……

　　无须说崇高与伟大,那样的形容太虚幻而毫无认同的意义。我们,只要有人理解,理解当一名城管队员的牺牲与艰难,就已经足够了!

新时代最可爱的人
——致敬酷暑中默默奉献的城管人

杨晓芳

作者简介：杨晓芳，女，中共党员，中国农业大学毕业，本科学历，现任海淀区城管执法监察局东升镇执法队科员。

朋友，当我们每天走在干净的城市大道上，呼吸着新鲜的空气，我们是否想过这正是因为城管默默的奉献，正是因为他们夜以继日、不断坚守，才保证了道路的整洁，保障了人们每天出行都拥有一个好心情。

有人说解放军是最可爱的人，我要说城管才是新时代最可爱的人。也许会有人心里隐隐约约地说：你说的就是每天在马路边上"管摊儿"的那些人吧！他们看起来很平凡、很简单，既看不出他们有什么高深的知识，也看不出他们有什么丰富的情感。可是，我要说，这是由于你与他们接触得太少，还没有真正了解他们，还没有真正认识他们，他们的工作是那样的平凡，他们的意志却是那样的坚强，他们的胸怀更是那样的宽广！

城管的工作是枯燥的，特别是在炎炎夏日，当我们在空调房间里，吹着凉爽的空调，看着电视的时候，是否想过那些依然在烈日下工作的城管队员们？他们不辞辛劳，在烈日下，一次一次地劝说小贩、一遍一遍地清理着道路、一步一步地让城市道路变得更加清洁干净。

夏日，当我们骑上自行车走在干净整洁的马路上的时候，当领着孩子，陪同爱人漫步在环境优雅、空气清新的广场公园的时候，当孩子背着书包走向学校坐进宽敞明亮的教室的时候，当我们坐到办公室里开始这一天工作的时候……朋友，你是否意识到这里的每一寸土地都渗透着城管卫士们流下的心血和汗水？你也许会很惊讶地说："这很平常呀！"是啊！朋友，确实城管人做了一些很平常的事，可是你是否想过，在我们的城市里，假如没有这些城管队员的艰辛付出和无私奉献，我们居住的这个城市将是个什么样子呢！时代赋予了城管艰巨的责任，他们承受着来自于外界的压力、来自于家人的不解，但是他们总是默默无言，从未抱怨过。在夏日里，他们从没有想过要偷懒，依然坚守在岗位上，为城市的整洁，为每一个市民能够有一个良好的生活环境而孜孜不倦地努力着。

城管是一群可爱的人，他们是群众利益的忠实维护者，是城市环境的忠诚美容师，是百姓的贴心人，是社会的建设者。日复一日、年复一年，大街小巷天天都留下了城管人巡查的足迹，城管工作风风雨雨，酸甜苦辣，一路走来，他们的脚步、他们的汗水、他们的身影、他们的无畏，都化作了城市的靓丽风景。

人生需要奋斗，工作需要奉献。无数城管用他们的青春和真情，在城管执法工作中演绎自己的人生，在平凡的岗位上做出不平凡的业绩。漫漫人生路，悠悠城管情，风风雨雨，酸甜苦辣中，把城市变成最温馨和谐的港湾，最美丽的家园！朋友，人民城市人民建，人民城市人民管，城市是我家，文明靠大家。你是那么爱我们的城市、爱我们的家园，你一定会深深地爱我们的城管卫士——他们确实是新时代最可爱的人！请在城管执法的过程中，给予多一点的信任、给予多一点的支持，给予多一分的微笑，多一分包容，多一分理解，多一分关爱。

诗歌文艺

城管姑娘

张伟伟

作者简介：张伟伟，女，中共党员，中国人民大学毕业，研究生学历，现任海淀区城管执法监察局政工科副科长。

头顶国徽，身穿制服，
我是一个城管姑娘。
每天为着环境秩序忙碌，
执法在悠长的大街小巷。
不爱化妆品，也没有时装，
自然青春是我的脸庞。
简单朴素的城管制服，
是我最引以为自豪的素妆。

头顶国徽，身穿制服，
我是一个城管姑娘。
平凡的执法监察工作，
没有显赫的功名奖章。

曾经也向往自由激进,
原来也渴望年少轻狂。
但既然选择了城管作为职业,
就要把服务意识来珍藏。

头顶国徽,身穿制服,
我是一个城管姑娘。
巡查在城市的大街小巷,
我用微笑保障环境优良。
为人民服务,让百姓安康,
是我最闪耀的追逐与梦想。
为了担负起肩上的责任,
我决心要做城管好姑娘。

诗歌文艺

诗歌两首

刘福桥

作者简介：刘福桥，男，中共党员，中央党校毕业，本科学历，现任海淀区城管执法监察局党组副书记、纪检组组长。

其一

别离与遇见

人世间
别离 如此美丽

当阳光离开了大地
黑暗就有了意义

当夜晚离开了大地
晨曦就有了期许

你和你 一起
我和我 相遇
她和他 别离

当男孩离开了父亲
世界盼望着奇迹

当女孩离开了母亲
人类祈福着延续

花开不只是为了零败
生命有过程才有偶遇

每一次相聚
只为了下一次挥手
守护的星座也发射出希冀

人世间
沧海桑田
别离与遇见 有时候
如此 美丽

当晨曦遇见了雨滴
当雨滴亲吻着晨曦

当黑夜遇见了星光
当星光照亮着黑夜

我和我 相知

你和你 相守
她和他 相依

当母亲遇见了婴孩
当婴孩偎伴着母亲

当生命遇见了希望
当希望燃烧着生命

沧海拥抱着初阳
大地承托起光芒

每一个生命
在这黑白天地间
开放 绽放 怒放 奔放 荣耀辉煌

因为 有一天
遇见了你
所以 人世间
如此 美丽

其二

秋

水墨烟云描画轴，
宜山易水一扁舟。
峨眉顶尖柱自秀，
只见天涯写个秋。

四季抒情

刘惠民

作者简介： 刘惠民，女，中共党员，解放军工程技术学院毕业，大专学历，现任海淀区城管执法监察局执法业务科主任科员。

你把脚印
留给了无数条路
留给了苍凉的夜、银白的昼
留给了善解人意的秋冬春夏。

春能听到你的歌
一切为了
绿的树、蓝的天、清的水
在挂满甘露的晨曦
听到了你写的歌，
有树的喧哗、水的波澜、流云的嬉闹。

夏能感觉到你的艰辛

一切为了
亮的街、美的家
在朝阳燃烧灼人的日子
触摸到你厚重的心情
有火的热情、泪的苦涩、真实的荣耀。

秋能看到你曙光里的身影
一切为了
净的路
在大风放纵的呼啸声中
直到拂晓，太阳醒来
抖落你昨夜的风尘
才发现你疲意的脸上挂着微笑。

冬能读懂你的坚强
一切为了
好的环境
在无畏地抗击强暴时
直到流出殷红的血，毫无顾虑
忘却你所有的疼痛
才发现风雪给予你生命的回报。

穿透四季铸就你的信念
用你豪迈的情怀、翠绿的青春
装饰过
春的喧嚣、夏的自豪
秋的凝重、冬的冷傲
用你闪光的情愫品格
谱写了城市的骄傲！

又见冬霾

吕 程

作者简介： 吕程，女，中共党员，中国农业大学毕业，研究生学历，现任海淀区城管执法监察局北下关执法队副主任科员。

悄悄的你来了，
正如你悄悄的走；
你无声地出现，
笼罩帝都的穹宇。

那穿行中的车流，
是你生命的源泉；
那施工里的扬尘，
是你无尽的动力。

天空中变化的颜色，
是你侵占蓝天的足迹；
大地上笼罩的阴影，

是你霸占空气的脚步。

那冬日里的大雪,
不是棉被,是你的宿敌;
那呼啸来的北风,
是你抹不去的噩梦。

寻找蓝天?开一辆执法车,
向街边的露天烧烤进军;
满载一车炉具,
向施工工地出发。

我不能停止执法的脚步,
到处是你咆哮的身影;
百姓也为我喝彩,
喝彩是我奔波的步伐!

悄悄的你走了,
正如你悄悄的来;
我们渴望有那么一天,
还给天空一片无瑕蔚蓝。

念奴娇·女队员

汤晓彬

作者简介：汤晓彬，男，中共党员，海军航空工程学院毕业，本科学历，现任海淀区城管执法监察局永定路执法队主任科员。

  雪残梅怨，看初阳尽染，瘦红肥绿。璃瓦雕拱飞檐兽，古韵京腔陋衢。帘卷清芬，香留迹远，夜寂催花雨。莫惊梁燕，晓来春日多语。
  乌发丹凤颦眉，轻风玉树，只缘戎装秀。晨沐朝霞归浣月，影伴街灯路曲。汗渍纨衣，尘敷娇面，祈盼阖家聚。背身噎泪，却闻穹碧霾去。

诗歌文艺

诗二首

张 勇

作者简介：张勇，男，中共党员，北京广播电视大学毕业，本科学历，现任海淀区城管执法监察局副局长。

其一

孩子，我宁愿告诉你们：这是一个童话
——献给汶川地震遇难的孩子们

孩子，我宁愿告诉你们：
这是一个童话。
让爸爸妈妈在废墟上
寻一抔最洁净的土
轻轻地、轻轻地
为你们盖上。
你们甜甜美美地睡吧
来年你们

就可以化作漫山遍野的花；
如果你们愿意
也可以生成一只只流萤
掌一盏灯，照亮回家的夜路
陪迟归的爸爸妈妈
一边走一边说话。

孩子，这是一个童话。
学校没了，家塌了……
那是可恶的女巫在涂鸦。
你们安安稳稳地睡吧
重新绘画不是家庭作业
手松开，把紧紧握住的笔留下。
让爸爸妈妈、叔叔阿姨
为你们
画一座美丽的学校、画一个美丽的家……

孩子，这真的、真的是一个童话。
心灵幼小
不能容纳太多的牵挂。
你们快快乐乐地睡吧
不必挂记
五月十二日
会不会成为所有、所有爱你们的人
心头
永不脱落的
痂。

其二

凤凰岭的对话
——献给抗击"SARS"一线的志愿服务者

凤凰岭下,医疗观察中心[①]里
朋友,我的朋友,几天不见
你们怎么成了天使的模样
你们以爱的名义,用生命做抵押
灾难打磨出你们美丽的名字
志愿服务者
这名字将在共和国的辞典里
熠熠闪光。

(一)

记住公元2003年的初春
一个叫"SARS"[②]的杂种,戴着桂冠
从天而降,
阴森森,暗地里成魔,
魔口一开,便是一串38℃以上的毒火
魔爪一伸,三下两下
就把春天打成了死结
套在了许多无辜者的脖子上
要把北京值更今年的群羊[③]
驱赶到迷途之上

---

① 在抗击"SARS"的日子里,凤凰岭下设第三医学观察中心,"密接者"在此医学观察。负责任务的除医护人员外,主要是志愿服务者。海淀区城市管理监察大队派员30余位同志参与服务。
② "SARS",病原体是变异的冠状病毒,得此病的主要症状是发烧38℃以上,病死者主要是窒息而死。
③ 指2003年是羊年。

要燃烧多伦多的枫叶①

叫鱼尾狮②窒息得发不出声响。

这里，只讲医疗观察中心里一个普通小女孩的故事

她叫佳妮③

八岁刚会写出一撇一捺

却从母亲挣扎的眼中读出了恐慌

从祖母渐渐淡去的眼神中读懂了死亡。

还有一种目光，读懂了吗？佳妮

还有一种目光

那一夜啊！"SARS"把佳妮爸爸

揪成寸断的肝肠：

求你了，大哥！求你了，兄弟！

家就要破了，破了

我已不重要

谁能帮帮我的孩子

你们谁是避雷针？能挡住火的毒芒

为我的小佳妮护住那间快要破了的屋

破屋翻盖还是新房。

谁能爬上去解结？

谁是大树？

我的小佳妮呀，她的翅膀还很嫩

要为她指引回家的方向

那墙上的钟，摇摆出的嘀嗒

---

① 是指"SARS"的主要疫区。枫叶象征加拿大。

② 鱼尾狮象征新加坡。

③ 佳妮，八岁，医学观察中心里最小的"密接者"，其祖母因患"SARS"死亡，母亲患病住进医院。她和父亲作为"密接者"，住进医疗观察中心。其后，父亲确认患病被送往医院治疗。佳妮在第三医学观察中心受到关爱。其父母病愈后，全家团聚。

是我的心啊,在滴血

我的眷恋,将比载我而去的救护车

一路呼叫的笛声,更长……

(二)

今天,喊话①

竟成了最近距离的看望。

朋友,我的朋友,

我分不清你们谁是谁

隔离服隔离了我的目光

就像那一只苹果

成了小佳妮眼中

你们最初的形象。

"小何,小佳妮叫你'水果叔叔'② 是吗?"

"对,不过我更愿意是避雷针

这形象,源于那个小女孩

更源于我来时前一个月亮快要回家取暖的晚上。

黎明在东方点起一炉炭火

我的身心在淬火,一夜

等待着重锤的击打

'孩子,你不上谁上?'

一字一字,似千钧

一锤一片青紫呀!

一片青紫是一次跌倒

---

① 笔者等人到第三医学观察中心慰问,根据医学要求,只能远远地招手、喊话。

② 佳妮在第三医学观察中心,因医护人员和志愿服务者身穿隔离服,看不见长相,她叫照顾其生活的其中一名城管队员为"水果叔叔"……见到这些叔叔的长相,成了她走出医学观察中心最强烈的愿望。

一片青紫是一次爬起
所谓的成熟
不过是铁在淬火时的一声大叫。
我要爬上屋檐，去引火烧身
告诉你，我爸爸那头的电话至今还没有挂上！"

"老乔，你在哪里？
嫂子让我给你带来了红色的毛背心
还有一行囊的遥望
快，快，打开，看嫂子怎么讲？"
"不用打开，我已知道
她说让我掏出肋骨，做梯子
爬上去解开天空上的死结
这红衣，是她亲手熬成的一贴膏药
她说她知道高处有多寒，摔下有多险
这膏药能救死扶伤。"
"她还说些什么？"
"她说，我的肋骨不够，还有她的，
肋骨不够，还有
脊梁！"

"小孙，换骨后还痛吗？
我见到你妈妈了，她在埋怨你的不辞而别。"
"给我的妈妈捎个话：
乳牙掉，恒牙长。
我曾扑进妈妈你的怀抱，大声叫痛
流年似水，这水，这汹涌的水，冲刷到我而立之年
冲刷掉我多余的皮肉
只留下一把瘦骨

诗 歌 文 艺

一把瘦骨换傲骨。

妈妈,请原谅我的不辞而别

这次,我要紧闭双目

大叫痛快——痛且快乐

妈妈呀,我现在的瘦是大树剪枝后的茁壮

当回家的时候

你满脸的灿烂永远是我的阳光!"

(三)

还有这么多看不清面孔的朋友

隔离服隔离了我的目光

我看不见你们的长相,算不清你们的属相

我想象你们是山涧里的细泉

可纷纷绕道的细泉,都在欢呼着你们的名字;

我想象你们是历史峰顶上的山花

可山花却在你们到来的前一天,为你们全部开放。

你们说:算啦,算啦

最美的形象还是奉献给天使吧!

我们是苍鹰

一身傲骨是矫健的形象

数一数,猎物身上深深的爪痕

便知搏击一跃也是一种飞翔。

"不,不,你们是凤凰

敢于浴火重生带来吉祥的凤凰

站在凤凰岭万仞崖上

愤怒的眼睛警惕地搜寻四方:

是好汉,行不改姓、坐不更名

SARS,迟早有一天

我会揪住你的尾巴,大吼一声:

'魔鬼,桂冠留下

你,逃亡!'"

不知是谁喊一声:"我们要保持一个形象

一手握拳

风平浪静的日子,屈指可数

我们掌心的每一条路都崎岖不平

只有收拢五指

命运

才在我们的掌握之中;

另一只手

伸直食指和中指,伸直再伸直些,

这V字是神农掩口,百草熬成一肚的苦汤

是女娲指天,一口鲜血吐在彩石上

握拳,必握成五岳聚首的巍峨

伸指,必伸出黄河浩浩,长江荡荡!"

(四)

壁立万仞的凤凰岭啊,终将隐去

回来时必是历史的高峰

抬头望去,今天,

它在向背水一战的五月

向我的朋友致敬:

每一只雁都离弦而去

风在哗变

小草在振臂而呼

柳枝高高、高高地扬起

擂响了明天的太阳!

诗歌文艺

本来，青春扬歌

韩相阁

作者简介：韩相阁，女，中共党员，中国计量学院毕业，本科学历，现任海淀区城管执法监察局装备财务科科员。

为什么我们沉醉于歌唱，
因为歌声里有梦想，
如果有谁将心愿珍藏，
那歌声嘹亮，
将美丽幻想。
青春本来的面目，
是那一曲的无忧。

为什么我们习惯于描绘，
因为梦想生存于蓝图，
如果有谁将希望放逐，
那彩虹和煦，
将生命偎依。

青春本来的面目,
是那一幅的斑斓。

为什么我们执着于奔跑,
因为速度使我们飞翔,
如果有谁将渴望遗忘,
那羽翼张扬,
将心灵释放。
青春本来的面目,
是那一番的激荡。

为什么我们勇敢地恋爱,
因为纯真而向往,
如果有谁虔诚地追寻,
那枫色徜徉,
将阳光收藏。
青春本来的面目,
是那一场的无悔。

青春有道密令,
悄悄写在清晨,
慢慢展开的长卷,
生生不息的力量。

诗歌文艺

制 服 情 结

袁安国

穿了十八年的军衣
在那个严寒的冬季
轻轻地脱下了你
我将最后一套军衣
整理干净
挂在了壁橱里
常常我与你对视
我不是想炫耀什么
只是时常提醒自己
应该怎样走好每一步

高三年级的那个冬季
我毅然放下纸笔
满怀憧憬
奔向军营
穿上了朴素的军衣
穿着你
我学会了齐步、正步和跑步
穿着你
我经历了多彩的军校学习

穿着你

我没有经历炮火的洗礼

也没有做出惊天动地的事迹

但是

穿着你

我在党旗下

庄严地宣过誓

穿着你

我在京城的军营里

默默地奉献着自己

穿着你

我走过了十八个

绚烂多彩的军营之旅

尽管我已脱下了你

但是我舍不得你

如今

我穿上这身天蓝色的

城管制服

已经走过了人生六个年轮

穿着这身制服

我走过了春夏秋冬

穿着这身制服

我经历了风吹雨打

跋涉过雨雪后的泥泞

穿着这身制服

我走进学校、工厂和工地

穿着这身制服

我盯岗、巡逻

更多的是
与无照商贩的面对面的接触
穿着这身制服
我为北京奥运会和
国庆六十周年竭力服务

因为这身制服
我经历过喜悦
我经历过无奈和困惑
我也经历过委屈
但是
我从未后悔过
选择了这身制服
就要对得起你
所以
我要努力
努力工作
为了繁华的北京城里
有了这身制服
变得更加美丽

等到脱下这身制服
我也会将最后一套制服
整理干净
与那身军衣
一起挂在壁橱里
同样不是为了炫耀什么
当我与你们凝视的时候
会引起我许多美好的回忆

我的人生之旅
有两种制服伴随
我将无限惬意

爱我中华

张少兵

作者简介： 张少兵，男，北京钢铁学院分院毕业，本科学历，现任海淀区城管执法监察局直属一队主任科员。

中华五千年，文明世代传；
神农植五谷，仓颉文字见；
炎黄统华夏，尧舜禹先贤；
春秋与战国，诸子百家言；
儒道墨法齐，孔老庄荀聚；
长城修万里，秦皇来统一；
辞赋诗词曲；抒情言志趣；
诗经风雅颂，吟诗赋比兴；
楚辞数离骚，唐诗凌九霄；
宋词百花艳，元曲乐逍遥；
骚客不胜数，文笔多佳妙；
璀璨古文化，华夏领风骚。
都道故国好，怎奈不前行；

鸦片进国门,甲午起风云;
联军烧杀抢,国衰遭人欺;
民受百般苦,不知何所故?
国遭千般难,血泪向谁诉?
先辈苦追寻,马列寓真谛;
建立新中国,睡龙再崛起;
人民得解放,扬眉又吐气;
改革揽狂澜,开放展新颜;
生产大发展,国强民富裕;
紧跟共产党,再添新奇迹;
群英会中华,华诞献贺礼。

城管女兵赞

李德明

作者简介：李德明，男，中共党员，南京工程兵学院毕业，本科学历，现任海淀区城管执法监察局副调研员。

没有华丽的服饰，
忘了自己的性别；
一身蔚蓝的制服，
更显你明爽英姿。

晨露在向你微笑，
星光照亮着归途；
你那矫健的身影，
在大街小巷展现。

牡丹赋予你责任，
国徽更使你威严；
战酷暑不怕流汗，

斗严寒不畏艰难。

献身城管终无悔,
爱岗敬业谱新篇。
为了首都更美丽,
城管女兵美名传。

城管人的爱

张景喜

作者简介： 张景喜，男，中共党员，石家庄陆军参谋学院毕业，本科学历，现任海淀区城管执法监察局青龙桥执法队副队长。

或许，在一个风和日丽的上午
你呼朋唤友去郊外踏访春的脚步；
或许，在一个寂静幽心的山谷
幕帘外的潺潺流水冲刷去夏的酷暑；
或许，在一个天高地远的秋日
你携酒登高去追寻文人雅士的风采；
或许，在一个白雪飘飞的黄昏
一家人围炉夜话享受冬日的慵懒与温情。
但是，自从我加入了这支队伍
就疏远了这份情调很久，更多的时候
我为了城市的环境靓丽而伫立在大街、小巷；
然而，我的心中常存着爱，我的心头常伴着情
再见了，我的二老双亲

今晚我去值勤，不要送我出门
就让橘黄色的灯光，来表达你的思念。

不论我在城市的哪个角落
哪个违法建房的还在伺机动手。
哪个倾倒建筑垃圾的没有露头，
哪个运输沙子石灰的还没在跑冒滴漏。
眼睛已经困得睁不开了，可还要坚守
我真想回去睡一觉，可我不能走。
不甘心，不甘心城市就这样被他们蒙羞
因为我们是党的忠诚卫士，是群众的贴心人
只要我的周围还有灯火在闪耀
我就知道
我还行走在您送别的目光里。

等着我，我的爱人
今晚我去值勤，不要送我出门
就让橘黄色的灯光，来表达你的思念。

不论我在城市的哪个角落
只要我的周围还有灯火在闪耀
我就知道
我已经行走在你期待眼神中。

那就让我们行动起来吧
穿了这身城管制服，就要有男子汉的骨头和责任。

诗歌文艺

理想与使命

汪福喜

作者简介： 汪福喜，女，中共党员，曾任海淀区城管执法监察局直属二队科员。

当理想染成蓝色
我才乐陶陶地
让目光将兴奋点燃
从此
思绪不再流浪
执着的秉性
锁定了无悔的选择

走在大街上
热血在心中起伏
昂扬、奔放
无私、无畏
当兵的特点

我们在路上——海淀城管的诗与梦

依然故我

面对暴力与粗俗
蕴藏于胸的正义
隆起道道青筋
为了那蓝色的使命
我把自己的情绪
弯曲成精美的画笔

坚实足迹
踏碎了违法者的残梦
匆匆身影
勾勒出夜色的安宁
年年岁岁
风风雨雨
一次次接受挑战
一步步走向成熟

昂扬的姿态
如青松滴翠玉立
不惧怕狂风摧折
何在乎污言秽语
蓝色已成为前进的昭示
国徽是我生命的主题

诗 歌 文 艺

辛苦了，城管同志们

郭延兵

 **作者简介：** 郭延兵，男，中共党员，中共党校毕业，本科学历，现任海淀区城管执法监察局万寿路执法队副队长。

黎明时，你们披着霞光上路，
深夜里，你们伴着星星值勤。
你们为了首都城市的整洁，
不分昼夜，辛勤劳作。
你们为了生活环境的改善，
披星戴月，坚持一线。
你们是城市的维护者，
你们是群众的贴心人。
啊，感谢你们，城管！

是你们让今天的生活更加美好。
酷暑中，有你们矫健的身姿；
严寒中，有你们挺拔的身影。

我们在路上——海淀城管的诗与梦

你们为了他人的利益,
牺牲小家,忘我耕耘;
你们为了他人的困难,
忘记了年迈的父母、年幼的子女。
你们是人民的公仆,你们是群众的盾牌。
啊,问候你们,城管!
诚心地对你们道一声:"辛苦了,城管同志们!"

新年的钟声

周丽娟

作者简介： 周丽娟，女，中央党校毕业，本科学历，曾任海淀区城管执法监察局青龙桥执法队科员。

新年的钟声
仿佛天际的春雷
滚过广袤的大地
唤醒沉睡的生命
老去的是时间
不老的是青春

新年的钟声
宛若淡雅的丁香
绽放寂静的子夜
散发诱人的芳馨
掀过的是陈旧
打开的是崭新

新年的钟声
犹如初升的太阳
撕破黑沉的天幕
迎接美好的黎明
不灭的是希望
灿烂的是憧憬

残 雪

张久锋

作者简介：张久锋，男，中共党员，中央党校毕业，本科学历，现任海淀区城管执法监察局苏家坨执法队副主任科员。

早春时节
青涩的西山依旧是空旷、寂静
独自走在山间的小路
伴着清凉的晨风、踏着洁白的冰霜
去寻找春的气息、春的脚步

冰雪消融、化作滴滴雨露
涓涓细流汇聚成溪
滋润着大地、孕育着万物
枯竭的小溪焕发新的生机

溪水带着丝丝眷恋流向远方
泥土中散发出迷人的芳香

或许
残雪也有它的梦想
将自我融化在土壤里
把春色洒满人间

诗歌文艺

岁　月

赵付平

作者简介：赵付平，男，中共党员，中央党校毕业，大专学历，现任海淀区城管执法监察局苏家坨执法队主任科员。

炎炎夏日
挂一身风尘仆仆
三九寒天
不敢断一路巡逻足音。
十年岁月
凸凹的褶皱面颊里
铭刻着平安人生的记忆。
一次又一次地推进
祥和平安的日子
诠释着岁月的密码。
细细品味着十余年的工作历程
为一方民众服务的信息
昂扬挺起首都城管的风骨。

年年岁岁心迹坦荡充实
日日月月奉献无怨无悔。
延续着永不疲倦的城管日记
那昼夜都有同事服务于人民,
一个个充满深情的日子
留下了一串串不朽的记忆。

心　　语

张凌妍

作者简介： 张凌妍，女，中共党员，东华大学毕业，本科学历，现任海淀区城管执法监察局花园路执法队科员。

薄薄曦光中穿梭于大街小巷，
严寒冬日冰雪皑皑行走于广阔街道，
浓淡暮色里依旧有不知疲倦的身影。
我无法指出浓烈的伟大之处，
但我可以看到细微的不平凡角落。

顶着各家辞色的纷扰，
泰然以对形形色色的眼光，
默默付出静静等候，
以坚定的态度迎接挑战，
以执着的心态破解难题，
风雨中、酷暑里、冰雪天……
不变地是这些穿梭的身影。

老了一辈人,迎来年轻人,
不变地是城管岗位永远没有空余,
送走了年老沧桑、宽厚柔和的脸庞,
迎来了朝气蓬勃、热情向上的面孔,
不变地是城管队伍不停前行的步伐。

我们选择城管,
就是选择了无私奉献,
就要坚定执着地担负起责任,
人生绚烂多姿,
就让我们跟着这支队伍走向朝阳中的未来,
为城市更换上整洁的新衣。

诗歌文艺

昨天、今天、明天

李新胜

作者简介：李新胜，男，中共党员，辽宁工程技术大学毕业，研究生学历，现任海淀区城管执法监察局副调研员。

昨天，我们怀着报效祖国的信念带着儿时的梦想和家乡父老的嘱托，希望投身军营，从祖国的四面八方走到一起共筑钢铁长城！

昨天，我们怀着对祖国和人民的无限忠诚，戍守大漠、边关、基地、海疆、实验室……

昨天，我们同在"八一"军旗下激情燃烧，军歌嘹亮……

昨天，我们同为迎接第三次世界军事变革而心潮澎湃……

昨天，我们同为军队的跨越式发展和实现强国梦，而主动退出用青春和忠诚守护了十几年，十几年的阵地……

亲爱的战友啊！退出不是退却，虽光荣但是要做出牺牲……就等于扔掉了自己过去的一切！凡事要从头再来！

亲爱的战友啊！我们都清楚地记得刚刚脱下戎装进入社会，受到的讽刺和嘲笑，这其中的味道只有我们自己知道！在这个世界上只有中国的军人才能做到！我们与军营里的战友一样荣耀，都是为了中华民族百年强国梦中那个沉甸甸的"赢"字！

亲爱的战友啊！共同的理想和信念把我们召唤在一起，飘扬的"八一"军旗和嘹亮的军歌把我们团结在一起，我们是伟大祖国的保卫者，我们是中华民族的优秀儿女。

今天，我们军转民脱下了一生钟爱的军装，由军转民进入摆满鲜花和橄榄枝的新"战场"……

忆往昔，我们是身着戎装在训练场进行训练，为未来联合作战准备的军人……

看今朝，我们是高举永葆先进伟大旗帜，向和谐小康社会而奋勇前进的一员……

今天，虽然我们军转民，但军人全心全意为人民服务的宗旨不能丢！

今天，我们是要转变角色和位置，而不是改变本质！

今天，我们虚心学习为的是永葆先进，更好地为人民服务！用勤奋工作的佳绩来赢得人民更多的信任！

今天，共同的挑战把我们再次召唤在一起，深深的战友情谊把我们紧紧联系在一起，让我们手挽手、肩并肩共同迎接美好的明天！

明天，我们更加成熟和先进！永葆人民军队光荣传统和永不言败的军魂！

明天，我们永远牢记全心全意为人民服务这一宗旨，实事求是，解放思想，与时俱进，坚持科学发展观，让永葆先进的伟大旗帜高高飘扬！

亲爱的战友啊！我们都是异性的好兄弟，血浓于水的战友情凝聚着我们！

永不服输的理想信念和追求在激励着我们！

永不言败的军魂在支撑着我们！

永葆先进的鲜红旗帜在召唤着我们！

让我们迎着中华民族复兴腾飞的胜利曙光。

高举永葆先进的伟大旗帜扬帆远航！

城管故事

热 血 颂

戴 军

作者简介：戴军，男，中共党员，清华大学毕业，研究生学历，现任海淀区城管执法监察局宣教科科长。

一

起初人们并不知你是谁，只知道在执法的队列里又添了一支新军。

只知道在繁华的大街，在僻远的小巷，都有你匆匆闪现的身影；只知道启明星还在闪亮的黎明，明月高悬群星闪现的深夜，都有你疲惫却又坚毅的身影；只知道50年大庆的贺典，有你祖国利益高于一切的警惕身影。只知道无照的商贩，流动的"三轮"，城市林木的破坏者，渣土拉运的违章者，公共场所的乱贴乱挂者……都在你铁证如山的指证前低下了头。

一年的风风雨雨，一年的默默耕耘，起初并不知你是谁，记住了你的名字——城管监察。一年的平凡岗位，一年的不凡业绩，也让我记住了身边许许多多和平年代的"英雄"，这或许就是你、就是他。

二

她是我一位敬爱的大姐，30多岁才有了孩子，女儿无时无刻不依偎在母亲温馨无比的怀里,孩子是她世上最最宝贵的一切。

然而自从她加入城管行列,不知从哪一天起,女儿却渐渐疏远了她,大姐只有眼含着泪痛在心里,却无法责怪女儿一句。因为这一年城管工作从无到有的创立,她在分队度过了300多个日夜。从成立伊始的宣传,到所辖地段挨家挨户的走访;从各个企事业单位的"门前三包"签订,到非法聚集市场的取缔,从深夜至黎明对渣土违章拉运司机的跟踪,到月上中天对林木破坏现场的勘察,无一不有大姐机智果断的指挥,坚定无畏的身影。

当她拖着疲惫的身体回到家中,女儿无不是早已进入梦乡。当大姐俯下身亲吻女儿时,总是发现她的脸上留有未干的泪痕。这一天当大姐再次俯下身亲吻梦中的女儿时,却发现枕边摆着一封信。"亲爱的妈妈,原谅女儿不懂事,原谅女儿不知道您的新工作是多么重要,原谅女儿不了解您是多么爱我。今天晚上电视中播出了你们执法的节目,同学们纷纷打电话来说:节目中那位阿姨是你妈。虽然我明知她不是您,却仍然无比自豪地回答:是,她就是我妈妈!我为您自豪。同学们听后都无比羡慕地说:你妈好'酷'。亲爱的妈妈,您就是女儿心中的英雄……"大姐幸福的泪水再也抑制不住,滴在女儿鲜花般美丽的笑靥上。

三

他是我一位可爱的小弟,脸上无时不流溢出即将为人父的喜悦,但是近来淡淡的忧虑深深藏在他的心中。他已有大半个月未曾回过家,每天只有通过电话询问妻子的一切。在中央电视台前蹲守的7个日夜,他常常痴痴凝视家的方向,想象家中妻子的一切。从电视台到他家虽仅有七八分钟的路程,但当国家的利益高于一切时,他却紧紧锁住了通往家的心门,仅留下对爱妻无限的惦念。

"十一"是中华人民共和国的生日,也是小弟的孩子即将诞生的一天。然而为了50年大庆阅兵方阵迅速集结疏散,他默默执勤在长安街沿线,与许许多多卫士铸就了国庆盛典上又一道靓丽的风景线。当气势磅礴的机群编队从空中飞掠而过时,他的BP机忽然响起,只有短短的四个字"母子平安"。

四

他是一位令我仰慕的大哥,因为他用他的满腔热血,无比赤诚地捍卫了"城管监察"。这金光闪闪的四个字,写起来是那么轻松,铸就起来却是那么平凡。

那是一段我不忍回忆却又无法忘记的永恒瞬间。当大哥与同事处理一起无照经营时,理屈词穷的商贩竟挥舞起手中的刀向城管队员扑去,大哥不假思索推开身旁的战友,锋利的尖刀深深地刺中了他,瞬间大哥的城管制服被鲜红刺目的热血浸染。他不顾生命安危,与同事一起疏散人群,制服暴徒。当大哥最后不支倒地时,在他身后留下了一段鲜血染红的路。

五

起初人们并不知道你是谁,只知道你的鲜血染红了头顶上那庄严无比的国徽,染红了怀中人民所颁发的执法证件,染红了你胸前闪烁生辉的城管徽章。

起初人们并不知道你是谁,只知道你全心全意为人民服务的高尚品质,雕塑着首都北京灿烂辉煌的美景;只知道你满腔热血化作练练长虹,铸造了一柄无比神圣之剑;只知道你默默耕耘,无私奉献的精神,从无到有,兢兢业业书写着"城管监察"这四个重若泰山的大字。

起初人们并不知道你是谁,只知道正是有了你们,北京的绿茵更加葱绿,花儿才更加艳丽;正是有了你们,北京的白天才更加繁荣,夜晚才更加宁静;正是有了你们,北京的今天才更加美丽,明天还将更加辉煌。

亲爱的人们,请您深深记住他们——日夜战斗在城管监察岗位上的兄弟姐妹们……

敬礼,北京城管监察!

怀 念
——谨以此文献给李志强烈士

宋成栋

作者简介：宋成栋，男，中共党员，中央党校毕业，曾任海淀区城管执法监察局东升镇执法队副队长。

我的战友李志强烈士离开我们已经几年了，在我和志强烈士相处短短的四个多月的日子里，从同事到战友，再到兄弟，彼此结下了深厚的友谊，他的言谈举止、音容笑貌至今还不时地浮现在我的脑海中。

一张督办单

最早认识志强是在大队督察一科，那时我任海淀分队副队长，主管业务工作，由于海淀分队辖区地处海淀区政治、经济、科技文化中心，所以业务工作繁忙，重点、热点、焦点问题多。紫金社区的人大小南门夜市一条街就是一个环境治理难点，无照经营者大多是外地来京务工人员，每天晚上人多车堵，烧烤扰民，这些无照商贩整天跟城管队员打游击，周边群众怨声载道，加上几家媒体的相继曝光，分队压力很大，我的压力更大。有一次，志强在城管大队楼道碰到我，说科里有一张督办单要下发，是关于人大小南门的，我因为跟他不是很熟加上听到这件事又有点心烦，就随口说了句："你看着办呗！"志强大概看出我有点不高兴，就以商量的口气对我说："要不我就缓两天给你下发，你先回去跟分队和街道领导汇报一下，能不能先召开一个专题协调会，共同商量一下长效解决的办法，我这里跟大队领导建议能否组织进行集中整治，尽量帮助你们缓解压力。"当时我听后内心很感激，由此他也给我留下了深刻的印象。后来我也正是采取了他的建议，召开了辖区相关单位参加的协调会，大队和街道也先后组织了几次专项集中整治后，采取了分队人盯车巡、居委会参与管理的方式最终解决了这一难题。而那张督办单，在志强到海淀分队担任副队长不久，亲手交给我，开玩笑地说："老宋，这回我正式给你下督办单。"我俩都会心地笑了。

"秘书兄弟"的称谓

志强是2006年4月来海淀分队任副队长的，协助我主抓街面环境秩序和"门前三包"工作。由于他在机关工作过，本人又戴副眼镜，电脑熟练，脾气又好，乐于助人，很多同志都找他帮忙写材料，尤其是制订工作计划和打印工作方案，我也是如此，文字工作都交给他去处理。时间一长，时任指导员的白燕看不过去就半开玩笑地说："老宋，志强都快成你的专职秘书了。"我还有点狡辩地回应："你知道吗？我这是在锻炼他。"而志强则在一旁憨笑着说："没办法，谁让他是哥哥呢！"记得有一次，已经快下班了，接到大队紧急通知，让我尽快制订一份整治工作方案，我在外面给他打了个电话，本准备第二天再说，可当我第二天上班的时候，打印好的方案已经整齐地放在办公桌上了。从此以后，志强也渐渐成为我心目中名副其实的"秘书兄弟"。

百望山的感慨

我和志强在分队住在同一间宿舍，中午休息的时候，大家经常在一起聊天，有时谈谈工作，有时拉拉家常，有时开开玩笑，有时我们也为孩子上哪所学校的事发愁。在一起交谈最多的话题，就是盼望奥运会早日开幕，能好好休息一下。听说拉萨的风景很美，我们还约定休假时一起去西藏旅游。2006年7月，分队全体协管员进行集训。那天，我俩聊到深夜，第二天一大早，一起爬百望山。记得那天我俩一边欣赏风景，一边闲聊。志强感慨地对我说："老宋，等奥运会开完后，工作的压力稍微缓解一些了，也正值城管队伍成立10周年了，到时候咱们俩建议分队还到这里进行总结，将来等孩子考上大学，咱们退休后还要一起来这里爬山观景！"而今，山景依旧，音影犹存，英雄已逝！

最后的声音

2006年8月，为了进一步提升中关村地区的环境秩序，大力治理无照经营等违法行为，上级决定组织为期三天的联合执法行动。就在执法行动进入尾声的时候，我和志强分别带领的两个执法小组会合在一起，共同处理最后一起无照经营案件，对相对人的违法经营工具依法进行了暂扣。正当我们准备撤离的时候，穷凶极恶的违法相对人手持尖刀，从人群后面冲出来，奔向我们行凶报复，见此情景，志强一边焦急地大声呼喊："老宋，注意后面那个人！"一边猛冲上前，与持刀歹徒展开殊死搏斗。当我冲到志强身边的时候，只见我的好兄弟志强已经手捂颈部，站在执法车旁，鲜血染红了衣襟，我紧紧地抱着他，大声地呼唤着："志强，好兄弟，挺住！"此时的志强由于喉咙里还嵌着刀片，已经无法说话，在奔向医院的车上，牺牲前他紧紧地握住我的手，凝视着我，似乎有千言万语，透过镜片，从他深情的目光里，我感受到昔日的战友情兄弟爱；感受到了他对城管事业的无比热爱；对党、对法律的无限忠诚；对奥运会成功举办的期盼；对美好生活的向往……

而今，可以告慰志强烈士英灵的是：在党和各级政府的领导下，在烈士精神的感召下，在无数城管人的努力下，城市环境面貌正在发生着日新月异的变化，昔日志强战斗过的地方已经建设成为高科技商业区，举世瞩目的奥运会获得巨大成功，志强生前工作生活过的海淀分队也荣获全国奥运会残奥会先进集体光荣称号；还有烈士牺牲前最牵挂的父母、眷恋的妻女，现在都生活得很好……

英雄志强的离开,到底留给我们什么

刘 洋

作者简介: 刘洋,男,中共党员,北京城市学院毕业,本科学历,曾任海淀区执法监察局宣教科科员。

2006年8月11日,李志强同志永远离开了我们。

如果那一天,身为副队长的李志强选择放任无照商贩的违法行为,那么科贸电子商城门前的惨剧就不会发生,只不过无照商贩会使这片人流如织的热闹地段变得更加拥堵不堪。

如果那一天,身为副队长的李志强选择坐在执法车里而不是习惯性地去殿后,那么他就不会注意到那个失去理智的商贩,只不过危险会悄悄逼近他的战友。

如果那一天,身为副队长的李志强在千钧一发的时刻选择了沉默,那么他的生命仍然可以延续,只不过那把尖利的匕首也许会刺中另一名队员。

志强啊,你为什么要这样选择呢?你为什么要把自己年轻的生命推向死亡呢?如果那一天,你选择了逃避,那么你会继续做一个好丈夫,一个好父亲,一个好儿子;也许你会在下班回家后,穿上围裙走进厨房,亲手为心爱的妻子做一道美味佳肴;也许你会在周末的时候牵上女儿的小手,陪她逛逛动物园，数数石山上的小猴子；也许你会做出更好的成绩，在花样年华里绘出岁月美好的画卷。

志强的选择曾经困扰了我很久，但是当我花了一年的时间去感悟城管工作，体会到其中的艰辛与无奈后，我才渐渐地读懂了志强，读懂了他的故事，他的良心。在那个间不容发的瞬间，志强他别无选择。因为作为一名城管人，良心告诉他要在那时制止违法行为；因为身为一名副队长，良心告诉他要把危险留给自己，把安全留给同事；因为身为其他人的同伴、战友，良心告诉他要在危难时刻挺身而出。

这就是良心的价值，这是一种朴素真诚的道德情怀。当你翻阅志强的生平简介，你会发现他的事迹是那么的似曾相识，就好像我们身边的同事一样，为了百姓走访社区、为了工作穿梭于街头，平易而近人。从某种意义上说，志强的所作所为其实是凡人善举，也许在那种时刻其他城管队员也会挺身而出，但正是这瞬间的选择包含了深沉广阔的精神境界，包含了一颗无悔的良心，令人感到生命的力量和美丽。"良心是灵魂之声"，当你读懂文学家卢梭的这句至理名言后，你才会明白，那个不顾一切喊出"老宋，注意后面那个人"的志强是多么伟大。

世间英雄，多来自于熙来攘往的人群中，他们震撼心灵的壮举虽不同，但相通的都是"良心"二字。在这个世上，良心不会随着死亡而萧瑟凋零，在时间的洗礼下，它会如漫天雪地里的梅花，凌寒而绽放起来。

其实青松之挺拔、杨柳之飘逸、翠竹之秀丽，都是在各自的土地上展示生命的辉煌。对于我们每名城管队员来说，虽未曾像志强一样经历过那种生死场面，但日常的执法工作也时刻面临着危险，没有人能预知下一秒会发生什么，没有人能避开暴力抗法。但我们不能因此而退缩，变得踌躇不前，这不是因为"城管人就要不怕牺牲""城管人就要承受委屈"，没有一个群体注定要承担这种悲壮的命运，真正的原因其实是我们在做人做事时都要对得起自己的良心，如此简单。

那个戴着眼镜斯文憨厚的志强走了，留给我们英雄的事迹、感人的故事，还有那颗永不磨灭的良心。

褪色的记忆

侯祎飞

一

2016年5月15日,当清晨的阳光洒满海淀区蓟门里小区时,老张怔怔地站在路边,感觉眼前的变化飞快。他面前的空地,曾是自己的汽修店,如今,店铺已经被拆除,变成了一片经过修整的地面。隔壁曾经的电动车配件店和烟酒店,也都不见了,记忆中的样子已经成了过去时。

蓟门里小区位于海淀区蓟门桥西北角,是一个建于20世纪80年代的老旧小区,地处黄金地段,很多商户在这里租门店经营,60多岁的老张就在这里营业多年。汽修店隔壁是一家电动车配件中心和一家烟酒店,和这三家店铺一样,这里的很多临街店铺都是由小区内的多个产权单位原来设立的自行车棚外接扩建而成。有的店铺只作经营之用,其中也不乏商户住在里面。一间不大的店面又被拆分成二层小阁楼,里面接上电线、燃气和暖气管线,尤其是一些商铺旁边就是树木,电线绕在上面,种种安全隐患让周边居民心惊胆战。

以前,曾经有居民找过商户,让他们把电线弄下来,可很多商户一直不予理睬,没人在意居民的顾虑。

二

2016年年初,老张原本平静的生活开始起了波澜。1月初的一天,北太平庄街道办事处的工作人员以及海淀区城管执法监察局北太平庄执法队的城管队员找到他,说为了顺应京津冀协调发展的要求,今年3月到5月,要对小区进行改造,小区里有126处共计11 700余平方米的违法建设属于历史遗留问题,如今要分三期拆除。

"那就拆啊,找我干什么?"老张心里一阵疑惑。城管队员告诉他,集中拆违行动第一期要拆除临街搭建的违建自行车棚、商铺,随后拆除占压燃气管道和消防通道的违建,最后要拆除居民屋前屋后的违建,而老张的店铺正是在第一期拆除的范围之内。

"您说我这店是违建?"老张不敢相信。在这里租营了七八年,他第一次听说自家的店铺是违法建设。"这事儿我得问问房主,你们不能说拆就拆。"老张急了。街道办的工作人员、城管队员继续动员老张主动腾退后,便离开了。此刻,老张脑子有点蒙了,他坐在店内的一把旧塑料椅子上,外面传来一阵嚷嚷声:"腾退什么啊?我从这儿撤摊了,从哪儿找这么好的店面?"说话声像隔壁的电动车配件店老板的。听到声音,老张从椅子上站起来,往店外走去。

跑到店外一看,隔壁店的老板正冲着刚才劝说自己撤摊的街道办工作人员和城管队员大声嚷嚷。原来,街道办工作人员和城管队员在逐一对所有商户做动员,不但将违法建设的事实告诉了商户,还希望他们能够自主撤摊,配合执法工作。"这怎么办?"老张一阵眩晕。如果真如城管队员刚说的那样,自己租住的店铺是违法建设,在签租房合同的时候,为什么房主不告诉他们?"这是赚的黑心钱啊!"老张心里一声长叹,他现在要做的,是马上找到房主,把事情问清楚,把钱要回来!

三

等几名城管队员继续向前去做商户的工作时,老张急忙跑到隔壁店铺,向店主小陈寻主意。一踏进门,就见小陈阴沉着脸,不说一句话。小陈的爱人坐在旁边,看着自家孩子拿着玩具满屋子乱跑,却不说一句话。情况看似不妙,老张心里更没底了。

"小陈,你知道咱们租的店铺的事儿吗?"老张打破了沉默,"城管说这排店铺都是违法建设,还劝说我主动腾退。这怎么回事啊?""嗯,我知道,这几间店就是违法建设。"小陈闷声闷气地说。"你怎么知道的?"一向暴脾气的小陈闷声说道:"今年1月初开动员会的时候就听说了这事儿,当时你回河南老家了。"小陈还说,动员会上,街道办事处、派出所、城管执法队、小区居委会等几个部门的人员都在现场。当时,很多商户也都在现场,街道办事处的工作人员给大家讲了北京市拆违的相关政策、蓟门里小区违法建设的基本情况和拆除计划。"当时我们都在场,听得一清二楚,咱们这儿的十几家店铺都是违法建设,必须要拆除。"

"可是当初租房的时候,房主并没有给我说这事儿,况且我这店铺没到期,租金还拿得回来吗?"一听小陈这话,老张急了。他问小陈有什么想法。"我已经找过咱们这几间屋子的房东了,他说会分期还给咱们的。"小陈说得有些沉重。老张知道,小陈和自己一样,也不想离开这儿,可是现在眼见拆违行动已成定局,距离跟店铺说再见的时间也许不远了。老张有点后悔,自己为什么没有早点了解店铺的情况。"如果知道是违法建设,最后要拆除,我说什么也不会租这里的。"老张心里泛酸,留下这几句话后,离开了小陈的店铺。

接下来的两个月里,一方面是包括老张在内的商户急着寻找新店面,抓紧时间腾退;另一方面,拆违行动的动员工作正在有条不紊地进行。

2月底,小区的主干道上已经悬挂上了"整治私搭乱建,打造文明街区""拆除违法建设,共建美好家园"等字样的标语。一些商铺的墙体上,城管队员贴上了拆违告知书。老张心里更慌了,每天早上去汽修店,他都能看到有的临街商户从店里往外搬东西,配合拆违工作。老张想着,这店里好多东西跟了他这么多年,他要一样不落地清空。而小陈和他爱人也开始清店里面的东西了,他的私家车停靠在路边,车的后备厢里已经塞满了东西。老张、小陈二人相视,苦涩地干笑笑。小陈说:"早知道这里是违法建设,我当初肯定不租。"

日子一天天过去,离第一期拆违的日子越来越近。老张的新店铺还没着落,可如今,他倒不急着找新店面了,累了这么多年,也权当休息一段时间,但一想到马上要离开这里了,他心里还是一阵空落落的难受。

四

3月29日，第一期拆违的日子。当天一早，老张用他租来的平板脚蹬三轮车，搬完了店里最后一些东西，回头看一眼这个经营了七八年的店，里面已是空空如也。朝小区里面望一眼，街道办事处、城管、公安、交通等多部门的联合执法人员已经到岗集合了，安保人员、拆除工人站在一旁随时待命，洒水车、铲车停在马路一侧。

9:00，看着拆违的相关人员已经整齐有序地向自己店铺的方向走过来了。"要开始了。"老张对小陈喊了一嗓子。小陈"嗯"了一声，垂着脑袋，若无其事地继续搬东西，没再接话。

拆违作业是从老张店铺靠西的一间店铺开始的。拆违工人先切断了里面的电源，随后把缠绕得乱七八糟的电线逐一整理好，有的电线缠在树上，拆违工人爬到树上，一点点弄下来。一切准备就绪，随着铲车发出的巨大声响，这家店铺的主体结构很快被拆分，墙体的木板或彩钢板很快暴露在外，夹在木板或彩钢板中间的白色泡沫塑料伴随着尘土腾空而起。"你看看，多不安全，万一着火了，明火都扑不了，全都在板子里头，人在房间里被这烟呛得都出不了气，二层隔间的人逃命也难。"声势浩大的拆违行动引来居民围观，站在老张一旁的两位老太太在小声议论着。随后，环卫工人站在洒水车上，用高压水枪对着烟尘进行喷射。

一名穿着制服的城管队员在现场指挥，他的黑色手台里不断传出工作指挥命令，他对着手台说几句，又继续拿着相机，做好取证工作。拆违工作开展的同时，老张看了看站在一旁的小陈，随后，他蹬上三轮车，默默离开了。他心里清楚，自己的店铺也将很快在烟尘中消失。

五

拆违行动启动后的第一个月，老张不紧不慢地在外忙着继续寻找新店面，他有些犹豫，想找，是因为自己有汽修的手艺，老了还能靠自己的双手生活，这样也挺好的；不想找，是因为他觉得自己可以回老家，在外面漂了这么多年，也是该享受天伦之乐的时候了。

再经过蓟门里小区的时候,已经是4月末了。见到了认识的老熟人,听说第二期拆违行动已经结束了,小区里的违建又少了一大片。

"我听说第一期拆了5000多平方米,二期拆了有4000平方米吧。"听着这位老熟人的话,老张干笑了笑,没有接话。末了,老熟人说,5月中旬还有第三期拆违,到时候,城管和很多部门会联合,把屋前屋后的违建也拆了,居委会的人说,大概要再拆4000平方米。"你看这力度多大呀,全都拆除了以后,这小区要多亮堂有多亮堂。"说者无心,听者有意,老熟人的感慨让老张心里五味杂陈。

5月中旬,老张决定回老家了,他再次来到这个既熟悉又陌生的蓟门里小区,很多地方都有了变化,之前很多东一块西一块的私搭建筑都没了,整齐有序的楼房看上去干净、敞亮。老张关于这个老旧小区的记忆发生了变化,他知道,小区将来的面貌必定会焕然一新。想到老熟人之前的感慨,老张释然。

我们在路上——海淀城管的诗与梦

城管印象
——讲述你我的城管故事

信 祎

作者简介：信祎，女，首都师范大学毕业，本科学历，现任海淀区城管执法监察局宣教科科员。

城管是什么样的？这是一个仁者见仁、智者见智的问题。随着我工作时间渐长，城管印象在我脑海不断改变，认识不断深化。如果你问我城管是怎样的，我会清楚地回答——柔软而坚毅。

城管初体验

走出象牙塔，走进大社会，城管的身影出现在各个角落：在"两会"期间驻地周边有城管不断巡查的身影；高考时，酷暑下热心服务的面孔。城管300多项执法职能被勤劳的城管人一步一步地践行，城管初体验于我来说忙碌而疲惫。

城管再感受

有故事才会有触动，感受城管工作带来的第一次大触动源自于处理一起举报。

那是一个夏天，露天烧烤举报日益增多，一个老太太自称是一个摘除了半侧肺的患者，因此对于新鲜空气更为渴求，但窗外的露天烧烤却让老太太绝望，她以一名病人的身份寻求帮助。了解情况后，我所在的城管队领导迅速召集了管片队员和协管员，详细询问了举报点位露天烧烤的违法特点，并根据其夜间高发、占用半封闭停车场作为场所、食客以大院居民居多的实际情况，主动出击部署方案。

一方面，安排夜班执法人员在高发时段盯守；另一方面，训诫停车场管理方，督促其加强停车场内部管理，否则将按照停车场管理失序予以处罚；另外，联系周边大院后勤管理单位，协调其强化各类食品卫生宣传，号召居民远离露天烧烤。

经过长达两个月的治理，此处的露天烧烤被彻底取缔，不久，我们就接到了老太太的感谢电话，她说："对于我这样只有一叶肺的老人，每天呼吸本就痛苦，原有的烧烤摊更让我有苦难言。现在问题解决了，我真高兴。"

老太太说，她曾经在凌晨看到队员站在车外盯守，本来以为队员们盯一会就走了，结果半夜起床又看到了城管队员。"这一点真的让我特别感动，也相信了你们解决问题的决心，就冲这个，大妈谢谢你们。"寥寥数语，我受到的触动丝毫不亚于大妈。

城管是"柔软"的，润物细无声地滋润着每一个平常百姓，做他们的知心人。

城管终体悟

一笔一画终成完整画卷，城管形象也是由点滴小事汇聚而成。

记得一次拆违行动，房主为了保住违法建设做最后一搏，手拿刀具在执法人员面前挥舞威胁，想以此终止拆违行动。作为现场参与者，我也顿时有种不安涌上心头，同时为这种进退不得的局面而为难。但带队负责人并没有慌乱，面对房主的百般阻挠没有闪躲，而是直面矛盾。

首先，联系随队民警将房主控制并带离现场，安排有经验的老同志对其进行安抚，避免房主在现场干扰正常拆违秩序；接下来，部署保安用警戒线隔离拆违区域，防止陌生人通行引发危险；同时安排执法人员向围观群众说明该房主的违法事实，预防引发误解破坏城管形象；最后，指挥拆违人员快速拆除，速战速决减少意外。临危不乱指挥大型行动，这份坚毅是对城管工作的热情坚持，他感染在场的每一个人，让我们也将这种坚毅深植血液之中。

　　"一百个人心中有一百个哈姆雷特"，每个人对城管的认知各有不同，但作为亲历者的我，对城管的形象逐渐深刻，在面对群众时，我们是守护者；在面对困难时，我们是攻坚者，一切的一切只为了坚守职责，维护公平，从城管人的角度出发，为城管形象增添一丝光芒。

城管故事

指挥中心的不眠夜

刘 玲

作者简介： 刘玲，女，中共党员，中国政法大学毕业，研究生学历，现任海淀区城管执法监察局指挥中心副主任科员。

子夜一点，电脑"您有未读单据请注意查收"的提示音依然任性地回荡在指挥中心办公室，两台"窗口"电话的嘟嘟声也不甘示弱地此起彼伏，而办公室以外的世界显然已经安静了，夜已经深了。这样的时空里，室内气流似乎都开始变得敏感，内心暗流涌动，每个脑细胞都张牙舞爪地伸展拳脚，像是不懈地问你讨要什么东西。我知道，在海淀辖区，除了指挥中心昼夜不停歇地运转外，还有我们亲爱的队员24小时奋战在第一线，一定程度上说我并不孤单。

2014年8月1日，我带着对人生第一份工作的兴奋和对新环境的一丝畏惧踏入指挥中心，这里的一切陌生而神秘。经过半年多的不断磨合，除了那个装满机器的小屋，这里的边边角角我已了然于心，这里的工作大体做得胸有成竹，这里的人也相处得和睦友好。由于岗位的特殊性，指挥中心前台肩负着365天乘以24小时的工作重担，每时每刻都有人盯岗，也正因为这样高强度的工作压力，才有着全局最年轻的团队。入职以来，我见证了指挥中心为 APEC 会议、"创文"和"两会"等重大保障工作付出的努力和取得的成绩,因此也为自己是指挥中心的一员感到自豪。

指挥中心在我看来处于一个有点尴尬的位置上,举报人普遍认为我们是领导部门,但其实我们既是执法队的服务部门,又是举报人的窗口,地位不能说高,但依然很重要。地位不高主要体现在我们第一时间接触举报人,在服务过程不但始终以"骂不还口"为工作准则,还要让举报人通过电话都能感觉到我们是在微笑服务。这其中正常举报必然要受理,连举报人不明来由的谩骂指责和退休老大爷借打电话排解寂寞生活也不能态度冷淡主动挂断电话。指挥中心的重要性也昭然若揭:对于举报人而言,它是城管面向社会、提高公信力的窗口,也是"以人为本"的直接体现部门;对于城管执法局的执法队而言,它又是沟通、协调、答疑、服务的部门,对执法工作起到良好的辅助作用。

作为一名初入城管大队伍的小"菜鸟",我还没有亲眼见证过城管执法引起的场面骚动;没有经历过举报人胡搅蛮缠的知法犯法甚至暴力抗法;没有感受过冬夏执法时的严寒与酷暑。但是作为指挥中心的前台,我深知城管工作的艰辛与不易:在凌晨 3 点的深夜,以疲惫的声音将案件传达给同样疲惫的同事去处理;受理案件时,遇到过恶意举报人野蛮粗鲁的指责、谩骂;看到有些舆论是非不分对城管"网络暴力"时,在感到气愤的同时也试图为这种现象出现的原因寻找蛛丝马迹;在接受确实困难相对人的投诉时,内心也曾被同情和力不从心所深深撼动。我深知自己已经成为这个大队伍的一员,一生都将带着这段丰富多彩的经历走下去。

工作半年有余,道行尚浅,对工作也有了自己一点不知深浅的感悟。

保持最大的责任心。前台工作看似难度不大,但其实不仅需要一份面对烦琐细致工作的耐心,更需要有对待举报人的一颗责任心。记得刚入职不久,八家家园附近的一个清洁工举报渣土车,当他坚持用我完全听不懂的方言以描述的方式给我拼车牌号时,即便猜错了好几次,我仍是耐心沟通受理案件。令我感动和满足的是在执法队将事情妥善处理后,他依然用那我听不懂的方言对指挥中心表示感谢。随着工作时间的推进,我在面对举报人时似乎变得越来越冷静,也更能分辨是非,不会将个人感情掺杂其中，但自始至终都会告诫自己要保持那份最初的责任心和敬畏心。脚踏实地做好每一件小事，这应该是基层公务员最重要的一堂课。

学会换位思考。以自我为导向是最可怕的思维方式，因为自我先天具有极大的局限性。工作以来，愈发认识到换位思考的重要性，对举报人、同事都需要一种换位思考的思维方式。对举报人而言，充分站在他们的位置上思考举报事件对于他们的紧迫性和重要性，最快速度移交执法队，不属城管职责案件积极为举报人转接负责部门。对于同事而言，指挥中心很多工作需要与执法队沟通协调，在这个协调过程中遇有矛盾及时积极解决，理解队员的工作难处，为其做好辅助工作。

学会正确地做事。领导力与执行力的最大区别就在于领导力是做正确的事儿，于千头万绪中抓住最主要的矛盾，而执行力就在于正确地做事，尽最大努力寻找最有效率的方式方法做好具体工作。学会正确地做事是一项需要不停历练才能得到其精髓的艰巨任务。初来指挥中心，对于没接触过的事件总是到处询问，虽然同事们都事无巨细地解答，我也经常观察他们怎么处理还做了各种笔记，但是依然力不从心，感觉自己在正确地做事上欠缺很多。对于正确地做事恐怕还要经历不断的试错才能慢慢掌握，更有效率更好地完成本职工作。

环顾深夜 2:00 的指挥中心办公室，和白天几乎无异：抬起头，前台办公桌前面的视频监控大屏依然运行着，默默"监视"着四个违法行为突发地段，闪烁的街灯下车辆依旧川流不息而行人已然少之又少；前台办公桌以一排灰色衣柜与后台相隔，后台现在已经停止了一天的繁忙，一切都处于休养生息之中；而我身旁长长的前台办公桌上，电脑屏亮得分外醒目，不时还会发出老机器由于长时间运行的嗡嗡声。由于前半夜的忙乱，桌子上的几台电话、各种纸质文件、笔、水杯都打乱了白天的秩序，完全乱了规矩。

这样清醒的夜不是第一个，也不会是最后一个。再有四小时外面的街道就会躁动起来，人们又要开始忙乱的一天，而我要回家补个觉，在回家路上欣赏冬天过后万物破土而出的生机勃勃，也许还会邂逅一朵等不及要与春天见上一面的花蕾呢。

我们在路上——海淀城管的诗与梦

一名老城管队员的心愿

滕 洪

老瞿今年50多岁，快退休了，可他仍然对自己严格要求，把自己全部的精力都放在工作上。老瞿已经来城管14年了，14年里，他从来没有请过一次事假，没有跟家人一起过个像样的节日，不管是"五一""十一"，还是中秋节、春节，这些节日在外人看来是应该陪着家人一起度过的，可老瞿呢，全部都坚守在了工作岗位上。

那是2013年，老瞿和同事查处了一起违法建设。违法建设的主人不仅在楼顶层加盖，而且还在阳台窗外搭建起了鸽舍，鸽子的噪音和难闻的气味，让周围的邻居非常不满。为此，老瞿多次上门做工作，希望对方能够自行将违法建设拆除，可对方态度蛮横拒不配合。老瞿和同事都下定决心，要按法定程序走，尽快将这违法建设拆除。可让人想不到的是，违法建设的主人竟然在老瞿下班的时候尾随老瞿，还来到了老瞿家里。进门后，他从兜里掏出了一沓厚厚的现金，放在了茶几上。老瞿一看急了："把东西拿走！有事明天到办公室找我！"后来，这个人又来了好几次老瞿家，想给老瞿送钱，可每一次，都被拒绝了。这个人见用钱拉拢不了老瞿，就开始来硬的了，他在老瞿家门口放出狠话："行，你不是不给面子吗？那咱们走着瞧，你要敢拆，我就让你家里人好看！你媳妇在哪上班，孩子在哪上学，我都一清二楚！"多次的骚扰和恐吓之后，妻子也不禁心慌了，她埋怨起老瞿："你说你，之前对家里的事不管不顾也就罢了，现在又让我们娘俩跟着你整天担惊受怕的，这个家，你还要不要了？"是啊，媳妇说的是，老瞿也知道，他对不起妻子和孩子，也害怕会连累他们受到伤害，看着孩子无辜的眼神，看着妻子担忧的目光，老瞿的心里也不免酸楚，可是，他实在找不出合适的语言来安慰妻子，只能在心里默默地承诺：以后有时间，再慢慢补偿对家里的亏欠吧。

后来，这处违法建设依法按照程序给拆除了，老瞿告诉我说，他很欣慰，因为在恐吓面前，他没有退缩；在诱惑面前，他又一次坚持了原则。其实不止这一次，这么多年里，老瞿作为一名执法队员，每天都要接触各式各样的人，面对各种各样的诱惑，求情的、托关系的、送钱物的，在这些诱惑面前，老瞿都做到了不为所动。他说，只有这样，他才感觉到这心里啊，踏实。

相比对家里人的愧疚，面对群众的困难，更能看出城管老瞿内心深处的温暖。

在老瞿的辖区里，有一个腿有残疾的"黑摩的"司机，虽然被处罚过多次，被劝说过多次，可还是能够在街头看到他非法载客的身影。这让老瞿很纳闷，不知道他为什么会一直冒着被查处、被罚款甚至被拘留的危险开"黑摩的"。于是老瞿开始在私下里多次找这名残疾人聊天，起初对方抗拒心理很强，不愿意和他说话，后来见老瞿态度一直很诚恳，就跟他敞开了心扉：大家都叫他老王，患有小儿麻痹症，家里有两个孩子上学，一个上大学，一个上中学，两个孩子一年的学费就得3万多块钱，为了这3万多块钱的学费，他不得已才开起了"黑摩的"，拉起了黑活。了解到这些情况后，老瞿被他深深的父爱打动了，开始为老王的工作操起了心，老瞿多次找到镇里的民政部门，多次与老王所在的村委会联系，几经周折，终于在村办制药厂给老王联系了一份工作。老王很受感动，虽然工资没有开"黑摩的"赚得多，但是这份工作稳定轻松，他身体不好，不用再吃苦卖力了。老王的小儿子更是高兴，因为这样他能天天看到爸爸了，不用再心疼爸爸每天起早贪黑拉黑活了。他还亲切地管老瞿叫"城管瞿叔叔"。

其实，在我们的队伍里，这样的"城管瞿叔叔"还有很多，老瞿只是一名普通的城管队员，他和千百名战友一样，勤勤恳恳、默默无闻地奉献在自己的岗位上，他用勤奋和廉洁为城管正名，也用正义和温情感染着周围的每一个人。只是，在老瞿心底，一直以来有个美好的心愿，那就是，他希望能够有时间多陪陪妻子和孩子,陪老人聊聊天,陪家人吃顿节日的团圆饭;当穿着制服在外执法的时候,能够有更多的孩子,亲切地叫他"城管叔叔";当群众有困难需要帮助的时候,也能够发自心底地叫他一声"城管同志",这就是他最欣慰的事了。

这是城管老瞿的心愿,也是我们所有城管人共同的心愿。

瑰丽牡丹花

齐跃勤

作者简介：齐跃勤，女，中共党员，中央党校毕业，本科学历，现任海淀区城管执法监察局海淀执法队主任科员。

秋日，漫山遍野的枫叶染红了天边，山谷间传来阵阵清脆悦耳的号子："一、二、三、四，一二三四……"晨光熹微中，操场上跑来一列列身着国防绿的"女兵"。

冬日，刺骨的寒风吹落了枝头那最后一片叶子，寂静的街道上走来一群蓝色戎装的"卫士"。在阳光的映照下，头顶的国徽、肩头的两颗牡丹花闪烁着耀眼的光芒，浑身散发着奕奕神采。哦，原来是她们，城管女兵。

有一首至今流传、脍炙人口的歌，歌中唱到：啊，牡丹，百花丛中最鲜艳。啊，牡丹，众香国里最娇艳。有人说你娇媚，娇媚的生命那样丰满；有人说你富贵，哪知道你曾历经风寒。啊，牡丹，你把那美丽带给人间。不错，把牡丹比喻成年轻的城管女兵一点也不为过。历经三载的锤炼，她们的脚步如今已变得更加沉稳；历经三载的努力，她们的筋骨已炼就得更加坚韧。三载的辛勤耕耘，换来了城市的清洁美丽，更换来了百花园竞相开放的瑰丽。

追踪记忆,不知何时街头巷尾出现了一群挺胸腆肚、肩背怀抱的"贩黄妇女",为了获得非法的利益,贩卖者甚至将卖淫秽光盘的手伸向了涉世未深的孩子。"要'黄盘'吗?精彩、刺激。"抱小孩的女人正向一个中学生兜售。恰被此地巡逻的城管"牡丹"发现,她疾步赶到,将贩子手中的淫秽光盘夺去。苦口婆心的教育和劝说,没能换来女贩子的悔悟,却遭到顽强的攻击。她的脸上被抓出道道血痕,肩章上的"牡丹花"不知何时被人拽掉,被重重地踩在了脚底。就在这时,迅速赶来的同伴将不法"黄贩"带离现场。只见女城管队员弯下身从人群散去的地方把肩章拾起,两颗晶莹的泪珠悄悄地滴落在断裂的牡丹花上,心里默默地说:"对不起……"

6月,酷热的夏季,这是城管工作最繁忙的季节,为全力完成紧迫的工作任务,她顾不上面临高考的孩子,顾不上年迈的父母,全身心投入工作,白天巡查街道,夜晚检查遗撒。一个个垃圾山被清除,一个个非法市场被取缔……周身的疲惫日夜相伴着她。当她巡查在路上,看到日益整洁的城市和宽敞畅通的街巷时,她又全然忘却了烦恼和倦意,忘却了骄阳雨淋后那蒸腾难闻的空气。

凌晨,当她刚刚处理完道路遗撒的一起案例,身边的寻呼机急促响起,"爱人生病,请速来医院。"她飞快赶到医院,眼前的情景使她呆立。雪白的床单已将爱人的身躯紧紧罩起。此时,疲惫的她无法控制悲痛晕倒在地,不能相信恩爱相伴的爱人就这样匆匆离去……在送别丈夫的最后一刻,她压抑住内心的哀思和悲伤,将一直佩戴在自己肩上的那对牡丹花轻轻地放在爱人冰冷的手里,俯下身深深地与爱人吻别,"爱人啊,你走吧,让牡丹永远陪伴你。""家庭的变故与事业的重担不能摧垮你,我们需要你。"同志的关怀和领导的重托再次使她重新战胜了自己。来吧,亲爱的姐妹,为城市的清洁与美丽,为牡丹花开得更绚丽,让我们携起手,继续努力……

初入城管队　初识城管人

董媛媛

作者简介：董媛媛，女，中共党员，中国人民大学毕业，研究生学历，现任海淀区城管执法监察局办公室副主任。

　　光阴荏苒，转眼之间来到海淀城管已经有半年的时间了。人们都说如果你生活快乐，时间就会过得特别快，在我看来的确是这样。从大学毕业以来，在城管的这半年生活是我两年以来最轻松、快乐的一段时光。

　　刚刚加入海淀城管这个大家庭，面对陌生的环境、陌生的群体，不知自己是否可以适应，心中有些担心。分队老同志主动帮助我，从法制、宣传到基础的后勤保障工作，耐心教导，不厌其烦，引领我逐渐进入了工作状态。领导和同志们平时对我的照顾无微不至，有两件小事至今让我印象深刻。

　　记得那天是我到城管以后的第一个生日，由于加班，我本打算在工作中度过。到了吃饭时间，走进厨房发现点点烛光闪烁，"祝你生日快乐"的歌声在耳边响起。看到同志们一张张真挚的笑脸，我心中不禁一阵感动。在生日蜡烛吹灭前，我许下了和大家在一起、快乐努力地为城管事业奋斗的生日愿望。虽然现在看来有些幼稚，那时却是我内心的真实感受，吹灭烛火的那一刻，我是那么幸福而满足。

刚到分队不久的一天，我感冒发烧到39℃多，但想到自己是新人，不太好意思和领导请假。薛班长看出我脸色不太好，询问之后得知我生病了。当时已近中午，张队怕我没有胃口吃饭，特意安排厨房为我做了一碗西红柿鸡蛋面。捧着热气腾腾的面条，虽然我的身体很难受，但心里还是感觉甜丝丝的。之后班长开车送我回到了家里，解队和同志们纷纷询问病情，嘱咐我好好休息。同志们的颗颗爱心浓缩进生活的点点滴滴，城管队是一个大家庭，我在里面生活得很舒适也很温暖。

加入这支队伍之前，对城管工作的了解主要来自新闻媒体的报道，走近才发现城管工作比想象中更难、更险。第一次和分队外出整治无照经营的情形至今让我记忆犹新。在查处无照卖菠萝的小贩时，"媛媛！"我回身一看，杨姐正拽着一辆车，小贩死活不放手，还要动手打人。"快，把他的刀子拣出来！"我立刻冲上前，从菠萝堆里刨出一把三寸多长的水果刀。这时宋队从一名看似旁观的男子手里夺过一把刮刀，"我早就注意到这个男的手里拿着刀了。"宋队告诉我，这名男子和无照卖菠萝的小贩是一伙的，看到同伴被控制住，想要持刀威胁城管队员以换回车。好险呀！数了一下，这次行动现行登记保存的水果刀、刮刀等共有十多把，我不禁倒吸了一口冷气。来城管的第一课，城管人留给我的印象是机智、果敢，女同志更是巾帼不让须眉，个个都是好样的。

城管人嘴边总会挂着自然的微笑，让人想亲近。城管人很有幽默感，和他们在一起工作充满了乐趣，就算是面对再大的难题，依然能保持乐观向上的心态。

在拆除违法建设、取缔无照经营的行动中，城管像一支军队，有着明确的作战方针，详尽的作战计划和严格的纪律。队员之间的关系，胜过同志，更似战友。一个人遇到危险，其他人会第一时间冲过来伸以援手。一个微笑，一个眼神，城管人的关心写在脸上，城管人的团结刻在心里。城管是一支在工作上很严谨的队伍，但这样一支队伍并不死板，它有着无限的活力和热情。唱歌、跳舞、各种体育运动，大家个个多才多艺，在文娱活动中他们表达着对生活的热爱，展现了队伍强大的凝聚力。

这半年，我已经习惯了朴素的蓝制服，喜欢上了戴着帽子沿街巡视，英武而帅气。现在无论走在北京市的哪条大街上，每当看到城管队员在街上巡逻，总会觉得很亲切，禁不住多看几眼，心里默默祈祷他们能够工作顺利。

这半年，我感受最多的是关爱，最想说的是感谢。桃李不言，下自成蹊。城管这支队伍没有豪言壮语，却用无私奉献的精神改善着城市的面貌。面对城管辛苦的工作和节假日停休的现实状况，有人问过我是否后悔进入这个行业。我说，和这么多亲切又优秀的同志一起做这样一项有利于城市建设的事业，要是不来，我才会后悔。每当外出执法，我总会正一正头顶的国徽，挺起胸膛，我骄傲，我是城管人！

我们在路上——海淀城管的诗与梦

记录生命中的感动

丁 阳

作者简介：丁阳，女，中共党员，中国地质大学毕业，研究生学历，曾任海淀区城管执法监察局青龙桥执法队副主任科员。

一

盯岗时期，在我去打开水的大厦里，有一个年纪不大的门卫。每次从他面前进进出出，抑或巡查从门口经过时，都能看到他向这边张望。有一天，晚上9:00了，我例行巡查经过，他突然伸手将我拦下："您是城管？"我回答是。他说："您每天在这里转来转去，都干些什么啊？"我解释道："主要对这一片进行监督检查，看有没有无照经营、散发小广告，以及其他一些违法行为，以便及时进行处理。"他点点头说："我看你们真辛苦，每天顶着个大太阳，一遍一遍来来回回走，早上到那么早，晚上回去得那么晚，难怪这街面环境越来越好了！"言罢，一挺腰板敬了个礼，弄得我很不好意思。连连跟他说："这是我们应该做的，千万别这样。"可是自此以后，每次打他岗前过，这个年轻的门卫都要给我敬礼，我不禁觉得羞赧：的确，我们的工作不算轻松，但是又有谁的工作不辛苦呢？就拿这个

城管故事

年轻的门卫来说,如果他不是比我们更日出而作、日落而息,他又怎能观察到我们的晨起与夜归?可令人感动的是,作为这个城市千万辛苦劳作职业人的一分子,我们为维护这个城市的环境秩序所付出的每一点平常而细微的努力,都被百姓看在眼里,记在心上,甚至,被致以敬意,对于一个城市管理者来说,仅这一点,就足以成为我们努力工作的动力。

操劳而能够被铭记,是值得珍惜的幸福。

二

深夜与巡查班的两位同事一起收工归队,车行至街角,突然停住,只见同事晃着手中的空矿泉水瓶喊道:"大妈,大妈!"仔细一看,才发现深夜昏黄的路灯下,有一个衣着朴素、头发花白而枯槁的老太太在捡拾垃圾。原来,我们的队员专门停车,仅是为了将手中的空瓶递给这位老者。老人听到声音抬起头,接过同事手中的瓶子,举起来挥舞着,非常开心地反复说着:"感谢啊,感谢啊!"二人冲老人笑笑,开车离开。仲夏深夜里这样的一幕,突然令我感动,这两个平日里工作风风火火,看似豪爽硬朗、不拘小节的汉子,在操劳了一天、归心似箭的下班途中,刻意停车只为这简单而特殊的赠予,看似平常的举止,却让人在不经意间瞥到了他们的铁骨柔情与殷殷善意。

这一夜,城市管理人柔软的心,是如此令人神醉而难忘的记忆。

三

一日,午间休息。办公室正人声鼎沸,班长领着一个相对人匆匆进来,仔细打量,来人身材瘦小,学生模样,低着头,戴副眼镜,看起来腼腆内向。嘈杂中,隐约听到班长跟他的对话:"你这是第一次,又是学生,对错误认识得也比较深刻,这次就算了,以后不要再给他们干这样的活了。"男孩说:"哥,我不会再犯了。"班长接着说:"多上正规招聘网站看看,你上这么多年学不容易,要找一份正经的工作,好好发挥你的才能,有什么需要我们帮助的尽管跟我们说!"然后,把先前提取的证据物品——看起来像几瓶洗发水等——从柜子里取出来还给了他,并送他离开。行至门口,这个一直低着头的男孩突然上前,紧紧地拥抱我们班长,嘴里喃喃地说:"哥,谢谢你!"那一刻,我看不清他的脸,但听得到他的哽咽。年轻的班长显然被这突如其来的热情弄得很不好意思,连声说:"别客气,这是我们的工作,也是我们的责任……"他抱了班长良久,才慢慢平定了情绪,再三致谢后离开。男孩走了,没有谁知道之前发生的故事,但所有的人都看到了他发自内心的感动。

这温情一幕,见证了茫茫人海里萍水相逢的两个年轻人,从"猫捉老鼠"的游戏,到互相信赖、彼此尊重的一拥。这一拥,让我们看清了一个普通城管人宽容、善良的心灵。

这只是城市管理工作中的几个普通瞬间。其实,在这支队伍里,每天都上演着这样的感人故事。在这里,一群敬业、勤奋、善良的城市管理人,用日日不息的操劳与忙碌,担负着使这个城市更美好的艰巨使命。他们用普通而简单的言行,践行着使这个城市更有秩序的真挚诺言,这样的一幕幕,记录和构建着生命中的感动。

为群众管理城市

王 冰

作者简介：王冰，女，中共党员，韩国中央大学毕业，研究生学历，现任海淀区城管执法监察局东升镇执法监察队副主任科员。

随着城市的现代化程度越来越高，城管成了我们城市中不可缺少的重要成员。在时代飞速发展的今天，城管也被赋予为群众管理城市的重要责任。

在炎炎夏日，城管离开了凉爽的办公室，他们要去街头执法。在太阳底下，城管穿梭在每一条街道，他们对自己的任务严格执行，对自己的工作不辞劳苦。很多时候，我们可以看到，街头经常出现一些不遵守城市公约的现象，城管的存在就是要与这些不良的现象进行斗争，他们要用自己的行动来捍卫城市的形象，用自己的付出去为人民带来生活的便利。

选择了城管这份工作，就意味着选择了一份责任。当穿上城管制服的时候，就意味着自己的一言一行都必须要合情合法。在街头执法中，每一个城管的一言一行都代表了这个团队的整体形象，体现了这份职业的整体面貌。责任感是每一个城管执法人员在上岗之时就必须要恪守铭记的，只有明确了自己应该去做什么，应该怎样做，才能在工作中践行自己的工作职责。

  当上城管的那一刻，就意味着自己要学会面对不规律的作息时间该怎样去调节自己，面对突发任务的时候，该怎样保持一份冷静。对于城管来说，这份工作是繁重劳累的，加班加点成了家常便饭，紧急行动让自己时刻处于高度的警惕状态。城管因为工作的特殊性，很多时候牺牲了和家人团聚的时光，因为城管知道自己已经不仅仅是属于自己的家庭，自己更属于这座城市。因为城市的需要，城管人员才有了施展自己价值的机会，在默默地无私奉献之中，描绘出了自己的人生坐标。

  城市的整齐划一，道路的通畅无阻，人们出行的便捷顺利，这些和谐的场景都离不开城管的工作。整改掉了违规违章的现象，杜绝了不良的社会风气，城管的存在就是让我们的生活更加美好，让我们的城市更加美丽。城管，为群众管理城市，让城市的名片更加整洁。有人把城管比喻为正义的雕塑，细细想来是非常有道理的，在城管严肃的外表中，他们所弘扬的是这个社会上最淳朴的正气。

  城管作为管理城市的执法者，他们也是城市文明的传承者。要保证城市的稳定发展，人民的安居乐业就离不开城管的工作。城管作为这个城市发展中不可或缺的一部分，在未来必将会以更加积极进取的姿态投入到自己的工作中，他们必将用自己的实际行动履行自己上岗之时立下的誓言。

城管人自己的故事

石尚莉

作者简介： 石尚莉，女，中央党校毕业，大专学历，现任海淀区城管执法监察局温泉镇执法监察队科员。

每个人都有自己的梦想。作为一名在一线执法的城管女队员，自北京城管成立至今，14年里我们经历了2008年北京奥运会、国庆60周年庆典等各种重大活动，承受着社会上一些压力和指责，带着困苦、劳累、汗水、委屈、茫然和我们城管队伍一起成长。我们有太多的感触、感悟和感动，每次执法工作中都渗透着我们的汗水、泪水甚至血水！为了把北京的城市环境美化好，市容市貌建设好，社会经营秩序管理好，我们执法人员顶烈日、冒酷暑、白干夜战、加班加点，坚持日常管理与错时管理相结合，全天候地巡查在各路段，对维持良好的经营秩序，维护文明执法形象，对确保辖区整治成效发挥了重要的作用。14年的光阴，工作管理中，我们曾经赢得过市民的声声赞许，也有来自个别相对人的谩骂和羞辱、阻挠和抗拒等。日积月累的小故事非常多。

故事一。记得有一次巡查龙岗路时，我和一名男队员巡查工作，发现有家房产中介公司占道摆放售楼牌子数块，店前挂着横幅。第一次，我们对该店负责人只是告知和宣传教育,没有进行没收和处罚。第二天我们再次巡查到同一地方时,再去告知他们,店主不但不服从管理,还纠集八九个人将我们两个团团围了起来,拉开打架姿势威吓我们。在局面僵持的几分钟里,关键时刻我立即拨通了110报警,同时另一名队员向分队呼叫,请求工作增援。这时店主开始对我们恶语相加,骂声不断,并阻碍我们执法。尽管如此,我们自始至终没有回应一句难听的话,而是耐心地宣传执法政策和法规条文。我们也表现出毫无退缩的态度,并继续坚守岗位。他们看我报了警,也怕事情闹大不好收场,明白是非的人主动撤出,围观群众看不下去了,纷纷指责店主的做法欠妥,在群众强大的舆论压力和队员们文明执法的精神感召下,店主看形势对自己不利,马上向我们道歉,招呼人拿着牌子和横幅,离开了现场。

故事二。我们辖区有个农贸市场,虽占地面积很大,但是经营效益并不好,一些商户经常到市场外面占道经营。市场外面路窄车多,往来人多,经常造成拥堵。过往群众意见很大,经常举报。我们也经常去规范管理,但往往是我们去检查商户就走开,我们刚走开,商户又返回来占道经营。一天规范多次,不见工作效益。通过与商户的交谈询问,得知他们向市场管理员缴纳了场地费。我们就找农贸市场负责人协商,没想到我们刚进经理办公室,向他讲明来意时,就见这人挥臂拍着桌子冲我们大喊大叫,说我们没事找事,多管闲事。我们耐心地等着他发完脾气,先沉默了一会儿,再把群众举报件拿给他看仔细,问他此事该不该由我们管理。同时我们也严肃地告诉他,你批准商户在市场外面占道经营是不合法的,请立即取消。经过一番交流,这位负责人改变了对我们的态度,主动向我们道歉,且积极调动市场管理人员,清除占道经营,帮助维护市场周边环境。类似这样的故事还有很多。

2008年北京举办奥运会的关键时期,由于时间紧、任务重,我们全体执法人员平均每天工作都在10小时以上,徒步巡查五六个小时,起早贪黑,披星戴月。炎热的盛夏里,顶着炎炎的烈日坚持岗位值勤,巡视比赛场馆周边的环境,甚至为了抢时间、抓任务,有时候干到深夜二三点钟。下点小雨、偶尔受点轻伤那都是常事,累点苦点也都无怨无悔,等下班回家后已是腰酸腿疼。尽管如此,昨天的酸甜苦辣等今天的第一缕晨曦到来时,城管人人都会以饱满的热情,信心十足地面对工作,这就是我们城管队员无私奉献的真实写照。

近年来招收了一批大学生补充到一线执法中,城管执法增添了新鲜血液,执法力度不断加强。我想,我们城管人所做出的一切努力,这片天空会为我们作证,这座城市会为我们喝彩!山高路远,也要把重担挑在肩上!让我们全体城管人带着执政为民的情怀,带着"人民城管爱人民,我为北京做贡献"的理念,发扬实事求是的作风,内强素质,外树形象,无怨无悔,共同铸就北京城管辉煌的明天吧!

我们在路上——海淀城管的诗与梦

关于实事求是的故事

张伟伟

在我的母校，人民大学的东门，有一块天然汉白玉的巨石，上面镌刻着四个大字：实事求是；在我工作的地方，上地办公中心后院里，旗杆底下的石头上也有四个大字：实事求是。在《现代汉语大辞典》里，"实事求是"被解释为：按照事物的实际情况说话、办事、做学问。而在我看来，实事求是更是一种规矩，一种让人们诚实守信、求真务实的规矩，一种让人们认真做人、踏实做事的规矩。

2007年，我刚从学校毕业，去苏家坨镇的聂各庄村做了一名村干部助理。在那儿待的时间不长，却有着涤荡心灵的记忆。

那时，村里有一名保洁员，腿有些残疾。家里老公也是残疾人，有一个女儿正在上学，家庭条件非常困难。但是每一天她都很早来村委会打扫卫生，每次看见我也都是一样打招呼，从容地笑。虽然那笑容在我看来，有些腼腆而自卑。那一天，我正在村里写材料，她焦急而吃力地走来，对我说："小张，我在那边车站打扫卫生捡了一个钱包，你在喇叭上广播一下吧。"我翻开钱包一看，里面起码有上千块钱，我开玩笑地跟她说："哟，这么多钱您都没心动呢？"她又腼腆地笑了："那怎么行，又不是我的钱，捡到东西肯定要交公的。"那笑容就这样深深地印在我的心底，那一刻，我突然觉得她——好美。

后来才发现，在村里捡到东西交到村委会似乎是一种无形的规矩，在村委会，我接收过钱包、钥匙、项链，甚至还有孩子的滑板车。就这样一种拾金不昧、实事求是的规矩，让村里路不拾遗、夜不闭户、诚信友爱、和谐有序，俨然就是陶渊明笔下的桃花源，是一幅多么美妙的风景。多少年来，我去过很多美丽的地方，或山明水秀，或桃红柳绿，却总不及以上的景色美丽。

2010年，我加入海淀城管的队伍。时间久了，越来越不喜欢身上的这身制服，因为穿上它总能感受到人们的不屑和偏见。对自己坚持的这份事业，也曾怀疑和动摇过，可最终还是坚持下来，因为总有那么一些人，在用他们的行动给你鼓励和震撼，让你成长，让你看到希望。

那是还在分队的时候，在一个寒冬的夜里，我们组夜查渣土车。一番不厌其烦的巡查过后，两辆未苫盖的渣土车被我们查获，司机和家属也跟我们到了队里接受处理。灯光下，一个司机的家属格外引人注目，那是一个邋遢的女人和一个流着鼻涕的小男孩，小男孩的脸已经冻得红红的，就那样怯生生地望着我，眼神里满是害怕和无助。小男孩的爸爸一个劲地跟组长求情，还从车里掏出了一大摞的病历单，是给小男孩看病的、做手术的，病的名字我忘记了，总之是很严重。可就算这样，在那样近乎低三下四的求饶之后，组长仍然坚持两个都要罚款，让我做案卷，虽然心里一万个不情愿，可领导的命令不能不听，我还是照做了。

做询问笔录的时候，那个司机抱着孩子坐在我对面，看着那无辜的孩子，我有些不落忍，便从抽屉里掏出一颗糖笑着递给他，小男孩赶紧接过去，眼里闪出了光："阿姨，你是警察吗？"我顿时怔住了，看着身上的这身制服不知怎么回答，那一刻，我多么希望我是，可是……看着小男孩急切想得到肯定答案的眼神，心里异常难受的我再也忍不住了，冲下楼去找组长："组长，这个一定要罚吗？你看他们家那么困难，要不就算了吧？""不行，"组长斩钉截铁地说："违反了法规，就一定就接受处罚，这个不罚，你让同来的那名司机怎么看？实事求是知道不知道？法律面前一律平等知道不知道？"我沉默了，这些我不是不知道，可是，法律就不近人情吗？我默默地走上楼，默默地做完案卷，可是后来发生的事你们知道吗？组长发起了对小男孩的捐款，自己捐了一千块钱，组里的每一个人，都伸出了援助的手。那天的夜里特别寒冷，可是每个人的心中，却异常地温暖。

那一次的夜查，给我上了生动的一课，它让我明白了两个道理：实事求是不是墨守成规，城管也不是不近人情。从此，也更坚定了我走下去的决心。

伟大的哲学家康德曾经说过，唯有头顶的星空和内心的道德律令让人越思索而越敬畏。内心的道德律令不就是那些有形无形的规矩吗？规矩的力量是无穷的，一个地方因为有规矩而变得和谐，一个队伍因为有规矩而变得强大，而其中最关键的，是要有守规矩的人。只有当我们的身边有这样诚实守信的人，有这样处处讲规矩的人，我们才会发现生活中的美；只有当我们的队伍里有这样实事求是的人，有这样事事讲规矩的人，我们才能够说，我们是城管，我们有信心，让这个城市的明天，更美！

除 夕

荣作明

作者简介： 荣作明，男，中央党校毕业，曾任海淀区城管执法监察局西北旺镇执法队主任科员。

今天是大年三十，是一家团圆的日子。从去年开始，除夕这一天被定为法定假日，这为大家过一个团圆年提供了方便，也使大家新年购物、购买年货的时间充裕了。街道上处处洋溢着迎接新春的喜气，商户们把门店打扮得五彩缤纷，期盼着新的一年生意更加红火。

京城的外地人员大部分回家过年了，外面无照经营已基本没有了，只有个别的商户还有占路经营的现象，我们都进行了规劝。路上到处是喜气洋洋的人们，提着花花绿绿、大包小包的物品，大商场还是人头攒动。为了过好这个民族传统节日，人们快乐地采购，路旁的车里都被塞得满满当当的。

节前我们已经对沿街门店作了宣传，对节日期间的注意事项进行了认真细致的讲解。大多数商户都比较自觉，把门前收拾得干干净净，高高兴兴地迎接着客人，不时还吆喝着过往的行人。也有极少的商户，可能进的年货太多了，想趁过年大赚一笔，货物摆上了路面。看着他们眉开眼笑地做着生意,我还真有点不好意思给他们泼瓢凉水,但工作是不能马虎的,我便心平气和地和他们打招呼,恭祝他们发财。店主也很知趣,满脸堆笑地说:"对不起,刚到货,这就搬进去。"说着就麻利地往店内搬货物,我就对店主说:"节日期间大家都高高兴兴,多注意点不要妨碍行人走路,注意点'门前三包'情况。"几条街检查下来差不多三四千米路了,路面总体情况还不错,商户们也自觉多了,回头看看干净整洁的街面,心里有了点成就感。从清晨开始,鞭炮声就稀稀拉拉地响个不停。这里是五环路以外,不受燃放规定的限制,路边经常看到小孩子在弯腰认真地点散鞭炮,点着后麻利地跑开,还用小手捂着耳朵。这倒让我想起儿时盼年盼节,穿新衣,吃好吃的,放鞭炮的企盼心情。看着他们的高兴劲真是幸福呀。下午出去巡查,发现上午检查出的问题总体情况基本都改正了。不过因为辖区大,一圈回来差不多5:00了,天色都有些发暗了。分队旁边的居民楼里陆续亮起灯光,该回家的可能都到家了,我能想象出家家户户其乐融融的情景,感受到人们团聚在一起的欢乐。

在分队过除夕夜,我已经是第六次了。分队年轻些的队员们,家中有老人和孩子,平时工作紧没有规律,一家子难得在一起过个团圆年。我们年龄大些的同志家中没有老人了,过年的气氛也淡了许多。城管的工作性质决定24小时都必须有人值班,分队的领导都以身作则带头值守岗位,他们嘱咐食堂做好准备,组织同志们包饺子。大家七手八脚各司其职,边忙边说笑,倒也别有一番风味。平时工作节奏快,也确实难得有这样的机会,手艺当然比不得专业师傅,饺子更是老少三辈,形状各异。活干得不怎么样,身上的面粉可没少沾,倒有点占公家便宜的嫌疑了。兴致勃勃地忙活一阵,总算大功告成了。

晚上,大队领导来到分队,给分队执勤的同志们送来了冻饺子、水果和干果。每年的除夕夜,大队领导无一例外都要来队里慰问值勤队员,给在岗的同志们拜早年。给稍显寂静的分队增添不少节日的欢乐气氛,队员们和领导们一起点燃烟花爆竹,旁边居民小区的窗户上站满了看烟花的人们,欢笑声洋溢在分队的院子里。

送走慰问的领导,分队安静下来,这也是分队值班人员比较紧张的时间段。随着新年钟声的临近，附近的烟花爆竹越来越多、越来越响。西北旺镇分队的办公室院落都是平房，房顶及边边角角免不了有些树叶及杂物，院子也比较大，离居民区也近，尤其在半夜 12:00 左右，漫天的焰火、爆竹连成片。这个季节天干物燥，必须加强巡查，查看周边不能有火灾隐患。烟花、焰火的高潮终于过去了，这时值班的同志们才敢松一口气。

新年钟声响过，漫天的焰火、爆竹渐渐稀落直至安静下来，时间已是大年初一的子夜一点钟了，新春来临了，此时能够放松地休息了，又一个平安的除夕过去了。

我们的年这样过

古玥婷

作者简介：古玥婷，女，中共党员，中国政法大学毕业，本科学历，现任海淀区城管执法监察局西北旺镇执法队科员。

2016年2月8日，是中国农历的大年初一，大家都在阖家团圆，但西北旺镇执法队的队员们却和平常一样忙碌。早晨8:30，队员们便身穿整齐的制服，坐上了执法车巡逻在西北旺镇街头。大家心里都清楚，春节服务保障一直是城市管理工作的重点。

街上不像平常那么热闹，车少人稀，但大家坐在执法车上丝毫没有放松警惕，认真观察着沿途街道。老K说："咱们今天把几个重点工地都再去检查一下，得让老百姓过好年，也让晚间值班队员能轻松点。"西北旺辖区内有30多个工地，但春节期间基本都停工了，大家还是把几个重点工地挨个检查了一遍。其中有一个工地，数千平方米的土方上虽然覆盖了罩网，但有些地方已经破损，有些泥土裸露在外。老K急忙给工地负责人打了电话，提示他们赶紧做好苫盖，防止大风引起扬尘污染。

时值中午，大家回去简单吃了中午饭，各自休息了一会儿，下午2:00又再次集合检查了群众举报常有焚烧的几个地点，看了看节前已清理的"牛皮癣"是否"再生",检查了辖区内的市场是否有占道经营影响交通的现象。我们在路过一家水果店门前时,商户一边把摆在店外的几箱水果往屋里搬,一边说:"老K,这大过年的也不休息,辛苦你们啦!"老K笑着说:"春节串门的多,生意热闹也别忘了市容环境,恭喜发财啦!"商户连连笑着点头。

傍晚5:00,白天紧张忙碌的城管执法工作暂告一段,夜间值班的队员已经来接班了。结束了一天的工作,拖着疲惫的身体,小A回到家,母亲已经准备好饭菜,小A略感愧疚地和父母说了声"抱歉。"加入城管队伍3年了,小A却已经有两年没能回老家了,都是父母赶在春节时来北京团聚。看着小A有点泛红的眼眶,母亲心疼地和小A说:"妈妈知道,春节对城管人来说,意味的是更强的责任感。"

回顾白天,一个个执法检查的小小场景串起了这平凡又琐碎的一天。对于城管队员来说,一年365天,不论刮风下雨、严寒酷暑,执法工作天天都是如此,这又是一份何等的执着和奉献!每一天的巡查路上都洒下了队员们的辛勤和汗水,他们不见得有多么惊天动地的作为,也谈不上豪情壮烈,但其中也夹杂着危险、委屈、心酸和快乐。这最纷扰的"城",也正是因为有了最琐碎的"管"而变得更加文明和美丽。

酿得百花成蜜后 为谁辛苦为谁甜
——记录一次夜查工作

汪 璇

作者简介：汪璇，女，中共党员，桂林电子科技大学毕业，本科学历，现任海淀区城管执法监察局中关村执法队科员。

又是一个工作日，不知不觉间温泉分队已经成立6年之久了。披星戴月、黑夜白天颠倒是这支队伍真实的写照。无数个夜晚辛勤坚守与辉煌战绩彰显了这支"尖刀"分队的战斗力，10余位兄弟的协调作战守护着这一方土地。夜空下，国徽闪烁，那一抹海蓝正是我们分队执法队员在行动。

晚上10:00，小镇已经一片宁静，温泉分队整装待发。"大家都再检查一下东西带齐了吗？没问题咱们出发。"说话的是温泉分队队长老周，每次出发前温泉分队都会以这种方式对执勤执法行为标准、应携带的执法装备、执法风纪等进行再要求、再提醒。"老张，咱俩这几天琢磨的那个声东击西阵型，一会儿摆上试试。""好嘞，瓷实着呢。一会儿要看看那些想逃避处罚的无准运证件运输的司机能不能给车插上翅膀。"一路切磋交流，精神抖擞的小分队执法队员们分别到达了温阳路、太舟坞路口、温北路等三处精心选取的地点开始行动。

城管故事

时间嘀嗒嘀嗒。"老张，一辆红色江淮牌运输渣土车未理睬执法队员的停车手势，已强行通过路口向你方向驶去，注意拦截，车牌号……"话音未落，太舟坞路口上执法队员老赵已发现迎面驶来的红色江淮牌无覆盖运输渣土车辆，借助声东击西的分流引导，最终与其他执法队员协同配合，将车辆成功拦下。"见着执法队员检查就加油，是不是没有准运证件啊？""有，有，我有的。"在执法队员的盘问面前，司机始终咬定自己是合法运输。但随后的执法队员拍照取证，让司机不自觉地低下了头。"我是没有准运证件……你们这声东击西也太绝了，把我围了个严严实实，有劲使不上，司机的心思都让你们摸透了。"首战告捷，大家都抑制不住内心的喜悦。

午夜12:00，喧闹一天的温泉小镇渐入梦乡，我们可爱的分队执法队员却依然精神抖擞、斗志昂扬。用他们的话说："夜里12:00多是人最疲劳的时候，那些偷偷运输渣土的司机就是认为深夜运输不会被城管执法队员处罚。"

"您好！请靠边停车，请出示驾驶证、行驶证，还有准运证件。您的车辆没有采用覆盖造成扬尘……""真是服了，老远就瞧见你们检查，我都绕到温北路了，怎么还是被你们逮着，唉！"司机无奈地摇头说道。原来温泉城管执法分队成员结合管界内有两条主道路实际情况，针对无准运证件运输违法行为人为躲避处罚可能绕路、走小路的行为特点，开动脑筋，想出了这一招声东击西。城管队员在主路设点开展常规检查的同时，还专门在周边的小路北门、太舟坞路口设置了夜查岗。不足半个小时，就有司机钻到小路里来"自投罗网"。

深夜2:00，正当分队执法队员干得热火朝天，老天却好像故意开起玩笑，突然电闪雷鸣、大雨倾盆，路面上愈发显得冷清起来。可是我们的分队执法队员丝毫没有被风雨吓倒，依然坚守在执法岗位上。风雨之中，他们每个人脸上都分明写着大大的满足与自豪。